레고로
팔을
만든
사나이

일러두기

1. 본문 중 진하게 표시된 부분은 저자의 의도에 따라 스페인어권의 문화적 특색을
   드러낸 표현입니다. 해당 표현들은 음차로 표기하고, 필요한 경우 각주를 달았습니다.
2. 등장인물의 대사 중 프랑스어로 이야기하는 부분은 모두 [SM신중고딕] 폰트로
   표시하였습니다.
3. 이 책에 표시된 각주는 모두 옮긴이주입니다.

데이비드 아길라 · 페란 아길라 지음

성수지 옮김

크록

목차

팔 하나가 부족하면 어떤 느낌이냐는 질문을 종종 받고
는 한다. 사실, 스무 살이 된 지금도 이 질문에 어떻게 대답
해야 할지 여전히 잘 모르겠다. 알기 쉽게 손가락 하나가 부
족하다면 어떨까? 자, 잠시 책을 내려놓고 손가락이 몇 개
인지 한 번 세어 보자.

하나,

둘,

셋,

넷,

다섯,

여섯,

일곱,

여덟,

아홉,

열!

열한 번째 손가락이 부족하다고 생각하는 사람은 거의
없을 것이다.

다른 사람들은 열까지 세겠지만 나는 다섯까지만 센다. 하지만 나는 이걸로 충분하다.

더러는 나처럼 손가락을 열까지 셀 수 없는 사람도 있을 수 있다. 하지만 그렇다고 해서 살아가는데 아무런 불편함은 없다. 다만 처음에는 그 사실을 모를 뿐이다. 왜냐하면 평생을 무언가 없다거나 부족하다는 말을 들으며 살아왔기 때문이다. 그래서 나는 이렇게 말씀드리려고 한다. 여러분에게는 그 무엇도 부족하지 않다고, 사실은 '더 많은 가능성'을 갖고 있을 수도 있다고 말이다.

자, 이제 팔을 하나 잃어버린 내 이야기를 시작하고자 한다.

끝까지 잘 들어주길 바란다.

꽃다발

우선, 지금 말하고자 하는 내용은 어디까지나 내 추측이라는 사실을 알아주길 바란다.

안도라*라는 나라의 한 병원 102호실에서는 고조할머니를 비롯해 조부모님과 고모가 나를 기다리고 계셨다. 그곳에 나, 데이비드를 모르는 사람은 없었다. 내가 건강하고튼튼하게 태어나기를 바라신 부모님, 내가 태어나기도 전부터 이미 나를 너무나 사랑하고 계셨던 할머니와 할아버지를 비롯한 가족 모두 나와 만나기를 줄곧 기다려 왔다.

내가 **아부**** 혹은 **아부 바시**라 부르는 우리 할머니 바실리아는 그 병실에서 초조하게 손가락을 문지르고 계셨다고 한다. 긴장한 나머지 끼고 있던 애꿎은 결혼반지만 이

---

*   유럽의 카탈루냐와 프랑스 사이에 있는 작은 공국이다.

**   스페인어로 할머니를 뜻하는 아부엘라 abuela의 줄임말이다. 주인공이 할머니를 부르는 애칭이다.

리저리 계속 돌리면서 말이다. **아부엘라**는 본인의 아들인 우리 아버지가 그녀가 정성스레 만든 싸개 천에 싸인 나를 품에 안고 입가에 미소를 띤 채 들어오기를 기다리고 계셨다고 한다.

아버지는 눈에 눈물이 가득 고인 채 수술실에서 대기실로 이어지는 기나긴 복도를 천천히 걸어가셨다. 대기실 앞에서 한참을 망설이다 문을 열고 들어가셨다고 한다. 나는 **아부**가 만드신 싸개에 싸여 아버지의 품에 안겨 있었다. 하지만 아버지의 입가는 딱딱하게 굳어 있었다. 내게는 팔이 하나 없었고 싸개 천은 아버지가 흘린 눈물로 젖어 있었다.

아부는 자리에서 일어나 물으셨다.

"페란, 표정이 왜 그러니? 다 괜찮은 거지? 나탈리는 무사하고?"

하지만 아버지는 아무 말도 하지 않았다. 그 방에 있던 사람들 모두가 두려움에 아버지를 뚫어져라 쳐다보았다. 아버지가 들어오는 모습을 본 그들의 안색은 의사 선생님의 하얀 기운보다도 하얗게 질려 있었다. 그리고 그곳에 바로 내가 있었다. 다른 가족들이 느꼈던 두려움, **아부엘라**의 불안감, 아버지의 슬픔, 그 어떤 것도 모르는 채로 말이다. 사실 이 이야기도 그저 수도 없이 많이 들었기 때문에 알고 있는 것뿐이다. 태어난 지 얼마 안 되었을 때니 당시 일을 기억하는 게 더 이상하지 않을까.

아부의 물음에 아버지는 대답하셨다.

"데이비드, 데이비드가요."

"데이비드가 왜?"

바로 그 순간, 아버지 쪽으로 가까이 다가가 싸개 일부를 제친 **아부**는 내 오른팔 **무뇽***을 처음으로 마주했다.

"오, 페란……."

그게 할머니의 입에서 나온 유일한 말이었다.

"그것만, 그것만 그래요. 의사 선생님이 그것만 빼고는 모두 완벽하다고 하셨어요."

그녀는 내 볼과 눈썹, 작은 머리를 쓰다듬어 주셨다. 내 유일한 손을 잡아 엄지손가락으로 살살 문지르며 이마에 입을 맞추고는 이렇게 말씀하셨다.

"완벽하다마다. 이 이상 어떻게 완벽할 수 있겠니."

정말 희한하게도 **아부엘라**의 그 입맞춤만은 기억난다.

***

내가 태어난 그날, 그 주, 그리고 대부분의 내 삶이 어떻

---

*   muñón. '절단된 팔다리의 남은 부분', '삼각근'을 뜻하는 스페인어 표현이다. 이 책에서는 주인공이 자신의 짧은 팔 한쪽을 가리키는 표현으로 사용했다.

게 흘러갔을지는 아마 다들 짐작할 수 있을 것이다. 불쌍하다는 듯 바라보는 사람들의 시선은 마치 내 오랜 친구처럼 항상 나를 따라다녔다. 하지만 나는 그러한 사람들의 시선에 **페나스코***, **페날리비오****, **페노브레*****와 같은 이름을 붙여주었고, 심지어 그런 시선을 보내는 사람들과 인사도 나눈다. 어떻게 그게 가능한지는 이 책을 끝까지 읽으면 알 수 있다. 한 챕터, 아니 몇 챕터를 할애해도 모자랄 만큼 사연이 길다.

어쨌든 그날로 다시 돌아가 보자. 얼마간의 시간이 지나 마취에서 깨어난 어머니는 나를 보지 못한다는 사실에 겁에 질리셨다. 그리고 모두에게 충격을 안겨준 내 모습을 보시곤 어머니 또한 눈물을 흘리셨다.

먼 친척들부터 이웃, 지인들까지 소식을 듣고는 병실로 꽃바구니를 보내왔다. 병실을 가득 메울 정도로 많이 받았기 때문인지 우리를 위로하려 봄이 빨리 찾아온 듯한 느낌마저 들었다. 그게 착각이라는 사실을 2월 25일이 될 때까

---

*   penasco. 슬픔, 걱정을 뜻하는 '페나 pena'와 구역질, 메스꺼움을 뜻하는 '아스코 asco'의 합성어다. 주인공에게 연민을 느끼면서도 그의 뭉툭한 팔이 사람들을 잡아 먹을 것처럼 혐오하는 감정을 가리킨다.

**   penalivio. 슬픔, 걱정을 뜻하는 '페나 pena'와 안도를 뜻하는 '알리비오 alivio'의 합성어다. 사람들이 주인공의 부모님을 안타까워하면서도 자신의 아이는 두 팔을 가지고 태어난 것에 대해 안도하는 모습을 가리킨다.

*** penobre. 슬픔, 걱정을 뜻하는 '페나 pena'와 불쌍한 사람을 뜻하는 '포브레 pobre'의 합성어다. '안타깝다'라는 뜻에 가깝다.

지도 전혀 알아차리지 못할 정도였다. 그 속에는 '상심이 크겠어요', '힘내세요', '무한한 응원을 보냅니다'와 같이 세상에서 가장 뾰족한 가시 같은 말들도 숨어 있었다. 병실에 내려앉은 자욱한 꽃가루 안개 때문에 결국 모두 문밖으로 내놓을 수밖에 없었다.

만일 내가 그때로 돌아갈 수 있다면 문 앞에 있는 장미나 데이지 따위는 치우고 102호 병실로 들어가 부모님께 이렇게 말씀드리고 싶다.

"걱정 마세요. 두 분은 절 훌륭하게 키우셨으니까요."

그때의 부모님께는 팔이 없는 내가 본인들 삶에서 마주한 가장 큰 충격이었을 것이다. 하지만 훗날 우리는 진정으로 충격적인 사건을 함께 마주하게 된다. 부모님은 본인들이 놀라셨지만, 나는 세상을 놀라게 했다. 부모님은 자신들이 빚어낸 작품을 자랑스러워하신다.

***

남들과 다르다고 장애라 부른다면 이는 그 사람들에게 살아갈 이유가 없다고 말하는 것과 다름없다. 나는 힘든 여정을 통해 비로소 이 사실을 이해할 수 있었다.

12

장애?

아버지는 다음과 같은 일들을 나와 함께 하지 못하리라 생각하셨다.

* 비디오 게임
* 기타 연주
* 스키장 가기
* 자전거 타는 법 가르쳐주기
* 자전거 타는 법 가르쳐주고 일요일마다 함께 타기

그리고 나는 지금껏 아버지와 이러한 일들을 함께 했다.

* 비디오 게임
* 런치패드 연주 및 작곡
* 스키장 가기

* 자전거 타는 법 배우기

* 자전거 타는 법 배워서 일요일마다 함께 타기

* 전기 스쿠터 타기, 주요 브랜드 대표 모델 되기

* 모형 비행기 만들기

* 카약 타기

* 수영

* 등산

나는 그 병원에서 어머니와 몇 주를 보냈다. 어머니는 제왕절개로 인한 합병증 때문에, 나는 당연히 나의 작은 팔, **브라시토** bracito 때문이었다. 모두가 내 팔을 그렇게 불렀다. 무언가 없거나 부족하다는 표현들과 함께 나는 **-이토** ito와 같이 작은 것을 뜻하는 접미사들에도 익숙해져야만 했다. 그리고 이러한 표현을 사용해 나 자신을 깎아내리고 과소평가하며 현실을 받아들여 왔다. 이런 생각은 오랜 시간이 지나 내가 그런 작은 존재가 아니라고 증명한 뒤에야 멈출 수 있었다.

의사 선생님들은 여러 가지 검사를 진행한 끝에 내가 어머니와 병원에 남아 있는 것이 최선이라는 판단을 내렸다. 다행히 기형, 혹은 발달 미숙과 같은 제대로 된 진단명을 받지 못한 내 **브라시토**에 악성의 기미는 전혀 없었다. 의사 선생님들이 검사 결과를 확인하는 동안 나는 어머니,

그리고 우리 곁을 지켜준 아버지와 한동안 병원에 있게 되었다.

아부엘라도 항상 함께했다. 아주 짧은 육아 휴직을 낸 아버지를 위해 매일 음식을 가져다주셨다. 그리고 그녀는 나를 몇 시간이고 품에 안고 계셨다.

"어떻게 해야 할지 모르겠어요, 어머니."

아버지는 **아부 바시**에게 나를 키우는 게 너무나 힘들까 걱정이라고 말씀하셨다.

"뭐가 말이니?"

"이 아이요!"

아버지의 목소리는 단호했다. 잠든 나를 안고는 천천히 병실 안을 배회하던 **아부 바시**는 어머니가 깨지 않게 소리 좀 낮추라고 하셨다.

"학교에서 놀림거리가 되면 어떡하죠? 신발 끈은 어떻게 묶고요? 자전거나 차에 탈 수 있을지도 걱정이고요"

아부 바시는 아버지의 옆에 앉으셨다. 그리고 품에 안겨있는 내 뺨에 입을 맞추고 코를 간지럽히며 앞으로 겪게 될 상황들에 대해 이성적으로, 담담하면서도 애정 가득한 목소리로 말씀하셨다. 아버지는 지금도 그때가 생생하게 기억난다고 하셨다. 크리스마스에 난생 처음 선물받았던 스피드 레이서 카라는 끝내주는 레고 세트의 포장을 여동생보다 더 능숙하게 풀었을 때 내게 이 이야기를 해주셨다. 그때 **아부 바시**께서 해주신 말은 아버지의 머릿속에 낙인처럼 남았다고 한다.

"페란, 쉽게 생각하렴. 우리는 이 아이를 사랑하고 돌봐주기만 하면 돼. 학교에 있는 아이들은 부르고 싶은 대로 부르라지. 무시해버리면 그만이지 않겠니? 신발 끈은 필요할 때면 언제든지 내가 가서 묶어주면 되고, 자전거는 해결책을 찾아보자꾸나. 그리고 요새는 자율주행차 같은 것도 있잖니. 하지만 두고 보렴. 이 아이는 분명 운전기사를 고용할 만큼 돈을 많이 버는 똑똑한 어른으로 자랄 테니 말이야."

아버지는 할 말을 잃으셨다고 한다. 고통을 마주했던 그 순간, 아버지의 눈에는 아마 내 팔만 보였을 것이다. 그때만큼은 분명 어머니보다 아버지가 더 힘드셨지 않았을까 짐작한다.

아버지는 내 생일이나 크리스마스가 되면 매해 하나씩 늘어가는 케이크의 촛불에서 녹아내리는 촛농 냄새를 맡으며 한결같이 믿기지 않는다는 표정으로, 그러나 다정한 목소리로 이 이야기를 들려주시곤 한다.

롬페쿠에요*rompecuello* 게임

　드디어 어머니의 품에서 안겨 그 병원을 벗어나는 날이 왔다. 아버지는 어머니에게 뭐가 필요한지 계속 물어봤고, 할머니와 할아버지는 우리와 함께 차로 걸어가며 아버지에게 이제 괜찮을 테니 너무 걱정 말라고, 그러니 어머니를 그만 괴롭히라고 말씀하셨다.

　드디어 해방이었다! 그랬다. 조부모님 말씀대로 모든 게 괜찮았다. 그저 아주 작은 결함 하나가 있을 뿐, 나는 건강하고 완벽했다. 훗날 우리는 페기 세르케와 그녀의 어머니인 돈셀 박사님 덕분에 **-이토**에 대한 새로운 시각을 갖게 되는데, 이 두 사람에 대해서는 뒤에서 다시 설명하기로 하겠다. 병실 문 주변에 있던 위로의 꽃바구니는 하나둘 자취를 감췄고 내 팔에 대한 애도 또한 멈춘 듯 보였다. 심지어 어머니, 아버지를 포함한 가족 모두가 내 일에 관해서는 깨끗이 잊기로 약속하고 집으로 향했다. 마치 손님을 환대하듯 그렇게 희망에게 마음을 내어주었다. 선물 받은 꽃들 중 일부는 2주가 지나도 단단한 뿌리와 사랑스러운 꽃봉오리가 여전히 싱그럽게 살아남아 있었다. 간호사 선생님들은 그 꽃들을 하나의 꽃다발로 만들어 우리 가족에게 이별 선물로 주셨다. 한동안 꽃은 쳐다보기도 싫다고 했던 가족들도 그 꽃다발만큼은 차 트렁크에 고이 실어왔다.

우리 집으로 가는 나의 첫 여정은 이상하리만치 여러 감정이 교차했다. 어머니는 너무 피곤해서 즐길 새가 없으셨다고 했고, 아버지는 아들과 함께 집으로 돌아갈 수 있다는 행복감에 눈물이 마를 새가 없었다고 몇 번이나 말씀하셨다. 세상은 내가 태어나기 전과 한 치의 오차도 없이 똑같은데도 모든 게 비현실적으로 보였다고 한다. 초록빛 하늘에 차가운 해가 떠있었다나 뭐라나. 그래도 가족들은 가슴 벅찰 정도로 너무 행복했다고 했다. 하지만 동시에 부서질까 조심스러웠다고, 너무나 많은 고난을 겪어서 더 이상 버티지 못하고 사라질 것만 같은 그런 감정이었다고 한다. 그때만 해도 우리가 얼마나 많은 것을 얻게 될 수 있을지, 그리고 그게 우리를 얼마나 강하게 해줄 수 있을지 전혀 몰랐으니까 말이다.

집에 도착하고 나서 아버지는 가장 먼저 어머니와 나를 침실로 데려가 쉬게 했다. 어머니가 잠든 나를 침대에 눕히시는 동안 할머니와 할아버지는 트렁크에서 함께 짐을 내리셨다. **아부 바시**는 선물 받은 그 사랑스러운 꽃다발을 그 누구에게도 묻지 않고 거실 한가운데 놓으시고는 만족스럽게 바라보셨다. 아버지는 차고로 돌아가 차에서 나머지 짐을 꺼낸 뒤 우편물을 확인하러 가셨다. 하지만 아버지는 우편함을 열자마자 후회하셨다고 한다. 우편함을 열어보는 지극히 평범한 행동에 괴로워하게 될 줄 누가 상상이나 했을까? 카드 대금 고지서나 전기세 고지서를 예상했던 아버지의 눈에 들어온 건 한 정형외과에서 보낸 홍보 팸플릿이었다.

그때 아버지는 깨달으셨다고 한다. 우리가 상황을 어떻게 받아들이든 사람들은 내게 손가락질 할 거라는 사실을 말이다. 나는 평생 남들과는 다른, 특별하고 별난 사람이 될 거고 내 팔, 정확히 말하자면 팔 한 개가 없다는 사실은 오점처럼 나를 따라다닐 거라고 말이다.

아버지가 우편함을 열었을 때와 비슷한 일은 또 일어났다.

나는 어린 시절 거리를 걷던 순간들을 아직도 생생하게 기억한다. 길거리를 걷거나 산책하거나, 혹은 공원에서 놀 때면 나는 늘 다른 세계에 뚝 떨어진 듯한 느낌을 받았다. 아니, 사실은 그보다 더 별로였다. 내가 남들과 다르다는 사실이 명명백백히 드러나는 현실 세계로 들어가는 것만 같았다.

지금 와서 생각해 보면 말도 안 되는 생각이다. 내게 팔 하나가 부족한 게 맞으니 「쿠아르토 밀레니오」의 수사관에게 전화를 걸거나 「기묘한 이야기」의 아이들에게 연락하기 위해 스마트폰을 찾을 필요 없다고 말하면 그만이었다. 하지만 불행히도 네다섯 살 쯤의 나는 이렇게 생각할 수가 없었다. 그런 순간들을 경험할 때마다 나는 부모님께 꼭 붙어 있었다. 팔이 사라졌다는 사실, 그리고 팔을 잃어버린 잘못(!)을 사람들의 시선으로부터 숨기려고 말이다. 사람들은 금방이라도 비명을 지를 것만 같은 표정으로 나를 바라봤다. 그럴 때마다 나는 내가 마치 죄를 저지른 듯한 죄책감을 느꼈다. 사람들은 나를 쳐다보고 지나가는 것만으로는 모자랐는지 나를 지나치고서도 다시 뒤돌아봤다. 저 아이, **망코**야. 불쌍해라. 손이 하나밖에 없어.

길을 걷던 어느 날, 아버지가 말씀하셨다.

"데이비드."

"네?"

나는 대답했다. 마주 오던 여자가 하얗게 질린 얼굴로 나를 쳐다봐 이미 기분이 상한 상태였다.

"저 여자가 다시 뒤돌아볼 것 같니?"

"누구요?"

아버지는 내 **브라시토**에서 여전히 눈을 떼지 못하는 그 여자를 향해 살짝 고개를 까딱이셨다. 무슨 말인가 싶어서 나는 의아한 표정으로 아버지를 바라봤다.

"어떨 것 같니? 돌아볼 거라고 생각해?"

"네!"

저는 주저하지 않고 바로 대답했다.

그때 어머니가 물으셨다.

"둘이 무슨 얘기하는 거예요?"

마침 그 여자가 우리 옆을 지나갔다.

나는 대답했다.

"아빠, 지금이에요."

그리고 아버지와 나는 동시에 고개를 돌려 확인했다. 그 여자는 정말로 뒤를 돌아보고 있었다. 너무 고개를 돌린 나머지 저러다 목이 부러지겠다 싶을 정도였다. 하지만 우리의 시선을 알아채고는 토마토처럼 새빨개진 얼굴로 얼른 다시 앞을 바라보았다.

아버지와 나는 하이파이브를 하며 동시에 외쳤다.

"그것 봐!"

그날부터 우리는 이런 상황에 맞닥뜨리면 **롬페쿠에요**, 즉 고개를 돌렸는지 맞추는 게임을 했다. 정형외과에서 날아온 팸플릿을 찢어버리셨던 날처럼, 그날 아버지는 거리에 나갈 때면 느껴지던 두려움을 날려주셨다.

신발 끈

고등학생 시절, 학교에서 막 걸어 나오는 길이었다. 한 친구가 차 키를 만지작거리던 나를 보고는 놀라 물었다.

"너 운전해?"

"어?"

나는 당혹스러웠다. 내가 운전하는 게 그렇게 이상한가?

"그럼, 작년 방학에 땄지. 열여덟이잖아."

내 대답에 친구의 혼란스러움은 줄기는 커녕 더 커진 듯했다. 어찌나 미간을 찌푸렸는지 이마에 흉터가 생긴 줄 알았을 정도였으니 말이다. 그 이마를 보고 나서야 친구의 생각을 짐작할 수 있었다.

그리고 친구가 그 생각을 말하기까지는 그리 오래 걸리지 않았다.

"네가 운전을 어떻게 해?"

그의 시선은 내가 잃어버린 팔로 향했다.

나는 미소 지었다. 사실 나는 답을 해준 거나 다름없었기 때문이다. 그래도 왼쪽 손을 들며 친절하게 알려주었다.

"당연히 손으로 하지."

"그러면 기어는 어떻게 바꿔?"

나는 더 큰 미소를 지어 보였다.

"입으로!"

친구는 충격으로 더는 말을 잇지 못했다. 내가 차에 타 시동을 걸고 출발할 때까지도 그는 입을 딱 벌린 채 그 자리에 못 박힌 듯 서 있었다. 그 친구는 자율주행차의 존재나 또는 자율주행차는 기어를 바꿀 필요가 없다는 사실을 몰랐던 걸까? 아마 그랬을지도 모른다. 내가 평생을 살면서 깨달은 사실인데, 나와 타인이 무언가를 하는 방식이 똑같을 수 있다는 사실을 잘 알거나, 나아가 이해하는 사람을 찾기란 쉽지 않다.

하지만 나는 너무나 잘 알고 있다. 맹세해도 좋다. 왜냐하면 이는 정확하게 내 부모님이 이해해야 할 도전 과제이자 내게 주어진 오랜 과제였기 때문이다. 사람들이나 나 자신을 탓할 생각은 없다. 이건 그 누구의 잘못도 아니다. 그저 무지와 편견, 외로움이 있을 뿐이다. 내가 어떻게 될지, 어떻게 살아갈지, 그러한 걱정들로 어둡고 긴긴밤을 보내야 했다.

"우리는 이 아이를 사랑하고 돌봐주기만 하면 돼."

아부 바시의 이 말은 매일 출근해야 하는 부모님의 마음에 특히 더 와닿았다고 한다.

아부 바시는 부모님이 일하는 낮시간 동안 풍부한 경험을 바탕으로 정성스레 나를 돌봐주고 사랑해 주셨다. 그녀는 산파셨던 어머니, 즉 증조할머니께 많은 것들을 굉장히 자세히 배우셨다.

내가 태어난 뒤로 몇 년 동안 나를 그렇게나 잘 키워준 사람은 우리 **아부엘라** 바시뿐이었다. 그녀는 한 팔로 나를 어르며 나머지 한 팔로 『프론토 Pronto』 잡지를 읽곤 했다. 빛과 애정, 선의로 가득한 사람. **아부 바시**는 그런 분이셨다. 하지만 그런 그녀의 말씀과 낙관주의는 우리 부모님께 충분히 닿지 않았나 보다. **아부 바시**는 터널 끝에서 들어오는 희미한 한 줄기 빛을 볼 수 있었지만, 부모님은 오로지 의문과 걱정에 휩싸여 있었다. 내가 부모님께 평생 의지해야 하는 건 아닌지, 부모님이 없으면 내가 어떻게 될지, 내가 부모님께 지나치게 의존한 나머지 자립하지 못하는 건 아닌지, 만일 내가 독립하지 못하거나 보통의 삶을 살 기회를 가지지 못하면 어떻게 될지와 같은 것들 말이다. 팔이 하나뿐이라면 우물을 기어오르기 힘들테니 말이다. 당시 두 분이 결핍에 매몰되어 열한 번째 손가락의 마법을 알아차리지 못한 것도 어찌보면 당연했다.

그런데 운 좋게도 특별한 두 사람을 만나면서 그 모든

것이 바뀌었다.

"들어오세요."

어느 날, 지점장 테오 삼촌과 아버지의 또 다른 동료인 토니 삼촌이 아버지의 사무실 문을 두드렸다. 아버지는 모니터로 장부를 확인하느라 책상에서 일어나지도 않은 채 대답하셨다고 했다.

"페란, 점심 먹으러 가지."

"괜찮아. 오늘 도시락 싸 왔거든."

"세상에, 우리가 같이 밥 먹은 게 언제인 줄은 알아?"

내가 태어나고 1년 동안 마음의 문을 닫고 지낸 아버지였다. 내가 태어난 그 병원에서 한 줄기 희망의 빛을 보았는데도 아들의 미래에 대한 걱정을 멈출 수가 없으셨던 거다. 그래서 이전보다 사람들과 덜 어울리게 되셨다. 하지만 테오 삼촌은 언제나 아버지를 믿으셨고 내가 태어나고 난 이후로도 아버지에게 무조건적인 지지와 응원을 보내주셨다. 그는 내가 태어나고 처음 몇 달은 아버지가 가족과 많은 시간을 보내야 할 거라고 이해해 주셨다고 한다. 결국 아버지는 오랜 시간 자신을 묵묵히 기다려준 삼촌들과 함께 점심을 먹으러 가기로 결정하셨다. 그리고 그날을 기점으로 변화가 일어났다.

***

그리고 이 두 분은 돈셀 박사님이라는 분을 아버지께 소개해 주셨다.

"그 박사님 딸도 자네 아들과 같다더군."

"내 아들과 같다고?"

"그래, 자네 아들 말이야."

"그러니까, 팔 하나가 부족하다는 거야?"

"맞아. 박사님 딸도 데이비드처럼 팔이 하나 부족하다고 들었어. 한 번 연락해 보는 게 어때? 이게 연락처일세."

연락하는 게 옳은 일인지 오래 고민하셨던 아버지는 긴 낮잠에서 깨어난 어머니께 돈셀 박사님에 대한 이야기를 털어놓으셨다.

"나탈리, 당신 생각은 어때? 연락 한 번 해볼까?"

"글쎄요. 시간이 너무 늦었으니 내일 하는 게 어때요?"

비록 졸음기 가득한 목소리였지만, 아버지는 돈셀 박사님의 번호를 받았을 때 탔던 감정의 롤러코스터에 어머니도 이미 탑승했음을 느끼셨다고 했다.

실제로 우리 가족은 이후로도 이 롤러코스터를 몇천 번은 탔을 거다. 이제는 마치 우리가 이 롤러코스터를 설계한 것처럼 구간 커브 각도나 가장 높이 올라갈 때와 가장 낮게 떨어질 때를 훤히 꿰뚫고 있다. 우리는 롤러코스터란 롤러코스터는 모두 섭렵하려 놀이공원을 쫓아다니는 열성 팬들 같았다. 우리는 매번, 말 그대로 매순간 이 롤러코스터를 타며 무언가를 배웠다고 말할 수 있다. 타기만 해도 무언가를 배울 수 있다는데, 그 티켓을 사지 않고 배길 사람이 누가 있을까?

아버지는 말씀하셨다.

"꼭 기다려야 해? 숫자 여섯 개만 누르면 해결책을 찾을 수 있다고."

"지금이 몇 시인줄 알아요? 그 분께 해결책이 있는지도 모르는데, 그러다 데이비드가 깨면 어떡해요."

"밖에 나가서 하면 돼."

"아뇨. 나도 같이 듣고 싶어요."

"그렇다면 할 수 없지."

아버지는 어머니가 말릴 새도 없이 전화번호를 눌렀다. 세 차례의 신호음이 가는 그 짧은 순간에도 어머니는 마음에 안 든다는 듯 인상을 찌푸리셨다. 바로 그때, 돈셀 박사님이 전화를 받았다.

"여보세요?"

수화기 너머로 목소리가 들려왔다.

"안녕하세요, 박사님. 저는 페란 아길라라고 합니다. 늦은 시간에 연락드려 죄송합니다. 저, 실은 제 아들이 따님과 비슷한 상황이라서요."

대화는 길지 않았다. 늦은 시간이기도 했지만, 박사님께서는 이미 필요한 정보를 다 알고 계셨기 때문이다. 너무 두렵고, 이 상황을 어떻게 마주해야 할지 도무지 모르겠어서 자신을 만나고 싶어 하는 우리 부모님의 마음을 말이다.

아버지의 설명을 들은 박사님께서 말씀하셨다.

"오늘은 여기까지 하시고, 괜찮으시다면 내일 만나서 이야기를 나누는 건 어떨까요?"

통화는 몇 가지 정보를 더 주고받은 다음 끝이 났다.

"어떻게 됐어요?"

어머니가 물으셨다.

아버지는 미소 지으며 내 침대로 걸어오셨다.

"내일이면 알게 될 거야. 그게 좋은 일이든 나쁜 일이든 말이야."

그날 밤 부모님은 한숨도 주무시지 못했다. 그날이 내가 아닌 다른 이유로 잠 못 이뤘던 첫 번째 날이라는 사실은 굳이 말할 필요는 없을 것 같다.

***

다음 날, 돈셀 박사님께서는 자신의 딸 페기와 우리 집에 오셨다. 페기도 다른 사람에 비해 팔 하나가 부족했다. 두 사람에 대한 정보는 그게 전부였다.

페기는 까만 머리카락과 어두운 눈동자를 가진 발랄한 소녀였다. 그녀는 내 부모님께 인사하다가 무언가를 알아챘다.

"어머, 신발 끈이 풀렸네."

페기는 아무렇지 않게 다른 여자아이들처럼 몸을 숙여 한쪽 무릎을 꿇고는 풀린 운동화 끈을 능숙하게 묶었다. 부모님은 내심 놀랐지만, 아무 말하지 않으셨다. 덕분에 돈셀 박사님도 페기도 부모님이 입이 딱 벌어질만큼 놀랐다는 사실을 알아채지 못했다.

그날 오후, 우리는 여러 가지 일화와 우려되는 부분들에 관해 이야기를 나누었다. 페기는 주도적으로 보통의 삶을 살아가고 있었다. 반에서 1등이었고 친구도 많았다. 본인의 첫인상때문에 겪은 속상한 경험들에 관해 이야기할 때조차도 그녀의 얼굴에는 웃음기가 맴돌았다. 하지만 신발 끈을 묶는 그녀를 본 순간, 부모님은 본인들에게 필요했던 모든 것을 얻은 느낌이었다고 한다. 자연스레 무릎을 꿇고 신발 끈을 묶는 페기의 모습은 부모님에게 나 또한 보통 사람처럼 살 수 있고 신발 끈을 스스로 묶을 수 있으며 심지어 나사 NASA(아차, 말해버렸네!)에도 가게 될 거라는 희망을 품게 했다. 내 미래에 어떠한 그림자도 드리우지 않으리라는 사실을 깨달으신 것이다.

사실 신발 끈을 묶는 건 식은 죽 먹기처럼 매우 간단한 행위다. 그렇지 않은가? 신발 끈 묶는 법은 배우고 나면 그 방법을 떠올리기도 전에 몸이 저절로 움직인다. 나도 마찬가지다. 지금은 페기처럼 신발 끈을 혼자 묶을 수 있고 그보다 훨씬 더 많은 일을 할 수 있게 되었다. 아주 오래전 그날, 왜 어머니의 얼굴에 웃음꽃이 피었는지, 왜 아버지의 눈에 눈물이 가득 고였는지도 이제는 이해할 수 있다.

캄캄한 어둠 속에서는 작은 불씨 하나만으로도 주변이 환해지고 포기한 꿈도 다시 시도할 수 있는 힘이 생긴다. 우리 부모님 또한 그러한 순간을 맞이하기 전까지 결국 모든 게 괜찮을 거라고, 아들에게 팔이 하나만 있다고 해서 결코 좌절할 필요 없다고, 그리고 그 사실이 아들을 무기력하게 만들지 않을 거라고 알려주는 사람은 아무도 없었다. 하지만 그날, 페기는 그 사소한 행위 하나만으로 우리에게 모든 걸 보여주었다.

나도 신발을 신을 수 있어

　수년이 흐른 지금까지도 우리 가족은 종종 페기와 돈셀 박사님을 만난다. 특히 내가 어렸을 때 그 둘은 우리 가족에게 무한한 응원을 보내주었다. 그들의 조언 덕분에 거대한 산처럼 보이던 일들도 가뿐히 넘을 수 있는 작은 언덕으로 바뀌었다. 나는 그 둘이 모든 걸 알고 있지만 쉽게 볼 수는 없는, 우리를 위해 쓰여진 **망코**피디아*, 혹은 위키크리플**같은 일종의 특수 백과사전이라는 농담을 던지곤 했다. 하지만 어머니는 내가 그런 말을 할 때마다 진저리를 치셨다. 어린 내가 그런 유머 감각이 있다고 믿기 어려우셨던 모양이다. 원래대로라면 팔꿈치와 손이 있어야 했

　＊　　Manco-pedia. 불구를 뜻하는 스페인어 'manco'와 온라인 백과사전 '위키피디아'(Wikipedia)의 합성어다.

　＊＊　WikiCripple. 온라인 백과사전 '위키피디아'(Wikipedia)와 불구를 뜻하는 영어 단어 'cripple'의 합성어다.

을 내 오른팔의 뭉툭한 부분을 가리켜 **코도네카***, 즉 **팔꿈
목**이라는 재미있는 이름을 붙여주기도 했는데 말이다. 우
리 가족은 식사 때 내가 했던 농담들에 관해 몇 시간이고
함께 이야기하며 웃고 떠들곤 한다. 그러니 갑자기 내가
농담을 던지더라도 놀라지 않기를 바란다.

사실 페기와 돈셀 박사님은 팔 한쪽을 잃어버린 아이들
을 위한 백과사전이나 지침서 같은 존재가 아니다. 그들은
그저 과거의 자신들이 원했던 도움을 필요한 이들에게 주
고 싶어 했을 뿐이었다. 돈셀 박사님은 몇 년이 지난 뒤에
야 사실 그날 우리 가족을 만나기 위해 일정을 모두 취소
했었다고 말씀하셨다. 그리고 페기는 그 신발 끈이야말로
어색한 분위기를 풀기 위한 아주 작은 연극이자 혼란이라
는 강물의 소용돌이에 갇힌 우리 가족을 꺼내 줄 구명조끼
라 생각해 그러한 장면을 연출했다고 고백했다. 그리고 실
제로 그 장면은 나로 인해 새로운 여정을 맞이한 우리 가
족에게 한 줄기 빛이 되어주었다. 나의 **아부엘로****, 질베르
는 달콤 쌉싸름한 기쁨에 복도로 나가 눈물을 흘렸다.

이 사실을 알게 되었을 때, 나도 언젠가 두 사람이 내게
해준 일을 누군가에게 똑같이 베풀겠다고 다짐했던 기억

---

*   codoñeca, 팔꿈치를 뜻하는 스페인어 'codo', '손목'을 뜻하는 스페인어 'muñeca'의
    합성어다.

** abuelo, 할아버지를 뜻하는 스페인어 표현이다.

이 난다. 누군가를 구하기 위해, 아니 적어도 누군가를 돕기 위해 손을 내미는 일 말이다. 처음부터 모든 일이 잘될 거라고 굳게 믿고 있던 사람은 **아부엘라**뿐이었다. 다른 가족들 또한 어느 순간부터는 이 작디작은, 사소한 결함이 있는 몸이 아닌 오로지 나 자신만이 스스로의 한계를 정한다는 사실을 깨달았다고 한다.

물론 세상은 내게 온갖 종류의 장애물들을 던져 주었다. 하지만 다른 누구도 아닌 본인이 싸우겠다고 결심한다면 그 사람은 결코 뒤로 물서지 않는다.

나는 신발 끈을 매는 법을 배운 이후로 한시도 운동화와 떨어진 적이 없었다.

***

9살 무렵, 어느 날 어머니가 내게 물으셨다.

"오늘 숙제 없는 거 확실하니?"

그때는 내 여동생 나이아도 있을 때였다. 나이아가 갑자기 끼어들어 말했다.

"엄마, 난 있어. 그것도 아주 많이! 그림도 그려야 하고, 만화도 봐야 하고, 또……."

나이아는 나처럼 본인도 숙제 있는 척하는 것을 좋아했다.

"없어요."

나는 나이아의 말을 자르며 대답했다.

하지만 어머니는 내 대답을 믿지 않으셨다.

"정말이니?"

"네, 정말로 숙제 없어요. 그러니까 공원에서 알렉스와 아리아드나랑 놀아도 되죠?"

나는 가장 친한 친구들이었던 알렉스와 아리아드나와 축구가 하고 싶어 안달이 나 있었다.

"정말이지?"

"네."

"맹세해?"

"물론이죠!"

"데이비드, 거짓말은……."

"거짓말 아니에요! 제가 어머니처럼 파파 노엘이 없……!"

나는 급하게 입을 다물었다. 다행히도 여동생은(내게는 있었지만) 있지도 않은 숙제를 하는 척하느라 바빠서 내가 산타클로스에 대한 비밀을 말할 뻔한 것은 듣지 못했다(안도라에서는 산타클로스를 파파 노엘이라 부른다).

"맹세해요, 진짜로 숙제 없다니까요."

지금 인상을 쓰며 소리친다고 해서 어머니가 내 말을 믿게 할 수는 없다는 사실을 너무나 잘 알고 있다.

그 당시에는 학교가 끝나면 어머니가 일하시던 여행사

로 곧장 가야 했다. 어머니가 일을 하시는 동안 나이아와 나는 옆에서 조용히 놀거나, 혹은 나는 다음 날 내야 하는 숙제를 하느라, 나이아는 그림을 그리거나 나를 계속해서 방해하느라 정신이 없었다. 나이아는 내 흉내 내기를 너무 좋아했다. 본인은 인정하지 않지만 지금도 멋진 나를 따라 하려고 노력 중이다. 하지만 그 당시의 문제는 나이아나 어머니가 아니었다. 내가 신발 끈 묶는 법이나 축구나 농구를 하는 법을 너무 잘 알고 있다는 게 문제였다. 심지어 수영도 잘했다. 항상 모두를 제치고 1등을 차지할 정도였으니까! 그리고 문제의 그날도 얼른 밖으로 나가 내 실력을 친구들에게 뽐내고 싶었다.

어머니는 30초가량 내 눈을 똑바로 바라보셨다. 그 시간이 내게는 마치 30년처럼 느껴졌다. 이윽고 어머니가 말씀하셨다.

"좋아, 놀다 오렴. 그렇지만 7시 전에는 돌아와야 해!"

나는 어머니의 말이 끝나기를 기다릴 수 없었다. 놀다 오라는 말이 채 끝나기도 전에 이미 문을 박차고 나갔다. 드디어 해낸 것이다! 아주 작은 선의의 거짓말이 성공한 최초의 순간이었다. 마치 세상을 다 가진 기분이었다. 숨 쉬고, 달리고, 높이 뛰어오르고, 크게 웃을 수 있는 기회였다. 팔은 하나뿐이어도 다리는 두 개였으니까! 정말이지 오후 내내 수학, 과학 문제들과 함께 실내에 틀어박혀 있는 것은 죽을 맛이었다. 매일 아침 알렉스와 아리아드나는 전날 공원에서 어떤 게임을 하고 어떤 운동을 했는지 앞다퉈 내게 말해 주었다. 그리고 셋이라면 체육의 일인자가 될 수 있을 거라고 이야기하곤 했다.

어느 날인가는 다른 반 친구 조르디가 말했다.

"그런데 데이비드는 팔이 하나뿐이잖아. 너희가 공을 잘못 던지기라도 하면 쟤는 그냥 맞을 수밖에 없는데?"

학교 운동장에서 우리 이야기를 엿듣던 조르디는 평소처럼 나를 깎아내리려 했다. 그리고 내 옆에 있는 다른 친구에게도 이렇게 말했다.

"그리고 넌 골 넣는 방법도 모르잖아!"

나는 말했다.

"조용히 해라."

하지만 조르디의 입은 멈출 줄 몰랐다. 내가 다시 말했다.

"그래도 나는 오늘 오후에 쟤네랑 놀 거야. 그러니까 그 입 좀 다물어!"

내 친구들은 금세 자리를 떴다. 그때만 해도 어머니는 내 일거수일투족을 꿰뚫고 계셨다. 그 시절 내 세상에는 학교생활과 괴롭힘이 전부였다. 그런 상황에서 어떻게 대처해야 했을까? 나는 그들이 나에 대해 잘못 알고 있다는 걸 세상에 보여줘야 한다고 생각했다. 쌤통이다, 조르디!

드디어 공원에서 친구들이 내게 패스한 공을 받을 수 있게 되었다. 그곳에는 오로지 친구들, 그리고 초록색 벤치와 앉으면 삐걱거리던 그 옆의 또 다른 초록색 벤치 사이에 있던 가상의 골대뿐이었다. 힘차게 공을 차고, 달리고, 골을 넣었다. 그날은 내가 이겼던 것 같다. 선수는 우리 셋뿐이었기에 어떻게 승부를 내나 싶겠지만, 어쨌든 내가 이겼다는 것만은 기억이 난다. 아주 끝내주는 오후였다. 학교 운동장이 아닌 어딘가에서 뛰고 달리다니. 신선한 공기를 잔뜩 들이마신 느낌이었다. 가족들과 휴가 때마다 갔던 메노르카섬에 있는 듯한 기분도 들었다. 자유, 끝없이 계속되는 게임, 종이접기, 즐거운 시간이 있는 그곳은 바다 내음과 부드러운 바람만 없을 뿐, 메노르카섬 그 자체였다. 그때는 2월이었고 여름이 오려면 멀었지만 쳇바퀴처럼 반복되던 학교생활과 지루한 숙제들로부터 비로소 벗어날 수 있었다.

　그리고 그 마법은 성당의 종이 울리면서 풀렸다. 종이 울리는 6시가 되면 우리는 헤어져야 했다.

　알렉스와 아리아드나는 가방을 들고 자전거를 타고서 모퉁이 너머로 사라졌다. 나는 그 모습에 어떠한 질투심을 느꼈음을 인정한다. 자전거 타는 법을 몰라서가 아니었다. 자전거를 탈 수 없었기 때문이다. 약 1년 전쯤, 키가 크기 시작하면서 자전거를 타는 자세가 점점 불편해졌다. 그전까지는 몸을 앞으로 살짝 숙이면 왼손과 뭉툭한 오른팔 끝부분으로 핸들을 잡을 수 있었다. 하지만 자라면서 이전보다 더 몸을 숙여야 했고, 결국 아무리 몸을 숙여도 팔이 핸들에 닿지 않게 되었다. 그래서 밤마다 그만 자라게 해달라고 빌기도 했다. 자란다는 건 무슨 뜻일까? 좋아하는 일을 그만두어야 한다는 뜻일까? 숨이 막힐 것 같았다. 익숙한 일들도 커진 몸 때문에 처음부터 다시 배워야 한다는 사실에 지쳐버렸다. 9살의 내가 원한 것은 고작해야 자전거 타기였다. 그렇게 무리한 부탁은 아니라고 생각했다.

그날 오후 어머니가 계신 여행사로 돌아갔더니 상상치도 못한 일이 나를 기다리고 있었다. 어머니의 책상 위에는 내 거짓말을 고발하는 학교 일정표가 떡하니 펼쳐져 있었다. 그 페이지에는 다음 날까지 제출이 불가능해진 숙제 목록이 적혀 있었다. 그 글자들은 내가 어머니께 솔직히 고백해야 했다며, 유죄라고 외치고 있는 것 같았다.

"이게 무슨 뜻인지 설명해 볼래?"

우리 어머니 나탈리에 대해서 말하지 않은 사실이 하나 있는데, 어머니는 정말 화가 나면 느닷없이 모국어인 프랑스어로 말씀하신다. 그러니 당시 저 질문이 나를 얼마나 떨리게 했을지 상상할 수 있을 것이다. 특히 불과 몇 주 뒤면 내 생일이었기에 더 그랬다. 돌이켜보면 친하든 친하지 않든 사람들에게 내가 할 수 있는 일을 보여주려면 어머니께 거짓말을 하는 일이 아닌 더 나은 선택지도 분명히 있었다. 하지만 그러자니 내 자존심이 용납지 않았다. 다만 이미 탄로난 상태에서 또 다른 거짓말로 상황을 악화시키고 싶지는 않았기에 나는 솔직하게 털어놓기로 했다.

"친구들이랑 놀고 싶어서 그랬어요, 엄마."

내가 엄마라고 부를 때면 어머니의 화는 누그러졌다. 그 날도 마찬가지였다. 이 방법은 절대 실패하지 않으니 어머니께 혼이 난다면 한 번쯤은 시도해 봐도 좋다.

하하, 농담이다. 어쨌든 사실대로 말씀드렸더니 어머니는 놀랍게도 포옹이라는 벌을 내리셨다.

"솔직하게 말했으면 엄마가 같이 숙제를 봐줄 수 있었잖니. 아, 그리고 조르디에 대해서는 선생님께 얘기 드려봐야겠다. 애가 벌써 그렇게 비뚤어지다니. 어쩜 그렇게 바보 같을 수가!"

이후 우리는 짐을 챙겨서 회사 문을 닫고 집으로 향했다. 물론, 어머니께서는 이런 말을 덧붙이셨다.

"그렇지만 벌을 면할 수 있을 거라고 생각하지는 말아요, 아저씨."

아, 내 생일 선물은 물 건너갔나 보다.

"오늘은 혼자 숙제를 다 끝내도록 해. 그렇지 않으면 「아이언 자이언트」는 못 볼 줄 알아!"

그날, 자기가 몸을 직접 만든 로봇이 인류에게 선의를

베푸는 만화영화를 보지 못하게 되어 너무나 화가 났다는 사실은 부정하지 않겠다. 그 만화영화를 볼 때면 주인공이 나를 부르거나 내게 말을 거는 것만 같아 제일 좋아했다. 그리고 나는 그 후로도 며칠을 밖에 놀러 나갈 수 없었다. 그날그날 주어진 숙제들을 다 끝내지 못했기 때문이다.

그래도 다행히 내가 가장 두려워했던 일은 일어나지 않았다. 부모님이 생일 선물을 주셨으니 말이다. 내 인생은 이 레고 선박 만들기 세트를 받기 전과 후로 나뉠 정도로 평생 가장 특별한 선물이었다. 그 레고 세트는 아버지께 영감을 불어넣어 주기도 했다. 아버지는 훗날 내 다큐멘터리 「미스터 핸드 솔로 Mr. Hand solo」의 사운드트랙 중 「오, 레고 Oh, LEGO」라는 멋진 노래를 작곡하셨다.

내가 어머니께 거짓말을 했던 그날로 다시 돌아가 보면, 밤에 일찍 잠자리에 들었던 게 기억이 난다. 어머니가 이불을 덮어 주셨을 때, 나도 모르게 그만 웃음이 새어 나왔다. 그리고 이렇게 여쭤볼 수밖에 없었다.

"도대체 어떻게 아셨어요?"

어머니는 내가 본 것 중에 가장 크고 따뜻한 미소를 보여주셨다.

"데이비드, 이 두 가지는 알아두렴. 첫 번째는 나도 한때는 어린 소녀였다는 거야. 그러니 네 속임수를 모두 알고 있지. 두 번째는 내가 네 엄마라는 사실이란다. 아가, 네가 어딜 가든 엄마는 늘 따라갈 거야. 앞으로 친구들이랑 시간을 보내고 싶으면 그냥 내게 말해주기만 하면 돼, 알겠지? 그러겠다고 약속하렴. 그리고 엄마는 아들에 대해 모르는 게 없어. 다음에 또 거짓말을 할 때가 온다면 이 점을 떠올리려무나."

그 이후로 어머니께 거짓말을 하는 일은 없었다.

가만히 좀 있어!

　오해하기 전에 미리 말하자면, 그 배가 내 생애 최초의 레고 세트는 아니었다. 하지만 그 배는, 음, 처음부터 다 털어놓으면 재미없으니 여기까지만 하겠다.

　어쨌든 그 배는 내가 태어나 처음으로 만들어 본 레고 세트는 아니었다. 사실 레고 세트를 처음 선물 받았던 건 잘 기억나지 않을 정도로 너무 어렸을 때였다. 몇 살이었더라? 아마도 5살, 아니 4살 정도 아니었을까. 애매한 내용은 부모님께 여쭤보며 쓰고 있으니 믿어도 좋다. 기억하는 메커니즘은 참 신기하다. 한 번 생각해 보시라. 어떻게 그 많은 것들을 기억할 수 있단 말인가! 우리는 인생에서 단 한 번뿐인 하이라이트, 그런 멋진 이벤트가 가득한 날들을 살아간다. 그때 느낀 즐거움, 두려움, 초조함, 창피함과 같은 감정들은 우리 기억에 아주 정확하고 세밀하게 저장되지 않는가. 또 어떤 때는 이런 것들을 색깔과 연관 짓기도 한다. 인생에서 검은 날이나 파란 날, 노란 날들이 며칠이나 될까? 하지만 그런 일들이 우리의 머릿속에 하나하나 순서대로 완벽하게 저장되는 경우는 거의 없다.

내 인생의 아카데미 기억 각색상은 내가 처음 자전거를 탔던 그 순간에 주고 싶다. 자전거 안장은 아버지가 잡아 주셨다. 나는 왼손은 핸들에, 짧은 오른팔은 브레이크 위에 올려두었다. 있는 힘껏 페달을 밟는 나를 보며 아버지는 계속 달릴 수 있게 응원해 주셨다. 환한 햇살이 가득한 오후, 행복했던 감정, 나무와 자갈길, 행여나 무슨 일이 생길까 나만을 바라보시던 조부모님과 어린 시절 공원에서 보냈던 시간들이 지금도 기억 속에 선명하게 남아있다. 아버지와 내가 미소 지었던 것도 기억난다. 드디어 내가 자전거를 타게 됐다니! 남들과 똑같은 소년이 된 것 같은 기분이었다.

그 기억은 온전히 머릿속에 남아 마치 한 편의 넷플릭스 영화처럼 몇 번이고 다시 재생되었다. 이제는 그 영화의 음성 언어와 자막까지도 선택할 수 있을 정도다. 하지만 다른 기억들은 흐릿하고 불분명하다. 완전히 잊어버린 경험들도 있다. 내 삶에서 정말 중요하고도 중요한 순간들이었을텐데 말이다. 장난감을 조립하던 어린 시절이 책 집필과 연결될 줄 그 누가 알았을까?

가족들은 내가 아주 어렸을 적부터 블록 놀이를 좋아했

다는 이야기를 자주 해주었다. 말했다시피 나는 그 사실을 거의 기억도 못 하는데 말이다. 내 머릿속에는 무언가를 만들면서 재미있어했던, 행복하고 즐거웠던 감정들만이 남아있다. 색깔로 치자면 주황색과 노란색이지 않을까. 장난감을 가지고 놀거나 무언가를 조립하기에 한 손이면 충분했다. 첫 작품은 계란 모양 초콜릿에 들어있는 작은 피규어였다. 초콜릿 안에는 스쿠터나 자전거를 타고 있는 플라스틱 동물 캐릭터 모형과 같은 랜덤 장난감과 조립 설명서가 들어 있었다. 초콜릿을 사달라 떼를 쓰면 부모님은 못 이기는 척 사주시곤 했다. 그러면 얼른 포장지를 벗겨 쓰레기통에 던져버렸다. 초콜릿도 마찬가지였다. 내가 원했던 건 장난감이 들어있는 작은 주황색 캡슐뿐이었다. 캡슐을 잘 열지 못해 가끔 이로 물어뜯다가 꾸지람을 듣기도 했다!

무언가를 만드는 일을 좋아하던 나는 새로운 장난감을 선물 받을 때마다 늘 가슴이 설레였다. 나는 부모님께 대신 만들어달라고 조르는 대신 초콜릿을 드시라 건넸다. 조립하는 일이 전혀 힘들지 않았다. 오히려 너무 좋아 미쳐버릴 것만 같았다. 설명서를 보지 않고도 나무 위에 앉아있는 코알라나 모자를 쓰고 자전거를 타는 스머프, 조각이 6개뿐이라 안쓰러운 퍼즐까지 하나하나 직접 만들었다. 장난감이 아니라 퍼즐이 나오면 너무 속상하고 화가 났다.

내 말을 못 믿겠다 해도 할 수 없다. 이건 모두 연습의 문제라는 말로밖에 설명할 수 없다. 그 작은 피규어를 처음부터 5분 안에 조립할 수는 없었지만, 금세 익숙해졌다. 실제로 피규어 뒤에 있던 조립 방법이 적힌 아주 작은 종잇조각을 몇 년이 지난 후에야 발견했으니 어쩌면 내게 소질이 있었는지도 모르겠다.

그렇다. 심지어 나는 처음부터 규칙도, 조립 설명서도 없이 조립하기 시작했다. 그러니 한계도 없었다. 지금도 나는 설명서를 보지 않고 직감에 따라 만든다. 레고 블록의 볼록한 부분, 판형 부품, 서로 정확하게 연결되어야 하는 이음매가 빛을 내며 마치 자신들의 목적지를 내게 말해 주는 것만 같다. 그 모습을 보면 내 손가락에 전율이 인다. 감정과 색이 느껴지고, 오래된 것에서 새로운 것을 창조하고픈 충동을 느낀다. 창조를 위한 재료도, 그리고 그 안에 담긴 본질도 이미 다 갖춰져 있다. 나는 블록에 새로운 모양과 유용함, 그리고 새로운 의미를 부여한다.

그건 마치 작곡과 같다. **둠, 두둠두, 둠두둠, 둠**. 똑같은 소리 같지만 거기에는 고유의 일관성과 형태, 색깔이 있다. 이러한 소리를 묶어 새로운 소리와 경험을 만들어내는 일이 바로 작곡이다.

둠.

두둠두.

둠두둠.

챙.

둠.

챙.

두둠두.

챙, 챙.

내가 작곡한 이 곡은 활자가 아닌 런치패드*로 직접 연주한다면 훨씬 더 와닿았을 텐데. 이처럼 작곡과 마찬가지로 블록 또한 조립해야지만 진정한 의미를 갖는다.

아홉 번째 생일날 레고 세트를 선물 받았을 때, 멋진 배를 만들 생각에 가슴이 벅찰 만큼 너무나 행복했다. 이 감정은 내 기억에는 물론 (매우 당황스럽게도) 사진으로도 잘 남겨져 있으니 전혀 의심할 여지가 없다. 나는 그 상자에 색깔별로 나누어 담은 블록들을 잘 조립하여 물을 가득 담은 욕조에 띄워도 가라앉지 않을 멋진 배를 만들겠다고 다짐했다.

나는 단 며칠 만에 한 치의 오차도 없이 배를 만들었다.

---

* 패드를 눌러 소리를 내는 도구로 악기라기보다는 말 그대로 장비에 가깝다. 실제 악기를 연주하듯 64개의 네모난 버튼을 누르면 소리가 난다.

수백만 달러를 써서 영화 「타이타닉」을 찍은 제임스 카메론 감독도 부러워할 만큼 상자에 인쇄된 모습 그대로였다. 당시 우리 집안 형편을 생각한다면 부모님께 이 커다란 레고 상자값은 영화에 들어간 비용만큼이나 비싸게 느껴졌겠지만 말이다.

내가 다섯 손가락과 **브라시토**만으로 얼마나 훌륭하게 레고를 조립했는지는 굳이 짚고 넘어가지는 않겠다. 배는 만들자마자 부모님과 여동생에게 달려가 보여줄 정도로 무척 만족스러웠다. 나이아는 배를 만지작거리느라 정신없었다. 마치 영화 「캐리비안의 해적」에 나오는 크라켄이라도 되는 양 돛을 부숴버린 덕분에 잭 스패로우가 영영 모험에 나서지 못할 뻔했다. 그 배는 상자에 있는 사진과 똑같으면서도 굉장히 다르게 느껴졌다. 마치 무언가 빠져 있는 듯한 느낌이었다. 레고 세트를 조립한 뒤 처음 든 생각은 '이제 어떻게 하지?'였다.

각각의 존재만으로도 의미가 있는 블록들은 조립하면 타이타닉호나 빅 벤, 또는 호그와트로 다시 태어날 수 있다. 그렇다면 이 블록들로 배 말고 다른 걸 만들 수는 없을까? 새로운 의미를 만들어낼 수는 없는 걸까? 어쩌면, 정말로 어쩌면, 내가 마음만 먹는다면 무엇이든 만들어 볼 수 있을 것이다. 의수조차도 말이다.

나는 내 방 선반 위에 올려놓은 배를 보며 그런 생각을 했었다. 내 첫 작품은 여전히 그곳에 전시되어 있다. 나는 그 레고 세트가 진정한 모습을 되찾을 때까지 시간이 조금 더 필요하다는 사실을 어렴풋이 느꼈다.

바보 같은 소리처럼 들리겠지만, 이때가 바로 레고 블록을 제 위치에 조립했을 때처럼 무언가가 완벽하게 맞물리는 순간이었다.

롬페쿠에요 게임을 하거나, 자전거 혹은 나중에 가지게 될 슈퍼자전거를 타거나, 그리고 방과 후 부모님의 눈을 피해 축구를 하고 나면 듣게 되는 반복적인 이야기들이나 동정심과 수치심, 연민, 간혹 역겨움이 섞인 특유의 시선에 나는 지쳐만 갔다. 그리고 더 이상 참고 싶지 않아졌다. 길거리를 걸으며 느꼈던 감정을 거울 앞에서는 단 1초도 느끼고 싶지 않았다.

사람들의 시선.

판단.

무시.

망코.

쓸모없음.

할 수 없음.

손상된 몸.

이러한 것들은 맹세코 내가 거울 속에서 보고 싶은 모습들이 아니었다.

그래서 나는 내 마음대로 블록을 조립하면서 처음으로 반항이라는 것을 하기 시작했다. 그때는 내가 13살도 채 되지 않았을 무렵이었다.

***

　"계속해서 **말썽** 피우면 친구들이랑 **콜로니아스*** 가는 건 취소야. 알겠니?"

　어느 날, 어머니가 말씀하셨다. 10살 때였다. 앞에서도 말했지만, 어머니는 화가 나면 갑자기 프랑스어를 사용하셨다. 그리고 불안할 때면 카탈루냐어까지 섞어 쓰셨다. 이게 내가 정말 엄청나게 곤란해졌다는 걸 알려주는 완벽한 신호라는 사실을 부인하지 않겠다. 사실 카탈루냐어까지는 괜찮다. 하지만 '알겠니?'라고 프랑스어로 말씀하셨다는 건 무척 화가 나셨다는 증거다. 친구들이 영어를 배우고, 운동이나 게임을 하고, 끝내주는 시간을 보내는 동안 나 혼자 꼼짝 없이 집에만 있지 않으려면 당분간은 얌전히 지내야 한다는 뜻이었다.

　그때는 자전거를 타거나 좋은 성적을 받거나 축구를 하

---

*　colonias. 본래 '식민지'를 뜻하는 스페인어로, 안도라와 스페인의 학생들이 학교에서 멀리 떨어진 곳으로 떠나는 짧은 여행을 가리킨다. 우리나라의 수련회, 수학여행과 비슷하며 다양한 야외 활동과 프로그램 등을 통한 교육적 경험을 제공한다.

거나 모형 비행기를 만드는 것만으로는 부족했다. 나는 장난도 무척 좋아했다. 알렉스와 세리는 당연히 내 장난에 동참했고 데이비드와 펩 또한 기꺼이 함께 해줬다. 언젠가 스핏볼*이 유행이던 때가 있었다. 선생님들께서는 수업 중에 거의 돌아보지 않으니 그 사이에 침으로 뭉친 종이 덩어리를 입으로 불어 천장에 붙이는 장난이다. 솔직히 내가 이 장난에 몰두했던 기간은 고작해야 두 달 정도였다.

하지만 그것뿐이라면 다른 일이 더 일어나지도 않았을 것이다. 교실 천장에 휴지 몇 장 붙어 있다고 누가 신경이나 쓸까? 하지만 당연하게도 문제는 거기서 끝나지 않았다. 어느 날 내가 천장을 향해 휴지를 불어 쏜 순간 뒤를 돌아보신 선생님이 내 입에 물려 있는 펜대를 목격하시고 말았다.

"데이비드!"

나는 너무 놀라 휴지와 펜대를 거의 삼켜버릴 뻔했다.

"설마 네가 그럴 줄은 상상도 못 했다! 다른 애들보다 더 노력해도 모자랄 판에!"

선생님의 그 말씀이 내 머릿속에서 맴돌았다.

"다른 애들보다 더."

---

* 학교 수업 시간에 종이에 물이나 침을 묻혀 뭉친 다음, 빈 펜대 따위에 넣고 입으로 훅 불어 천장에 붙이는 장난을 가리킨다.

"다른 애들보다 더."

"다른 애들보다 더."

나는 팔 하나를 잃어버렸으니 선생님의 말씀이 맞긴 했다. 그리고 그것 때문에 선생님께서 내가 장난치는 현장을 적발하신 것도 맞다. 만약에 내게 두 손이 있었더라면 한 손으로 입에 물고 있던 펜대를 재빨리 낚아채 감추고 다른 한 손으로 멀쩡한 펜을 잡고 집중하는 척할 수 있었을 테니까. 하지만 나는 그럴 수 없었다. 내 손은 하나였고, 결국 선생님께 걸리고 말았다.

내가 반 친구들보다 부족하다는 생각은 엄연한 선생님의 착각이다. 그날 수업이 끝날 때 선생님의 머리카락에는 작은 종이 뭉치가 잔뜩 달라붙어 있었으니 말이다. 이를 본 반 친구들은 웃음을 멈추지 못한 탓에 또다시 걸리고 말았다. 내가, 다른 애들보다 더 선생님의 파마머리를 망쳐놓았다.

"한 번만 더 이런 장난을 했다가는 친구들과 못 놀게 할 거야, 알겠니? 정말이지 나쁜 친구들이구나!"

어머니는 아주 오랫동안 나를 꾸짖으셨다. 그날 오후, 나는 엄청나게 긴 잔소리를 들었다.

"하지만, 엄마……."

"핑계 대지 마, 데이비드. 물론 선생님 말씀이 다 옳은 건 아니었지만, 너도 똑같아. 선생님을 존경하는 태도를 보여야지!"

"저를 존중해주지 않으시는데도요?"

내가 어머니께 대들었다는 사실은 부인할 수 없겠다. 어머니는 한숨을 쉬시고는 내 볼을 쓰다듬으며 말씀하셨다.

"아가, 모든 일이 내 마음대로 되지는 않는단다. 가끔은 그런 말을 듣더라도 참을 줄 알아야 해. 그리고 올바르게 반응하기 위해 노력해야 하고. 오늘 일에 대해서는 엄마가 선생님과 이야기해 볼게. 아마 별 생각 없이 하신 말씀일 거야. 하지만 어떤 상황이든 선생님 머리에 종이 뭉치를 날린 건 용납할 수 없는 행위란다. 알겠니, 우리 귀여운 꼬마돼지? 만일 네가 또다시 말썽을 피운다면……."

"**콜로니아스**에 가는 건 없던 일이 된다고요. 저도 알아요."

어머니는 고개를 끄덕이시고는 숙제를 끝내라며 내 방을 나가셨다. 어머니는 내가 선생님께 그 종이 뭉치로 복수한 것 때문이 아니라 나를 과소평가하신 선생님 때문에 화가 나셨으리라 생각한다. 어머니는 늘 누군가가 나를 건드리면 스스로 방어하라고 말씀하셨으니까! 물론 선생님과 조르디는 경우가 다르긴 하지만. 어쨌든 어머니는 정말로 내가 친구들과 **콜로니아스**에 가지 않기를 바라셨다. 처음이었으니 걱정이 이만저만이 아니셨다.

그렇다고 오해는 말아달라. 그전까지는 친구들이 끼워주지 않아서 가지 않은 게 아니었다. 내가 가기 싫었다. 나는 많은 일을 할 수 있었지만, 부모님께서 늘 내 곁에 계시다 보니 나도 모르게 부모님을 안전망이라고 생각했던 것 같다. 안 좋은 일을 겪을 때도 언제나 나를 지켜주는 구명조끼 같은 존재라고 말이다. 두 분은 내가 흔들리거나 꺾일 때마다 늘 곁을 지켜주셨다. 그런 안전망을 벗어나 선생님들의 지휘하에, 심지어 반 친구들과 며칠 밤을 보낸다니! 내가 실패하는 모습을 보며 그들이 내 능력에 대한 모든 편견을 확인하게 하고 싶지 않았다. 그건 내가 집라인이나 당나귀를 타다가 떨어져서 다치는 일보다 훨씬 더 나를 두렵게 했다. 조르디, 마르크, 사무엘의 조롱이나 카를레스, 마리나, 선생님의 연민 어린 시선은 물론 나 자신의 시선 또한 두려웠다. 내가 실패할 게 뻔한 일들을 할 수 있을까? 실패의 두려움에 사로잡히면 어떻게 하지?

하지만 두려움에 사로잡히면 우리는 아무것도 할 수가 없다. 두려움에 맞서며 장애를 극복하고, 이를 머릿속에 떠올리며 뛰어넘어야만 한다. 만약 실패한다면, 그러니까 당나귀나 집라인에서 떨어진다면 툭툭 털고 일어나 상처를 치료하고 실수를 발판 삼아 제대로 된 결과가 나올 때까지 다시 시도하면 된다. 어른이 된 지금이야 그러한 사실을 모르지 않는다. 하지만 10살짜리 꼬마라면 당연히 이러한 사실을 알지도, 이해하지도 못한다. 맨몸으로 두려움에 부딪히게 되면 그 자리에 멈춰 계속 앞으로 나아가야 할지, 아니면 그대로 패배를 인정하는 게 나을지 고민하게 된다.

말했다시피 부모님께서는 내가 맨몸으로 뛰어드는 것을 막지는 않으셨다. 그래서 나도 두려움이 내 앞을 가로막지 못하게 했다. 나는 필요한 순간에 내가 할 수 있다고 판단되면 주저 없이 뛰어들었다. 그리고 **콜로니아스**는 그때 내가 뛰어들어야 했던 수영장이었다. 이는 훗날 카약 타기, 새 자전거 타기, 운전 배우기 등으로 바뀌어 갔다.

아, 스포일러 할지도 모르니 이 이야기는 여기까지 해야겠다.

나는 **콜로니아스** 기간 동안 아주 멋진 추억들을 쌓았다. 당나귀에서 떨어지지 않았고, 스릴감에 소리를 지르며 집라인을 타거나 친구들과 축구를 했고, 그 덕분에 밤에는 2층 침대(당연히 위층에서 잤다)에 쓰러져 그대로 곯아떨어졌다. 만일 내가 **콜로니아스**에 가지 않았더라면 내게 정말 특별했던 그 모든 여행을 떠나지 못했을 것이다.

솔직히 모두가 즐겁지만은 않았다.

다이빙을 하다 보면 물보라를 일으키며 입수할 때도 있고, 가끔은 수영장 가장자리로 떨어질 때도 있는 법이다. 그중에서도 최악은 그런 일들이 언제든지 일어날 수 있다는 사실이었다.

그럴 땐 어떻게 수습해야 할까?

평소와 다름없던 하루

정말로 그러했다.

그러니까 다른 날과 다름없는 하루였다. 내가 **바치예라
토***에 입학한 첫 해였다. 미국으로 치면 11~12학년 정도
다. 그리고 그날은 정말 평소와 똑같은 하루였다. 약속한
다. 정말 맹세한다. 내 고향인 안도라에서 말하는 비가 보
타백이나 배럴 속 와인이 쏟아지듯 억수로 퍼붓는 날도 아
니었다. 햇빛이 뜨거운 날도 아니었고 새들이 지저귀지도
않았다. 우울하게 눈이 내리기 시작한 것도 아니었다. 음,
생각해 보니 새들이 지저귀기는 했는데 내가 못 들었는지
도 모른다. 내 마음은 수리하려던 스쿠터나 화학 시험, 초

---

*   bachillerato, 안도라, 스페인, 라틴 아메리카 일부 국가들에서 사용되는 교육 과정
이다. 대략 16~18세 사이의 학생들을 위한 고등학교 과정 2년을 의미하며, 이때
학생들은 대학 입학 준비와 전문 경력을 위한 기초를 다진다. 관심사와 진로 목
표에 따라 과학, 인문학, 예술 등 특화된 과정을 선택할 수 있고, 이를 성공적으
로 이수하면 대학 입학 자격을 얻게 된다.

록색 등대불이 비추는 황금빛 바다에 가 있었기 때문이다.

아, 이런. 날씨를 이야기하던 중이었는데 이야기가 새어 버렸다. 아무튼 하늘에 잿빛 구름이 가득한 지루한 날이었 다. 무엇 하나 다를 것 없었지만 사실은 그렇지 않았다. 나 는 심장을 뛰게 만드는 비밀을 가슴속에 품고 스쿠터를 수 리할 방법을 생각하면서 학교에 가고 있었다.

그날이 특별했던 이유, 그건 바로 내가 마르타에게 고백 하기로 결심했기 때문이다. 한 소년이 한 소녀에게 고백할 용기를 내는 건 사실 그리 특별하지 않다. 옛날부터 전해 내려온 흔하디 흔한 이야기다.

나는 가장 좋아하는 티셔츠를 입고, 그 위에 레이어드한 셔츠의 소매가 빠져나오지 않게 바지 주머니에 넣었다. 생 일 선물로 받은 새 운동화도 개시했다. 좋아하는 그녀에게 데이트를 신청하는 남자라면 응당 만반의 준비를 갖춰야 하지 않겠는가? 오늘은 분명 특별하면서도 색다른 하루가 될 것이다. 마르타와 나는 이미 왓츠앱으로 몇 시간이나 대화를 나누고 있었다. 정확하게 학교 이야기만 빼고 말이 다. 함께 저녁을 먹고 영화를 보고, 그리고 내가 그녀에게 느끼는 감정을 고백할 시간이 마침내 다가온 것이다.

적어도 나는 그렇게 생각했다.

아차, 또 스포일러를 할 뻔했네. 내가 너무 앞서 나가지 않도록 누가 좀 말려줬으면 좋겠다.

어쨌든 학교를 가는 길에 알렉스를 만나 평소처럼 장난을 쳤다. 나는 입이 근질근질해서 참을 수가 없었다. 그래서 알렉스에게 내 계획을 털어놓았다.

"야, 너 미쳤구나."

알렉스는 웃으며 딱 한 마디를 했다. 만일 여러분이 계획한 미친 짓에 친구가 웃어준다면 그건 좋은 미친 짓이라는 뜻이다. 게다가 알렉스의 말이 맞기도 했다. 나는 미쳐 있었다. 팔 하나를 잃어버려서가 아니었다. 그냥 마르타가 너무 좋았다. 얼마나 좋았냐고?

짧게 말하자면, 일단 마르타는 예뻤다. 그것도 너무 예뻤다. 더 길게 이야기해 볼까? 마르타는 등대처럼 환하게 빛나는 초록빛 눈동자와 풍성한 긴 금발 머리를 가지고 있었다. 동네 여자애들은 모두 마르타가 무슨 샴푸를 쓰는지 궁금해했다. 그리고 그녀는 국어와 문학에 뛰어난 재능을 보였다. 마르타는 마치 그녀가 특히 좋아하는 전치사와 부사로 사람을 홀리는 문법의 세이렌 같았다. 그녀의 목소리에 모두가 귀를 기울였으니 말이다. 내가 케이블과 레고를 잘 다루듯 마르타는 단어를 능숙하게 다루었다. 그리고 그게 날 미치게 만들었다. 문자 그대로 미칠 것 같았고 그래서 나는 내가 미쳤다고 생각했다. 다만 알렉스의 미쳤구나 와는 다른 의미였을 뿐이다.

나는 대답했다.

"돌아버리기는 했지. 야, 근데 내 신발 멋지지 않냐?"

알렉스는 내 등을 한 대 때렸다. 그렇게 우리는 학교를 향해 걸었다. 수업 시간에 어떤 일이 벌어질지도 모르고 말이다.

"안녕, 데이비드."

내가 도착하자 조르디가 내게 인사했다. 조르디가 나를 괴롭힌다는 사실을 앞서 말했을 것이다. 그래서 나는 그의 인사에 놀랐다. 보통 조르디는 얼간이처럼 굴었기 때문이다.

"수학 숙제 좀 하게 손 하나만 빌려줄 수 있어?"

조르디가 오른손을 뻗으며 이렇게 물었다. 그가 평소처럼, 즉 철저하고 완벽하게 바보처럼 행동하는 데 걸린 시간은 고작 0.7초였다. 그리고 이제껏 이야기한 대로 확실히 나는 친구가 많은 편은 아니었다. 나는 가만히 서서 조르디를 물끄러미 바라보았다.

"아, 미안!"

반 친구들 사이에서 킥킥대는 소리가 들려왔다.

"그런데 내 손이 숙제를 더 잘할 거 같아."

그 말에 여기저기서 웃음소리가 터져 나왔다.

무언가 대단한 일을 이뤄낸 사람도 여전히 비난받거나 과소평가를 당한다는 현실은 정말이지 믿기 어렵다. 심지어 조르디는 내가 첫 의수를 만들었을 때 같은 반이었다. 내가 무엇을 할 수 있는지 조르디가 알았다는 뜻이다. 다만 여기서 한 가지 짚고 넘어가고자 한다. 평소 나는 그 아이의 생각 따위는 거의 신경 쓰지 않았다. 살면서 배워야 할 가장 큰 교훈 중 하나는 바로 목표가 무엇이든 그것을 이뤄낸다는 사실이 중요하다는 점이다. 다른 누군가가 아닌, 나 자신을 위해서 말이다.

"아닌데? 조르디 넌 손보다 머리를 써야 하지 않냐?"

그때 조르디가 나를 바라보던 시선은 굳이 말하지 않겠다. 그 순간 선생님께서 교실로 들어오셨기에 바로 모두가 자리에 앉았다.

나도 자리에 앉아 휴대전화를 꺼냈다. 아침에 마르타에게 방과 후에 만나자는 메시지를 보냈는데, 답장은 아직이었다. 내 눈에 다른 건 들어오지 않았다. 오로지 마르타가 답장을 하지 않았다는 것, 그것만 보였다. 나는 그저 마르타가 바쁘거나 이미 수업이 시작했기 때문일거라 생각했을 뿐, 무응답이 무슨 뜻인지 제대로 해석하지 못했다. 미소인 줄 알았던 이모티콘이 찡그림이었다는 사실, 그녀의 우정이 연민이었다는 사실, 그리고 그녀의 친구들이 나를 보며 수근거렸다는 사실을 어떻게 알 수 있었겠는가?

나는 쉬는 시간이 되자마자 마르타에게 다시 메시지를 보냈다. 그리고 점심시간까지 영원과도 같은 두 시간이 지났다. 내 머릿속은 온통 마르타에게 어떻게 연락할지, 어떤 메시지를 보낼지, 무슨 질문을 할지, 어떻게 저녁 식사에

초대할지로 가득했다. 그래서 일단은 쉬운 것부터 시작하기로 했다.

그날따라 복도는 왜 그렇게나 길고, 문은 또 평소보다 얼마나 무거웠는지. 발걸음이 떨어지지 않았다. 다른 상황에서는 어떻게 그렇게 맨몸으로 부딪힐 수 있었을까? 그때는 용기를 내는 일이 너무나 어려웠다. 결국 나는 그 자리에 주저앉아 숨호흡을 하고는 휴대전화로 메시지를 쓰기 시작했다.

[나랑 저녁 먹지 않을래?]

메시지를 보내자마자 체크 표시가 파란색으로 바뀌었다. 하지만 안타깝게도 문자를 본 마르타의 얼굴에서 미소가 사라지는 모습은 보지 못했다. 자세한 내용이야 수업이 다 끝난 뒤에 문자로 이야기할 수 있으니 그냥 내버려뒀다.

남은 하루는 내내 어지러웠다. 나는 어렸을 적 헬리콥터 조종에 대한 환상을 가지고 있었다. 내가 너무 좋아하니 다들 내게 레고뿐 아니라 헬리콥터 장난감도 선물해 주기 시작했다. 계란 모양 초콜릿 속 작은 장난감이나 빌딩 피규어를 조립할 때는 결코 서두르는 법이 없었는데, 레고나 헬리콥터 장난감은 무아지경으로 빠지곤 했다. 심지어 내가 만든 헬리콥터를 타고 드넓은 하늘을 나는 게 어떤 느낌일지 상상해 보기도 했다. 이날 느꼈던 어지러움은 그때 이후로 무척 오랜만이었다. 마치 머릿속에 구름이 둥둥 떠다니는 것만 같았다. 정말 뜬구름을 잡고 있었으니까 말이다! 이제 와 생각해 보면 최고 속도로 돌아가는 세탁기 속에서 느끼는 어지러움에 더 가까웠다.

아무튼 그날 하늘은 흐렸고, 나는 어지러웠고, 마침내 마르타에게서 한 단어로 된 답장이 도착했다. 왜 그런 답장이 올 거라 생각하지 못했는지 모르겠다.

[싫어]

정말 엄청난 충격이었다. 마치 헬리콥터가 충돌한 것만 같았다.

[싫다고?]
[그래, 싫어. 데이비드. 너랑 저녁 같이 먹기 싫다고]

펑.
이미 말했지만, 나는 그날 일어날 많은 것들을 예상하지 못했다. 심지어 마르타는 이렇게 덧붙였다.

[**너랑은** 같이 나가고 싶지 않아]

무려 강조 효과까지 주면서 말이다.

[왜?]

어쩌면, 어쩌면 나는 걸음마를 갓 뗀 아기처럼 발버둥치며 소리 지르고 싶은 충동을 억누르듯 혀를 깨물어서라도 묻지 말았어야 했는지 모른다. 하지만 내가 아직 알아차리지 못한 무언가가 내 인생을 바꾸어 놓을 것이라고 어떤 목소리가 내게 속삭이고 있었다.

[우리, 친해진 거 아니었어?]
[그건 그런데……]

마르타는 말을 흐렸다. 마치 하고 싶은 말이 목 끝까지 차올라 있지만 나오지 않는 것처럼 말이다. 아마도 나보다 더 깊이 고민하는 모양이었다. 아, 그녀가 진실이라는 독으로 가득 찬 잔인한 말들을 쏟아내는 대신 삼켰었다면 얼마나 좋았을까.

[하지만 너 한쪽 팔이 없잖아. 그리고……]

마르타는 말을 이어갔다. 음, 마르타는 나와 친해진 건 맞지만, 그것(내 팔, 즉 팔을 하나 잃어버렸다는 사실)이 어색하다고 했다. 그리고 마르타의 친구들은 나와 어울리는 그녀를 보며 비웃었단다(아니, 마르타, 걔네는 나를 보고 비웃은 거야. 이제는 너도 잘 알겠지만). 하지만 마르타는 친구들처럼 웃을 수가 없어 속 상했다고 한다. 우리는 친구이기 때문이라면서 말이다. 그리고 내가 자신을 용서해 주기를 바란다고 했다.

어찌할 바를 몰라 작별 인사만 간신히 건넸다. 하지만 차마 그녀를 차단할 수 없어 채팅 내용만 보관함에 저장해 두었다. 나는 지구상에서 가장 멍청한 존재가 된 듯한 기분을 느끼며 집으로 돌아왔다. 차가운 휴대전화 너머로 전해진 말이지만 그때만 해도 팔이 하나 부족한 게 아니라 망할 뇌가 없는 사람처럼 아무것도 느끼지 못했다. 나는 정말로 마르타가 그 사실을 신경 쓰지 않으리라 생각한 걸까? 정말로 그녀가 마음에 두지 않았을 거라고? 하긴, 그랬으니 새 신발까지 꺼내며 주위를 돌리려 했었는지도 모른다. 새로 신은 신발은 그 멍청한 진실처럼 새하얗게 빛났다. 그 신발은 현실만큼이나, 그리고 남다른 내 팔만큼이나 존재감이 뚜렷했다. 하지만 사람들은 오로지 내가 잃어버린 팔만을 바라보았다. 내가 무엇을 하고 이뤄내든, 그 일이 누구를 위한 일이든 상관없이 사람들은 그것만 바라볼 뿐이었다.

어떻게 그럴 수 있을까? 나는 그보다 훨씬 더 많은 걸 가졌는데.

나는 내게 부족한 것, 결핍된 것 그 이상을 가졌는데.

"데이비드?"

문이 닫히는 소리에 어머니가 나를 부르셨다.

내가 그날 일을 설명하기 전부터 어머니의 목소리에는 이미 걱정이 깃들어 있었다. 문이 쾅, 하고 닫히는 소리는 대개 좋지 않은 신호일뿐더러 그때만 해도 나는 어머니께 이런저런 이야기를 모두 털어놓곤 했기 때문이었다. 그래서 처음 마르타의 미소에 넋을 빼앗겼던 그 순간부터 어머니는 내가 그녀에게 얼마나 푹 빠져 있는지 알고 계셨다.

"마르타에게 프로포즈해도 될까요?"

그리고 바로 그 전날 밤 어머니께 이렇게 여쭤봤었다. 마르타가 종종 왓츠앱 채팅방에서 아무 말이 없으면 나는 어머니께 조언을 구하러 갔다. 어머니는 누구보다 내게 도움이 될 조언을 해주시는 분이었고, 초반에 두어 번 어머니의 조언이 효과가 있다는 사실도 확인했다.

생각해 보면 모든 레고 블록이 잘 들어맞는 건 아니다. 그러니 무너지지 않게 설명서를 참고해서 조립하면 된다. 마르타와는 무슨 이야기를 해야 할지 모르겠다거나 통하는 구석이 없었던 것도 아니었다. 하지만 대화는 레고가 아닌 젠가와 비슷하다. 가끔은 타인과 관계를 쌓기 위해 필요한 기반이 없을 수도 있다는 사실을 내가 이해하는 데 한참이 걸렸을 뿐이다.

내 질문을 듣고 당황한 어머니는 물으셨다.

"설마 청혼하려는 건 아니지?"

나는 어깨를 으쓱했다. 꽤 낭만적인 아이디어였다.

" 낭만적일 것 같은데요?"

나는 참지 못하고 속마음을 털어 놓았다.

"하지만 그건 너무 진지해 보일 수도 있단다."

나는 눈썹을 찡그릴 수 밖에 없었다. 감정은 왜 이렇게 어려울까? 무언가를 조립하는 일은 무척 쉬운데 말이다.

"낭만적이려면 당연히 진지해야 하는 줄 알았는데요."

"쉽게 생각하렴. 일단 용기를 내는 것부터 시작하는 거야. 정식 프로포즈 대신 같이 저녁을 먹자거나 영화를 보러 가자고 해보렴. 그러면 마르타도 네가 부모님 허락을 받으려는 게 아니라 그저 자기와 사귀고 싶어 한다는 사실을 알게 될 거란다."

그렇게 말씀하셨으니 어머니는 내가 문을 닫는 소리를 들으시자마자 당연히 내 용기가 바닥에 떨어져 산산조각이 났다는 사실을 눈치채셨을 것이다.

나는 부모님을 지나쳐 방으로 올라갔다. 두 계단, 세 계단, 전에는 전혀 볼 수 없었던 방식으로 계단을 올라갔다. 나는 방문을 잠그고 침대에 누워 생각에 잠겼다. 무척이나 슬펐다. 모든 환상이 깨져버린 것이다. 방에 틀어박혀 왜 현실은 이상과 다른지, 특히 왜 내게는 공평하지 않은지 몇 시간이나 고민했다. 그러다 문득 고개를 드니 빨간색과 노란색 레고로 만들어진 화려한 헬리콥터가 눈에 들어왔다. 어머니는 몇 년 동안 방치되어 쌓인 먼지를 털어내던지, 아니면 어떻게 좀 하라고 늘 말씀하셨었다. 지금 생각해 보면 아마 어머니는 내게 일종의 신호를 보내고 계셨던게 아니었을까 생각한다. 우울함에 허덕이던 나는 10살 때 부모님께서 사주신 레고 배로 의수를 만들어 냈었다는 사실을 기억해 냈다. 그렇게 가만히 바라보다가 일어나 헬리콥터를 집어 들었다. 그리고 나는 5일이라는 긴 시간 동안 방에서 거의 나가지 않았다. 그때 나는 어떠한 결심을 했다. 하지만 그 결심이 내 인생을 완전히 바꾸어놓으리라는 사실은 꿈에도 생각지 못했다.

넘어져도 다시 일어나면 돼

내가 나에게 한 조언을 잊었다고 생각하지 말았으면 좋겠다. 넘어지면 상처를 치료하고 일어나 다시 시도하면 된다. 하지만 세 계단이나 굴러떨어졌을 때나 다이빙대에서 깔끔하게 입수하는 게 아니라 수면에 배치기를 했을 때, 혹은 수면에 부딪힐 때 느껴지는 따끔한 수준의 통증이 아니라 낙하산이 제대로 퍼지지 않은 채 아스팔트 위로 떨어져 계란프라이처럼 퍼질 때의 고통과 같이 인생에서 가장 큰 충격을 겪은 직후라면 다시 일어나기 쉽지 않다.

그때 나는 딱 계란프라이와 같았다, 소금과 후추로 살짝 간을 한, 감자튀김이 사이드 메뉴로 나오는 그 계란프라이 말이다. 상식적으로 계란프라이를 단독 메뉴로 파는 가게는 없다. 그렇다고 해서 그 계란프라이들이 창피하다는 뜻은 아니다. 그저 이 이야기를 하고 있는 지금 그때를 되돌아보니 **콜로니아스**에 다녀오고 난 이후 부모님과 내가 했던 모든 노력들, 그리고 내 행복감이 수플레처럼 푹 꺼져 버린 상태였을 뿐이다. 음, 왠지 모르게 출출한 건 그저 음식 이야기를 했기 때문이겠지?

어쨌든 나는 점점 시들어갔다. **롬페쿠에요** 게임은 더 이상 효과가 없었다. 사람들의 시선은 더욱 날카로워졌다. 내가 팔 하나를 잃어버렸다는 사실이 그들을 불편하게 만들었다는 양 동정이 아닌 혐오감이 실린 것처럼 느껴지기도 했다. 이는 시선뿐 아니라 길에서 나를 지나쳐 가는 사람들의 입가가 비틀린 표정에서도 읽을 수 있었다. 사람들이 나를 볼 때 느껴졌던 감정은 **페나스코**라는 한 단어로 정의할 수 없었다. 그 얼굴에서 완전한 혐오감을 본 뒤로는 그들이 고개를 돌려 나를 바라보는지 확인할 수 없게 되었다. 그들이 뒤돌아보며 정말로 내 팔 한쪽이 없는지 확인하거나 반쯤 잘린 내 코트 소매를 보며 확신하는 모습을 보고 싶지 않았다.

어머니는 오랫동안 내 한쪽 소매가 펄럭이지 않도록 모든 옷의 소매를 내 팔의 길이에 맞게 줄여주셨다. 긴 소매 티셔츠, 폴로 셔츠, 스웨터, 맨투맨 티셔츠, 후드티, 재킷, 코트. 어떤 옷이든 긴 소매는 어머니의 가위와 재봉틀을 거쳐 싹둑싹둑 잘려 나갔다. 이 일은 내게 입힌 옷이 잘 맞지 않는다는 사실을 알아챈 **아부 바시**가 제일 먼저 시작했다. 그녀가 나를 위해 직접 만든 싸개 천은 언제 어디서

든 작은 담요 대신 사용할 수 있었다. 하지만 **아부 바시**는 당신이 내게 사준 유아용 우주복의 한쪽 팔이 달랑거리는 모습을 보기 힘들어하셨다. 그래서 고작 반나절 만에 실과 바늘로 내 모든 옷을 바꾸어 놓으셨다.

"나탈리, 이리 와 봐라. 네게 보여줄 게 있어."

아부 바시와 그녀로부터 이 일을 배운 어머니 덕분에 내 삶은 더욱 편안해졌다.

보통 사람에게 옷이란 그저 매일 외출할 때 몸에 걸치는 것, 어떤 일정한 순서에 맞춰 옷장에 보관해 두는 천 조각 그 이상도 이하도 아닐 것이다. 하지만 나와 같은 어떤 사람들에게는 그 이상일 수 있다. 안심하거나 개성을 표현하는 수단, 또는 보물이 되기도 한다. 모든 옷이 내 몸의 구조, 결핍에 맞게 특별하게 만들어진 슈퍼히어로 복장과도 같았다. 나는 그 옷들을 입을 때마다 스파이더맨이 처음으로 자신의 정체성을 드러내는 옷을 입었을 때 느꼈던 그 감정을 비로소 이해할 수 있었다.

열광, 희열, 특별함. 그리고 자유.

진정한 나 자신을 찾은 동시에 다른 사람들과 동등해진 느낌이었다. 내게도 맞는 옷이 있었으니까. 이런 게 바로 두 소매 아래로 온전히 팔을 끼워 넣은 사람들의 기분이 아니겠는가.

물론 내 셔츠의 소매는 1.5개였다. 나는 그 사실이 너무 좋았지만 다른 사람들은 놀라기도 했고 심하면 이상하게 생각하기도 했다. *팔이 하나야, 두 개야? 세상에, 1.5개네!* 나는 스스로를 스파이더맨이라고 생각했지만, 주변 사람들 눈에는 마치 슈퍼맨이 하늘을 나는 것처럼 보이는 듯했다. 변형된 소매는 내 망토였다. 그것만 있으면 나는 천하무적이 된 것 같았다.

의무 중등 교육의 마지막 해인 중학교 2학년* **콜로니아스**를 갔을 때였다. 현장에 도착해 버스에서 내리는데 알렉스가 내게 팔짱을 끼며 말했다.

"저기 봐, 데이비드."

당시의 **콜로니아스**가 내게 정말 특별했던 여행이라고 말했던 것을 기억하는가? 우리 버스가 아닌 다른 회사의 파란색 이층 버스가 뒤를 따라오는 모습이 보였다. 이것이 의미하는 바는 하나뿐이었다.

"설마, 다른 학교도 오는 거야?"

나는 놀라서 물었다.

"선생님들께서 그런 말씀은 안 하셨었는데……."

"어이없다. 미리 알려주실 수도 있으셨을 텐데 말이야."

내가 단짝 친구들이나 같은 반 친구들, 선생님들과 함께 **콜로니아스**에 참여하기로 결심한 이유는 정확하게 그들이

----

* 한국의 고등학교 1학년 정도에 해당한다.

내 사람들이어서였다. 아, 걱정은 마시라. 앞서 전치사 운운했던 것처럼 소유대명사에 대해 고찰할 생각은 없으니까. 나는 그저 여러분이 나를 이해해 주기를 바랄 뿐이다. 나는 내 세계에서 다른 누구도 아닌 내 친구들과 함께 새로운 것을 시도하고 싶었다. 그런데 갑자기 낯선 사람들과 낯선 곳에 떨어지게 된 셈이었다. 이는 내가 신청한 적도 없거니와 뛰어들고 싶지도 않았던 도전 과제였다.

나는 내가 알고 나를 아는 사람들 앞에서조차 나 자신을 믿는 게 어려웠다. 조르디가 얼마나 나를 괴롭혔는지와는 상관없이 그는 모든 배경을 정확하게 알고 있었다. 내 상황이 어떤지도 알고 있었고 그의 가족들은 우리 가족들을 알았으며 우리는 같은 학교에 다녔다. 우리는 서로가 해야할 일과 넘으면 안 될 선을 알고 있었다. 하지만 모르는 사람들과는 그럴 수 없다. 낯선 사람들과는 모든 일이 마치 처음부터 다시 시작하는 것처럼 새로웠다. 그들의 시선, 부족한 이해, 혐오, 연민. 몇몇은 목이 꺾일 정도로 고개를 돌리기도 했다. 어쩌면 무신경함과 배려 없는 행동에 창피함을 느끼고 재빨리 고개를 돌렸을지도 모른다.

나는 그 모든 것들에 싫증을 느꼈다. 많은 사람들 눈에 없는 것처럼 보이는 그 팔도 사실은 내 어깨에 분명히 달려 있다. 그건 마치 늘 무거운 배낭을 짊어지고 다니는 기분이었다. 나는 그 안에 있는 책의 무게만으로도 버거운데 사람들은 자신들의 것까지 떠맡겼다. 그 제목들은 모두 달랐지만, 하나같이 길었다. 주요 베스트셀러 제목들을 살펴보면 다음과 같다.

『9개월의 임신 기간 동안 아이는 어떻게 팔 하나를 잃어버렸는가』

『팔 하나 없이 살아가기 3부작』

『뭉툭한 팔, 당신이 알아야 하는 모든 것』

『팔 하나로는 할 수 없다고 생각하는 (하지만 할 수 있는) 것들』

『무례한 사람처럼 행동하지 않으면서 여전히 무례하게 바라보는 방법』

『팔 하나로 신발 끈을 묶는 사람』

참고로 저 책들은 굉장히 무거웠다! 지금보다 2배, 아니 3배쯤이지 않을까. 내 머릿속을 헤집고 다니며 에너지를 빼앗는 생각뿐 아니라 다른 사람들의 생각도 포함되어 있기 때문이었다. 내 정신은 감당할 필요가 없는 다른 사람들의 짐까지 흡수하고는 그 모든 것을 한데 섞어 새로운 짐을 만들었다. 결국 무엇이 원래 내 생각이었는지조차 알수 없게 되었다. 그 책들은 마치 소설 속 프랑켄슈타인 박사처럼 내가 만들어낸 걸까? 아니면 프랑켄슈타인 박사가 창조한 괴물을 보고 화를 냈던 마을 사람들처럼 다른 사람들이 내 모습을 보고 자기들 마음대로 해석해서 만들어낸 책들은 아니었을까?

하지만 나는 **콜로니아스** 기간 동안, 나는 다른 누군가의 책을 짊어지지 않았고 슈퍼맨이 되지도 않았으며 내 머릿속 생각들과 싸우지도 않았다. 그때만큼은 다른 사람들의 편견 때문에 힘들어하지 말자고 다짐했기 때문이다. 내 친구들과 좋은 시간을 보내고 싶었던 열망에 용기와 힘을 꺼냈다. 비록 팔은 하나뿐이지만, 자신 있게 행동하자고 결심했다.

선생님께서 호출하셨다.

"모두 주목! 앞으로 3일간 이 숙소에서 함께 지낼 다른 학교 친구들을 환영해 주도록 하자."

모두가 환호성을 내질렀다. 거기에는 각자 다른 의미가 담겨 있었다. 새로운 친구들을 사귈 수 있을 거라는 기대, 그리고 축구나 농구처럼 시간이 오래 걸리는 경기에서 새로운 라이벌과 대결할 수 있을 거라는 기대로 완전 신이 나 버린 친구들은 우렁차게 "네!"하고 외쳤다. 반면 처음 보는 아이들과 지내야 한다는 사실에 희미한 불안감을 느낀 몇몇 친구들은 작게 "네."하고 대답했다.

나는 어땠냐고?

나는 크게 웃었다. 그건 내가 생각하는 완벽한 환영 인사였다. 그래서인지 약간 당황한 알렉스가 물었다.

"뭐가 그렇게 웃겨?"

알렉스도 처음에는 그 버스를 보고 놀랐지만 곧 새로운 친구들과 함께 지내야 한다는 사실에 크게 흥분하며 열렬히 환영했다 나는 그게 놀랍지도, 짜증나지도 않았다. 알렉스가 축구를 얼마나 좋아하는지 잘 알고 있었기 때문이다. 물론 나도 그랬다. 내가 다른 친구들만큼 축구를 즐기면 안 되는 이유가 있었을까? **콜로니아스** 기간 동안 낯선 사람들의 책이 내 시간을 망치게 내버려 두어야 했을까?

그래서 나는 난 한 번의 몸짓과 충격으로 그들의 의문을 해소시켜 주었다.

우선 나는 평생 화라고는 내본 적 없는 사람처럼 뒷짐을 졌다. 우리 버스 앞에 멈춘 파란 이층 버스에서 다른 학교 학생들이 내리기 시작했다. 그들 역시 우리가 같은 숙소를 사용한다는 소식을 처음 접했을 때처럼 놀라고 신난 상태였다.

우리는 웃으며 그 친구들을 반겨주었다. 그러다 나는 팔한쪽이 사라졌다며 호들갑을 떨었다. 그리고 미친 사람처럼 혀를 내밀고는 벌벌 떨며 울기 시작했다. 새로운 친구들 얼굴 위로 떠오른 놀라움과 공포는 내가 태어나서 본 표정 중 최고였다. 그 자리에 주저앉는가 하면 달아나기도 했고, 다시 집으로 돌아가겠다며 버스에 올라탄 아이들도 있었다. 선생님들도 어찌할 바를 몰라 발을 동동 굴렀다. 버스 기사분은 유령이라도 본 것처럼 운전대를 꽉 붙들고 계셨다.

신이 난 반 친구들의 웃음소리가 다른 아이들의 비명과 뒤섞였다. 그 모습에 나도 더는 참지 못하고 그만 웃음을 터뜨리고 말았다. 그리고 그들의 버스를 처음 본 순간부터 내 어깨를 짓누르고 있던 무게로부터 자유로워졌다. 나는 제일 먼저 웃음을 멈췄다. 그제야 학교 선생님들도 상황을 파악하시고는 나를 불렀다. 하지만 팔짱을 낀 내 모습을 보고 내가 이런 작은 쇼를 벌인 이유를 깨달으셨다.

나는 단순히 호러 영화 감독이 되고 싶다는 열망 때문에 이런 일을 벌이지 않았다. 이런 버거운 상황이 지겨워 더는 참지 않겠다고 결심했기 때문이다. 세상은 내가 단순한 장애인, **망코**, 망가진 사람, 부족한 사람이 아닌 그 이상의 존재임을 알아야 했다. 나는 반항적이고, 재밌고, 유머러스하며 똑똑한 데이비드였다. 변형된 소매의 옷을 입고 있든 입고 있지 않든 말이다.

나는 넘어지면 다시 일어났다. 사람들이 내가 불쌍하다고 울면 나는 농담을 할 여유도 없을 만큼 지칠 때까지 웃어 보였다. 어떠한 문제와 정면으로 맞서고자 할 때, 이를 해결하기도 전에 힘이 다 빠져버린다면 오히려 크게 다칠 수도 있다.

콜로니아스는 마치 오아시스 같았다. 나는 모든 걸 했고, 아주 멋진 시간을 보냈다. 그 며칠 동안은 모든 게 다 잘 될 것만 같았다. 최고의 순간을 맞이하고 그렇게나 바랐던 특별하고 유일한 소년이 되리라 믿었다. 내 장난 덕분에 우리는 하나로 뭉칠 수 있었다. 나는 내 인생 최고의 순간 중 하나가 된 시간들을 보냈다. 샘도, 파도도 없는 오아시스는 시간이 지나도 조용하고 차분하며 평화로웠다. 특별하고 유일했지만, 순식간에 지나갔다.

이전까지는 느낄 수 없던 시선들이 따라붙기 전까지는 아무런 문제가 없었다. 나는 호러 영화 감독이 되기 싫었고 슬래셔 무비도 만들기 싫었다. 그리고 평생 도망치며 살고 싶지 않았다. 짧은 **콜로니아스** 기간 동안 생겨난 자신감만큼이나 빠르게 나를 다른 사람의 기준에 끼워 맞추려고 했다. 나는 어머니께 더 이상 소매를 자르지 말아 달라고 말씀드렸다. 내가 특별하고 유일하다고 느끼지 않도록, 다른 이들과 다르다는 것을 느끼지 않도록 말이다.

나는 그저 다른 사람들과 자연스럽게 어울리고 싶었지만, 시간이 지날수록 그 소원은 점점 이루기 어려워졌다.

기폭 장치

내가 9살이 되던 해, 내 주치의셨던 돈셀 박사님은 하루라도 빨리 수영을 시작하라고 조언하셨다. 좌우가 비대칭으로 자라는 대흉근의 균형을 맞춰야 했기 때문이다. 박사님의 딸 페기도 그렇게 수영을 시작해 안도라와 카탈루냐 수영 챔피언이 되었다고 했다. 우리 가족은 학교에 가고, 숙제를 한 뒤 수영을 하고, 저녁 식사를 먹고, 자기 전 레고를 만드는 일상에 적응해 갔지만 결코 순탄치만은 않았다. 흉근이 더 이상 자라지 않았기 때문이다.

흉근 하니 생각나는 에피소드가 있다. 아마 18살 무렵 산 후안에서 **베르베나***가 한창이던 어느 날 저녁이었다. 내 친구 중 하나가 불꽃놀이에 쓸 기폭 장치가 필요하다고 말했다.

---

*　　verbena. '야외에서 벌이는 야간 댄스 파티'를 뜻하는 스페인어 표현이다.

"뭐가 필요하다고?"

어리둥절하며 대답했지만 내 입가에는 이미 웃음이 걸려 있었다. 친구는 이상함을 느끼지 못한 채 답했다.

"기폭 장치 말이야."

또 다른 친구가 물었다.

"「코요테와 로드러너」에 나오는 거?"

그러자 친구가 확신에 가득 찬 목소리로 대답했다.

"아니, 그런 거 말고 기폭 장치! 불꽃놀이 할 때 쓰는 거 말이야."

결국 나는 웃음을 터뜨리며 말했다.

"너 혹시 내 남은 팔까지 날려 버리고 싶은 거야?"

"퍼엉!"

누군가가 소리쳤다. 그 친구는 그제야 기폭 장치와 라이터를 헷갈렸다는 것을 알아챘다.

기폭 장치로 폭죽에 불을 붙인다고 생각해보라. 한쪽 끝에는 레버가, 다른 한쪽 끝에는 폭죽이 있고 이 둘은 전선으로 연결되어 있다. 여기서 사용하는 폭죽은 원통형이나 로켓이 아닌 스파클러나 아주 작은 콩알탄 따위다. 이 얼마나 말도 안 되는 소리인가? 화염 방사기로 파리를 죽이는 꼴이니 말이다. 물론 그래도 상관은 없지만, 결국 집의 반이 불타버릴 테니 그리 유용한 방법이라고는 할 수 없겠다.

흉근 이야기는 이제 그만하고 근육 이야기로 돌아가 보자.

앞서 말했듯 근육이 성장을 멈춰 버린 탓에 나는 한 의사 선생님을 찾아가게 되었다.

"지금 증상은 말이죠."

그 무렵 나는 2년 전 돈셀 박사님이 내게 수영을 권한 뒤로 하루도 빠짐없이 수영을 계속하고 있었다. 선생님께서는 이렇게 말씀하셨다.

"데이비드는 폴란드 증후군을 앓고 있습니다. 오른쪽 대흉근은 더 이상 자라지 않을 거예요."

세상에나.

선생님은 분명 화염 방사기로는 파리를 죽일 수 없다고 생각하신 모양이다. 그러니 수준을 한 단계 올려 탱크로 죽여보자고 하신 게 아닐까?

고작 12살의 나이에 내 몸 상태가 사람들이 가방에 잔뜩 넣은 책보다 훨씬 무거운 그들의 시선이나 말, 사소한 몸짓을 통해 조금씩 내 머릿속에 심어놓은 탓에 이미 알고 있는 것보다 훨씬 심각하다는 이야기를 듣는 일이 그리 썩 유쾌하지만은 않았다. 아니, 이는 불쾌한 정도를 넘어섰다. 정수리로 벽돌이 떨어지거나 의자로 등을 두들겨 맞거나 정강이를 세게 걷어차이는 듯한 느낌이다. 나뿐만 아니라 부모님도 똑같은 충격을 받으셨다.

이때부터 등에 심한 통증을 느끼기 시작했다. 내가 사랑하는 레고 조립이나 기타 연습처럼 단순한 일도 매일 하기가 더더욱 힘들어졌다. 나는 기타 연주를 좋아하지 않았다. 하지만 아버지는 내게 기타를 가르쳐주고 싶어 하셨고, 나 또한 기타를 연주해 여자애들로부터 주목받을 수 있는 기회를 놓치고 싶지 않아 거부하지는 않았다. 하지만 몸을 앞으로 숙여 레고를 조립하거나 코드를 연주하거나 숙제를 하려면 엄청난 노력이 필요해졌다. 이러한 일들은 결국 등에서 끊임없이 느껴지는 고통을 더욱 심각하게 만들 뿐이었다.

처음에는 그 고통이 두렵지 않았다. 걱정조차 되지 않았다. 그저 단순히 너무 무리를 했다거나 한계에 도달했다거나 힘든 줄 모르고 고집을 부렸던 거라고만 생각했다. 나는 두려움이 현실이 되지 않도록 한시도 가만히 있지 않았다. 방과 후에 축구나 농구를 하거나 영어 공부를 했고 주말에는 모형 비행기를 조립했으며 매일 숙제를 했다. 두려움을 떠올리기조차 싫었다. 적어도 생각하지 않으면 존재하지 않는다고 믿고 싶었다. 설사 내가 가장 두려워하는 상상 속의 악몽이 매일 밤낮으로 우리 집 문 앞에 진짜로 나타났을지라도 말이다. 학교에서 집으로 돌아올 때면 지금 일어나고 있는 모든 일이 나 때문인 양 현관문 앞에서 비난 어린 시선으로 나를 노려보고 있는 그 악몽을 발견했다. 먼지가 뽀얗게 쌓인 채 차고 문 옆에 세워져 있던 내 자전거는 내가 더 이상 할 수 없는 것, 그리고 하지 못하게 될지도 모르는 것들을 떠올리게 했다.

"**우리 아들**, 지금 하는 일들을 조금 줄여보는 건 어떨까?"

어머니는 전기담요를 꺼내며 말씀하셨다. 나는 숙제를 끝내자마자 전기담요를 꺼내달라고 했다. 운 좋게도 1월의 그날 밤은 추웠다. 그래서 나는 순진하게 춥다는 핑계로 담요를 달라는 말로 통증에 관한 이야기를 얼버무리려 했다. 하지만 효과가 없었다. 심지어는 화까지 났다. 나는 아주 건방진 말투로 태연하게 거짓말했다.

"제가 뭘 그렇게 많이 한다고요!"

"한둘이 아니잖니!"

내게 담요를 둘러 주시던 어머니의 프랑스어 억양이 갑자기 강해졌다. 내 말투가 어머니를 화나게 한 것이다.

"아니라고요!"

나는 내 악몽이 실제로 나타날 수도 있다는 사실을 견딜 수가 없었다. 움직이지 않는 데이비드라니, 그런 일은 있어서는 안 됐다. 등의 통증이 있건 없건 그렇게 되지 않기를 바랐다. 온몸의 뼈에 스며든 피로를 느낄 수 있었음에도 말이다.

나는 목소리를 엄청나게 높였다(인정하겠다. 소리 지른 거나 마찬가지였다). 그래서(이때는 진짜로) 거실에서 숙제를 하던 여동생이 무슨 일인가 하고 뒤돌아보기도 했다. 어머니는 눈을 내리뜨시고는 내가 담요를 잡으려 하자 얼른 뒤로 물러섰다.

"엄마 보렴, 데이비드! 엄마 말 들어야 해. 그렇지 않으면 통증은 더 심해질 거야. 무슨 말인지 알겠니? 넌 지금 너무 많은 걸 하고 있다고!"

"엄마 말이 맞아. 나랑 놀아줄 시간도 없으면서."

여동생이 불만처럼 말했다. 지금이 대화에 끼어들 최적의 타이밍이라 확신한 것이다! 나는 대답하려다 날카로운 어머니의 시선에 멈칫했다. 동생에게 나쁜 말이라도 했다가는 끝장이었을 것이다. 나이아가 그런 말을 들을 만한 이유도 없었거니와 나이를 먹어도 우리는 여전히 붙어 다녔기 때문이다. 취미 활동을 놓고 벌인 싸움에서 여동생에게 화풀이해 봤자 좋을 일은 하나도 없었다.

그때 나는 내가 쓸모없는 사람이 될까 봐, 페기처럼 되지 못할까 봐, 아니면 휠체어를 타고도 챔피언십에서 우승한 최고의 랠리 드라이버이자 몇 년 동안 내 침실에 걸려 있던 포스터의 주인공인 알버트 로베라 Albert Llovera*처럼 되지 못할까 봐 두렵다고 솔직하게 말했어야 했는지도 모른다. 페기와 알버트 모두 빠르게 발전하며 거침없이 나아갔다. 그들과는 달리 자전거도 타지 못하고 농구공도 제대로

---

*　안도라 출신의 랠리 드라이버이자 전 알파인 스키 선수이다. 경기 도중 사고로 하반신 마비가 되어 모터스포츠로 전향하였다.

잡지 못하는 내가 어떻게 그들처럼 될 수 있다고 믿는단 말인가? 하지만 나는 입을 열기가 무서웠다. 이런 공포심을 부모님께 어떻게 설명할 수 있을까? 애초에 내 생각이 맞긴 한 걸까? 나보다 부모님이 더 걱정하시면 어떡하지? 무엇보다 이러한 걱정을 입 밖으로 꺼내는 순간 현실로 다가올지 모른다는 사실이 가장 두려웠다.

결국 나는 약간 돌려서 이야기하는 수밖에 없었다.

"저는 괜찮아요. 아무것도 포기하고 싶지 않아요."

바로 그때 아버지가 퇴근 후 집에 도착하셨다. 철물점에서 쓰는 큰 가방을 들고 말이다. 그 가방에는 금속이나 고무, 끄트머리가 튀어나온 검은 가죽 등으로 꽉 차 있었다. 지난 몇 주 동안 아버지는 이러한 물건들을 들고 퇴근하시고는 주말에 사용할 거라며 차고 앞 작업실에 넣어 두셨다. 뭐 하시냐고 여쭤봐도 특별한 설명 없이 그저 기다려 보라고만 하실 뿐이었다. 그 말로 우리의 호기심이 충족되리라 생각하신 모양이었다.

그런 아버지가 전기담요를 사이에 두고 서 있는 어머니와 나를 보며 물으셨다.

"나 없는 사이에 무슨 일 있었어? 담요에 불꽃이라도 튄 거야?"

"우리 아들이 당신만큼이나 황소고집이네요!"

어머니 말씀이 틀린 건 아니었다. 이건 솔직히 우리 둘다 아무것도 포기하지 않는 고집불통이란 사실을 아버지도 인정하셔야 한다. 나는 너무나 화가 났지만 팔짱을 끼고 씩씩거리며 마음을 가라앉혔다.

"데이비드가 등이 아파서 그런 거 아닐까?"

아버지는 다정하게 내 어깨에 팔을 두르셨다. 무뚝뚝한 태도로 내게 상처를 줄까 조심스러운 몸짓이었다.

어머니는 살짝 긴장하셔서는 프랑스어, 스페인어, 카탈루냐어가 마치 모두 하나의 언어인 것처럼 섞어 쓰며 어떤 상황인지 아버지에게 설명하셨다. 다행히 우리는 어머니의 말을 잘 이해할 수 있었다. 그날 밤 어머니의 설명은 마치 작은 모래 한 알을 거대한 산인 양 묘사하듯 너무 과장스러워 그 정도면 지질학을 공부하셨어야 한다고 생각했을 정도다. 다만 어머니의 걱정은 새로운 병명을 진단받기 전부터 시작되었고 내가 성장하면서 잃어버린 내 팔이 통증의 원인이라고 확신하고 계셨으니 그 심정을 이해 못 하는 바는 아니었다.

만약 내 불안을 털어놓았다면 아마 의사 선생님을 찾아가는 수고를 덜었을지도 모른다.

"그렇다면 의사 선생님께 가보는 건 어떻겠니, 데이비드? 우리를 도와줄 수 있는 최고의 외상 전문의를 찾아볼게."

아버지는 좋은 의도로 그렇게 제안하셨다.

"만약 필요하다면 안도라를 떠나 바르셀로나에 가면

돼. 거기에는 의사도 더 많고……."

아버지의 말씀은 계속됐지만, 내 귀에 하나도 들어오지 않았다. 내 심장은 더욱 빠르게 뛰었다. 담요는 기억에서 사라진 지 오래였고 시야는 흐려져 주방이 뚜렷하게 보이지 않을 정도였다. 아버지의 제안처럼 의사를 찾아갔다가는 내 악몽이 현실이 될 수도 있었다.

그리고 앞서 말했던 외상 전문의 선생님은 내 악몽을 정확히 현실로 바꾸셨다. 폴란드 증후군이 뭐냐고? 자, 지금부터 두꺼운 플라스틱 안경에 하얀 의사 가운을 걸치고 의자에 앉아 있는 나를 머릿속에 떠올려 보길 바란다. 전문의가 되어 설명할 테니 말이다. 준비됐나? 아길라 박사가 진료실로 들어온다. 물론 저명한 외상 전문의보다 아는 건 없어도 성격만큼은 훨씬 더 세심한 남자다.

폴란드 증후군은 한쪽 흉근이 없거나 덜 자란 채로 태어난다. 이 증후군은 오른쪽 혹은 왼쪽 가슴 근육 한쪽에만 나타난다. 어쨌든 최소한 양쪽 모두에 나타난 사례는 없다. 이를 가리켜 온라인에서는 결함이라고도 부르기도 하지만, 사실은 보통이라는 사회적 기준과 다를 뿐 어떤 신체에도 결함은 존재하지 않는다. 폴란드 증후군은 심장이 오른쪽에 있는 선천적 심장 질환인 우심증을 동반하거나 갈비뼈가 비정상적으로 발달하거나 혹은 폴란드 증후군의 영향을 받은 쪽의 팔이 비정상적으로 발달하는 등 다양한 형태로 나타난다. 내 경우는 오른쪽 대흉근이 없어 오른팔 또한 덜 자란 상태였다. 다시 한번 말하지만, 폴란드 증후군을 선천적 이상이라 표현했을 때 만약 내 몸에 선천적 이상이 있다면, 보통 사람의 몸도 마찬가지인 셈이다. 잃어버린 열한 번째 손가락을 떠올려 본다면 이해하기 쉽다.

이제 검은색 플라스틱 안경을 잠시 벗어두자. 잘 모르는 사람이 나를 처음 보면 한쪽 팔 절반이 완전히 없는 것처럼 보일지도 모르겠다. 하지만 사실은 그렇지 않다. 내 **무뇽**은 완전히 둥글지도, 부드럽지도 않다. 팔꿈치가 있어야 할 뭉툭한 부위에는 작은 두 개의 돌기가 뻗어 나와 있는데, 이는 내가 잃어버린 작은 손을 연상케 한다. 나는 이 부위를 사람들이 두 손가락을 사용하는 것과 똑같은 방식으로 사용한다. 내가 신발 끈을 묶거나 기타를 연주하고, 런치 패드로 작곡을 하거나 레고를 조립할 수 있는 건 이 돌기들이 있기 때문이다. 어떠한 일을 할 때 필요한 요소를 모두 갖추고 있느냐는 중요하지 않다. 어떠한 부족함이나 결핍에도 지지 않고 내가 가진 요소들로 해야 할 일을 할 수 있느냐가 중요하다. 이건 긍정적인 의미다, 그렇지 않나?

나는 12살 때 우연한 기회로 팔 하나와 해부학 용어로 정확하게 말하자면 흉근을 잃어버렸다는 사실을 알게 되었다. 이러다 코까지 잃어버리는 건 아닌지 궁금해지기 시작했다. 아마 내가 더 어렸다면 코마저도 빼앗긴 채 다시 돌려받지 못했을지도 모른다.

그날까지 내게는 아무런 문제도 없었다. 그때까지 내게 어떠한 신체적 결함이 있는지 관찰한 적도 없었다. 우리는 내 흉부가 보통이라고 생각했다. 내 코는 사실 코가 아니었던 걸까? 하지만 나는 거울을 볼 때마다 이상한 점을 발견하지 못했다. 어린 내게 옷을 입히시던 부모님도 마찬가지셨다. 진찰하던 의사 선생님들도 별말씀 없으셨기에 굳이 엑스레이를 찍어볼 생각도 하지 않았다.

아버지는 의사 선생님의 무신경함에 불안해하기는커녕 오히려 화를 내셨다. 이러한 사실을 어떻게 한 번도 알아채지 못했는지 이해하지 못하셨다.

의사 선생님은 말씀하셨다.

"놀라신 마음은 충분히 이해합니다. 이 증후군의 경우, 여성은 발견이 빠른 편입니다. 유선 발달에 영향을 주니까요. 하지만 남성은 다릅니다. 남성은 성장하기 전까지는 외관상으로 눈에 띄지 않아 진단이 늦어질 수밖에 없지요. 그래서 성인이 된 이후에 발견되기도 합니다."

그러니까 등에 통증을 느끼기 전까지는 모른다는 것이었다. 이에 대해 조금 더 자세히 설명하기로 한다. 음, 안경이 다시 필요할 거 같으니 쓰고 오겠다. 대흉근이 없으면 등이 대흉근 대신 무게를 감당하므로 너무 많은 부하가 걸려 통증이 생긴다. 이것이 만성 통증이 되지 않게 하려면 등 근육을 발달시켜야 한다. 그래야만 대흉근 없이도 모든 신체 활동을 일상적으로 할 수 있다. 문제는 대흉근이 운동뿐 아니라 책상에 기대거나 책가방을 메는 일처럼 일상적인 활동에도 영향을 준다는 사실이다. 낯선 사람들이 내게 짊어지게 한 그 책들이 나를 너무 힘들게 했다는 사실은 앞서 누누이 말했으니 이 말을 들어도 더는 놀라지 않으리라 믿는다.

그때 어머니가 끼어들어 말씀하셨다.

"그런데요, 선생님. 저희 아들은 운동을 많이 하거든요. 그게 전혀 도움이 되지 않았다는 말씀이신가요?"

"어떤 운동이죠?"

이미 수영을 하고 있다고 설명드렸지만, 그것만으로는 역부족인 모양이었다.

그건 마치 어떤 조각이 내 위로 떨어져 어깨와 등, 그리고 발달 여부와는 관계없이 내 몸의 모든 근육을 망가뜨린 것만 같았다. 차라리 그 조각에 깔려 납작해지고 싶었다. 아니, 사실은 병원 진료실에서 어머니가 내 손을 꼭 붙들고 옆에 앉아 계셨던 것처럼, 어머니가 내 의지와는 상관없이 나를 망가뜨린 그 조각을 손으로 으스러뜨려주시길 바랐다.

삶은, 내 몸은 내게서 모든 것을 빼앗아 가고 있었다. 나는 자전거를 타거나 축구와 농구도 할 수 없었고 그 많은 활동으로 만들어낸 근육이 수축되지 않도록 일주일에 두 번씩 물리 치료를 받아야 했다. 조용히 앉아 숙제하거나 내가 좋아하는 스포츠를 즐길 수도, 오후에 친구들과 공원에서 놀 수도 없었다. 물리 치료와 더불어 지금보다 훨씬 더 전문적이고 고된 수영 훈련을 해야 했다.

　의사 선생님께 진단을 받았을 당시는 통증이 등에서 머리까지 올라와 걷잡을 수 없을 정도로 심해졌다. 열기구를 띄울 때 사용하는 듯한 진하고 불편한 열기가 마치 독처럼 전신을 타고 흐르는 것만 같았다. 그때는 그 정도로 분노를 느껴본 게 처음이라 내게 무슨 일이 일어나는지 정확히 인지하지 못했다. 부모님께서 내게 부당한 벌을 내리신 적도 있고, 심지어 여동생이 내 허락 없이 두세 번 정도 내 레고 작품을 가지고 놀다가 부순 적도 있었다. 그렇다고 해서 100년 동안 벌을 받아야 한다거나 레고를 다시 만들지 못한 적은 없었다. 그날 내가 느꼈던 분노에 비하면 유치한 수준이었다. 나는 도대체 왜 그렇게 화가 났던 걸까? 이 의사 선생님은 내가 정말로 수영 훈련을 할 수 있다고 생각하셨던 걸까? 아, 방금 한 말은 취소다. 까짓, 부딪혀 보면 되는 거 아닌가.

　그렇다면 내가 어디서 수영 훈련을 하리라 생각하셨을까? 지역 스포츠 센터나 체육관처럼 모두가 나를 볼 수 있는 곳에서? 나는 메노르카섬에서 가족들과 조용하고 행복한 시간을 보내며 여름을 나기도 했다. 물론 그곳에도 해수욕이나 태닝을 하거나 파라솔 아래서 낮잠을 즐기는 사람들이 있었다. 하지만 그건 열정적으로 수영할 준비가 된 보통의 몸을 가진 낯선 사람들, 완전하게 발달하여 노련하면서도 효율적으로 이동할 수 있는 낯선 사람들이 가득한 스포츠 센터에 가는 것과는 다른 문제였다.

"팔 하나로 물장구나 칠 거면 왜 여길 와?"

나는 이미 사람들이 이렇게 생각할 거라고 굳게 믿었다. 여름이 아니거나 해변이 아닌 곳에서는 수영하기가 부끄러웠다. 모두가 나를 쳐다보고 있는 것만 같았다! 그래서 내가 체육관에 가는 모습은 꿈에도 상상할 수 없었다.

내가 처한 상황에서 생각해 낼 수 있는 모든 해결책은 현실의 벽에 부딪혀 나를 숨 막히게 했다. 그곳의 어느 누구도 나를 이해하지 못했을 테니까 말이다. 내 안에 차오른 분노 때문에 그 망할 진료실에서 들은 다른 말들은 귀에 들어오지 않았다. 나는 내가 할 수 있던 한 마디를 내뱉었다.

"집에 가고 싶어요."

나는 내 몸에 대해 잊고 쉬고 싶었다. 발달이 덜 된, 망가진, 선천적 이상. 이러한 단어들이 내 머릿속을 떠다녔다. 나는 위키피디아에서 선천적 이상과 이상 발달에 대해 설명할 때 사용되는 이미지 그 자체였다.

하지만 이 문제는 금세 해결되었다. 아무리 생각해도 나는 운이 좋은 사람이다. 똑똑한 아버지 덕분에 우리 집 마당에 수영장을 갖게 되었으니 말이다.

나는 내가 보통의 사람이라 믿지 못하게 되는 지점까지 도달했다. 나는 절대 보통의 사람이 될 수 없었다. 내 결핍은 늘 나를 앞서 나갔다. 나는 그냥 팔을 잃어버린 데이비드가 아닌 팔을 잃어버린 '그' 데이비드가 될 운명이었다. 더는 웃음거리가 되고 싶지 않았다. 이 사실을 깨달은 나는 오른팔 소매에 자유를 주었다. 재봉틀로 긴 소매를 짧게 줄이거나 수선하는 대신 그 끝을 바지나 재킷, 코트 주머니에 집어 넣었다. 왼손까지 주머니에 찔러 넣으면 무언가 중요한 물건을 넣고 다니는 보통의 내성적인 아이처럼 보였다. 간단히 말해 흔히 볼 수 있는 사춘기 전후의 청소년으로 위장하기 시작했다. 나를 어딘가에 맞춘다는 것이 더 이상 주목을 받는다거나 유일해진다는 의미가 아니었다. 스스로를 아주 작은 테트리스 블록으로 만들어 다른 블록 사이로 모습을 감춘다는 뜻이었다. 나는 잃어버린 손가락으로 하늘을 만지고 싶었지만 당시에는 눈에 띄지 않고 숨어 있는 게 최선이라고 생각했다. 그게 무슨 뜻이든 나는 그저 보통이 되고 싶었다.

하지만 나는 쉽게 거기서 벗어날 수 없었다.

"야, **망코**!"

어느 날 쉬는 시간에 조르디가 내게 공을 던지며 소리쳤다.

나는 몸을 비틀어 겨우 그 공을 잡았다. 물리 치료를 받기 시작한 지 2주도 채 되지 않았을 때였고 부모님은 여전히 수영 문제에 대한 해결책을 찾고 계셨다. 당연히 조르디의 말에 화가 나기도 했다. 조르디는 내 삶을 불가능하게 하려 부단히도 노력했는데, 그때는 그냥 심심했던 것 같다.

나는 다시 그에게 공을 던지며 물었다.

"지금 뭐라고 불렀냐?"

조르디는 내가 그렇게 세게 공을 던질 수 있을 거라 예상하지 못했는지 내가 던진 공을 잡으려 한 걸음 물러났다. 정확히 그의 배에 던졌기 때문이다.

"**망코**라고 불렀다! 벌써 귀가 먹었냐?"

조르디가 다시 킬킬거리며 소리쳤다. 나는 자리를 피하려 했지만, 조르디는 내 뒤로 슬그머니 다가와 징그럽다는 듯 엄지와 검지로 내 작은 팔을 붙들고는 흔들었다.

"오, 친구야. 설마 이게 안 보이는 건 아니지?"

나는 그에게 몸을 던졌다. 외상 전문의 선생님의 진료실에서는 어떻게 반응해야 할지 알 수가 없었고, 반응할 수도 없었다. 내가 어떻게 해야 했을까? 선생님을 한 대 때려야 했을까? 당연히 안 된다. 하지만 조르디는 선생님이 아니었다. 심지어 얼굴에 주먹을 날릴 수도 있었다.

"그만!"

한 선생님께서 나를 붙잡으셨고, 또 다른 선생님께서는

내게서 그 천치를 떼어내시고는 말씀하셨다.

"무슨 일이 있었는지 우리가 못 봤다고 생각하지 마라, 조르디. 당장 담임 선생님하고 교장실로 가. 그리고 데이비드 너는……"

굳이 나를 변호할 필요는 없었다. 두 분이 나를 보호하러 오셨으니까 말이다. 나는 폭력적인 아이가 아니었다. 사실이 말은 나를 조르디에게서 떼어놓으신 선생님께서 자주 하시던 말씀이었다. 그런 식의 반응은 옳지 않다고, 그의 수준에 맞춰서는 안 된다고 하셨었다. 하지만 나는 선생님의 말을 듣지 않았다. 모든 일이 버거웠다. 나도 할 수 있다고 모두에게 보여주고 싶었는데.

내 생각은 거기서 멈췄다. 내게는 그들에게 보여줄 것이 없었다. 나는 이 사실을 의심할 여지 없이 분명하게 전달하고 있었다. 이 모든 경험은 내가 그렇게 누르지 않으려 애쓰던 기폭 장치와 내 자존심과 용기를 연결하는 전선과 같았다. 온 가족의 도움으로 세웠던 견고한 요새는 내 앞에서 무너졌다. 내가 평정심을 잃고 그 기폭 장치를 누르는 순간, 모든 것이 공중분해되고 말았다.

하지만 다행스럽게도 나는 만드는 것 하나는 자신 있었다. 그 사실을 잘 알았기에 나는 나만의 요새를 재건해 나가기 시작했다. 비록 오래 걸리기는 했지만 말이다.

시에스타

바르셀로나의 의사 선생님을 만난 이후, 나는 내가 더 이상 자라고 싶어 하지 않는다는 사실을 깨달았다. 몸이 성장한 탓에 더 이상 자전거를 탈 수 없고 다른 문제들도 생겼으니 말이다. 하지만 내 몸 중에 절대로 자라지 않는 부위는 대흉근이 유일했다. 어렸을 적 나이아가 태어난 뒤에야 비로소 내 팔에 대한 헛된 희망을 포기했듯 이제는 그러한 생각에 익숙해져야 했다.

나이아가 태어난 날은 여느 날과 다름없었다. 내가 태어났을 때에 비하면 훨씬 평화로웠다. 어머니가 받으신 꽃들도 훨씬 화사하고 생기 있어 보였다. 나이아는 온전한 작은 팔 두 개를 가지고 태어났다. 당시 4살이던 나는 여동생이 태어나면 배트맨과 로빈, 로이와 로사처럼 슈퍼히어로 팀을 꾸려 악당을 무찌를 생각이었다. 아무도 우리의 장난을 막을 수 없게 말이다. 그래서 처음 나이아의 모습을 보고 실망했었다는 사실을 부인하지는 않겠다.

내 주변 사람 모두가 나이아의 탄생에 매우 감동했다. 유치원 선생님께서도 어머니의 안부와 함께 곧 태어날 여동생 혹은 남동생에 관해 물어보셨다. 동생이 생겨 행복한지, 오빠 또는 형이 되어서 좋은지, 남동생이 좋은지 여동생이 좋은지, 아이의 이름이 무엇이었으면 좋겠는지. 나는 부끄러운 듯 선생님의 말이 끝나기도 전에 대답했다. 선생님들께서는 늘 함께 할 형제가 생긴다는 게 얼마나 멋진 일인지 알려주시고자 했다. 하지만 솔직히 말하자면 나는 크게 관심이 없었다. 나는 내 여동생이 태어나는 일보다는 내 팔이 언제 자랄까에 더 많은 관심이 있었다. 이는 분명 오빠가 되는 일보다 훨씬 멋질 것이라고 생각했다.

그렇다. 나는 한 치의 부끄러움 없이 이 사실을 고백할 수 있다. 나는 4살 때, 언젠가는 내 팔이 완전히 자랄 거라 굳게 믿었다. 부모님이 소파에서 잠깐 잠드셨던 어느 날 오후, 나는 불가사리에 관한 한 다큐멘터리를 보았다. 그리고 불가사리에게 일어난 일이 내게도 똑같이 일어날 거라 생각했다. 어머니 뱃속에 두고 나온 것 같지만 어쨌든 팔을 잃어버렸으니 곧 새로운 팔이 자랄 거라고 말이다.

어른들은 내게 항상 과일은 물론 야채도 골고루 먹어야 한다고 말씀하셨다. 나는 들은 척도 하지 않았지만 말이다! 하지만 팔이 다시 자라려면 잘 먹어야 했다. 그 모습에 어머니는 무척 기뻐하셨다.

"세상에, 데이비드. 네가 이렇게 야채를 잘 먹다니. 너무 보기 좋구나!"

아버지도 말씀하셨다.

"여동생에게 세계 최고의 아이 자리를 빼앗기기 싫었나 보네. 그렇지?"

나는 그 말씀이 틀렸다고 말하고 싶지 않았다. 쑥쑥 자란 내 팔을 보여드려 놀라게 해드리고 싶었기 때문이다. 어쨌든 팔이 다 자라려면 시간이 필요하니 나는 그동안의 세월을 보상하듯 입에 대지도 않던 야채들을 마구 먹기 시작했다. 그리고 나이아가 우리의 삶에 나타난 이후 내 팔은 다시 자라기 시작했다. 슈퍼히어로가 될 날이 머지 않아 보였다!

모든 일이 잘 풀리고 있었다. 나는 그렇다고 확신했다. 이 엄청난 비밀을 어떻게 감춰야 할까? 나는 남들이 눈치챌 정도로 팔이 빨리 자랄까 덜컥 겁이 났다. 그리고 동시에 너무 신이 났다. 신이 난 게 티가 날 정도였지만 사람들은 그저 내가 여동생을 갖게 돼서 그런 거라고 생각했다. 나이아는 완벽한 변명거리이자 이상적인 알리바이였다. 그래서 누구 하나 내 몸에 일어나고 있는 변화를 알아채지 못했다. 모두 우리 어머니(의 나날이 커져가는 배)와 (어머니의 뱃속에서 제대로 자라고 있었을)나이아에 대해서만 걱정했다. 이 시기는 내 삶에서 유일하게 내 팔이 중요하지 않을 때였다.

정말로 내 팔이 자란 건 아니었다는 사실은 굳이 언급하지 않아도 될 것 같다. 다른 건 몰라도 내 상상력에는 전혀 문제가 없었으니 말이다.

9개월이 지난 어느 평범한 날이었다. 병원에 쌓인 꽃바구니와 축하 카드 속에 모욕적이고 무례한 정형외과 광고 따위는 없었다. 나이아는 두 팔, 두 다리, 다섯 손가락과 다섯 발가락 모두를 갖고 태어났다. 나이아에게는 남는 것도, 부족한 것도 없었다. 그리고 어머니가 계셨던 병실 침대 옆에서 나는 팔이 1밀리미터도 자라지 않았다는 사실을 깨달았다. 어머니 뱃속에 팔을 두고 오지 않았다는 사실까지도 말이다. 대신 이렇게 생각했다.

"나이아가 가져갔어요."

"그게 무슨 말이니, **시엘로***?"

잠에 취한 어머니가 물으셨다. 너무 많은 손님이 방문한 탓에 지친 상태셨다. **아부엘라**는 조금이라도 쉬라고 채근하셨다.

"나이아가 가져갔다고요."

---

*   cielo는 본래 '하늘'이라는 뜻이나, 진심으로 소중하게 생각하며 큰 애정을 가지고 있는 상대방을 부를 때 사용하는 스페인어 표현이기도 하다.

나는 투덜댔다. 내 말을 못 들으셨던 걸까? 무슨 뜻인지 명확하게 이야기했는데도 말이다.

"뭘 가지고 갔다는 거야?"

나는 소리쳤다.

"내 팔이요! 저 팔은 내 거라고요!"

나는 **아부엘라**와 부모님의 표정에는 관심이 없었다. 너무나 작고 연약하지만 내 팔을 훔쳐간 여동생 나이아를 뚫어져라 바라보고 있었기 때문이다. 아마도 애정과 연민이 뒤섞인 표정이었으리라. 나는 이걸 슬픔, 걱정을 뜻하는 페나 pena와 사랑, 애정을 뜻하는 테르누라 ternura를 합쳐 애연 즉, 페누라 penura라고 부른다. 부모님께서는 내가 쉽게 이해하도록 고심하시며 설명해 주셨다. 하지만 나는 그 이야기를 귀담아듣지 않았다. 기억에 또렷하게 남아있는 슈퍼히어로 판타지와 불가사리 이론과는 달리 세 분이 한 말은 기억이 나지 않는다. 내가 그 불가사리 다큐멘터리를 보았을 때 마음속에서 무언가가 딸깍! 하고 켜졌던 것처럼 여동생을 처음 보았을 때 그 스위치가 다시 켜졌기 때문이다.

나이아는 두 개의 팔을 갖고 태어났지만 나는 그렇지 않았다. 진실은 불가사리의 재생 메커니즘보다 훨씬 더 간단했고, 그게 다였다. 느닷없이 나타난 진실은 눈앞에 새롭고도 신비한 길을 열어주지 않았다.

12년째 계속된 등의 통증은 여전했다. 어머니가 해결책을 찾아주신 덕분에 문제없이 수영 훈련을 할 수 있었지만, 나는 내 방에 틀어박혀 레고를 조립하고 기타를 연주했다. 당시 나는 아버지의 노트북으로 내 조립 작품에 대한 계획을 세우곤 했다. 대부분 비행기였다. 물론 숙제도 했다. 나는 비디오 게임을 할 때만 거실로 나갔다. 아버지가 함께 해주시기를 바라면서 말이다. 하지만 아버지는 마치 정비공처럼 작업실에서 꼼짝하지 않으셨다. 가족들 모두 아버지가 뭘 하시는지 몰랐다. 어머니도 짓궂은 미소만 지으실 뿐, 자신도 잘 모르겠다고만 하셨다.

어느 토요일 밤, 어머니가 소리치셨다.

"페란! 저녁 다 됐어요! 제발 두 번 부르게 하지 말아요!"

나이아와 내가 애피타이저를 다 먹을 때까지도 아버지는 작업실에서 나오지 않으셨다. 이윽고 식탁에 앉은 아버지는 중대한 발표를 하셨다.

"드디어 작업이 끝났어! 내일 보여주도록 하지."

아무 감흥 없이 내 접시 위에 남아있던 콩들을 건드리는데, 어머니가 이렇게 말씀하셨다.

"나는 데이비드가 편하게 수영할 수 있는 방법을 찾아냈어요!"

하지만 그 말을 들어도 기운이 나지 않았다. 행복한 척할 수 있는 힘이 없었다. 아무것도 않아 지겨웠고, 선천적 이상을 지닌 채 성장만 하는 사실이 슬펐다. 그래서 매일 오후 수영을 하며 시간을 보내고 싶지도 않았고 아버지가 지난 한 달 반 동안 뭘 만들고 계셨는지도 관심이 없었다.

"카를레스의 어머니가 온수 풀장을 빌려주겠다지 뭐예요? 앞으로는 요일을 정해서 방과 후에 카를레스 집에서 수영을 하면 되요. 어떠니, 데이비드?"

완벽하다마다요! 이제는 내 가장 친한 친구들까지 나를 불쌍히 여기고 있다. 왜 나를 위한 자선 단체는 없을까? 그게 있다면 온 동네 사람들이 나를 도와줄 수 있을 텐데!

"멋지다! 저도 수영하러 가도 돼요? 제발요."

당연히 나이아는 자신도 수영할 수 있는 기회를 놓치지 않았다. 아버지가 말씀하셨다.

"카를레스의 집에 풀장이 있는지 몰랐는걸. 언제부터 있었지? 지난번에 바베큐 먹으러 갔을 때만 해도 없었던 것 같은데."

"우리 상황을 이야기했더니 설명해 주더라고요. 겨우내 공사해서 지난 여름에 끝났대요. 그편이 더 싸다나 봐요. 그리고……."

"그럼 우리도 똑같이 해보는 게 어때?"

"당신, 그걸 말이라고 해요? 온수 풀장은 돈 많은 사람들이나 쓰는 거죠. 우리한텐 무리예요."

하지만 아버지는 끈질기셨다.

"나탈리, 일단 물어나 보자고. 층수를 3층에서 2층으로 바꾸고 마당에 온수 풀장을 설치하면 얼마나 들지 말이야. 그렇게 하면 이것저것 다 포함해도 초기 예산은 넘지 않을 거야."

이 모든 건 내가 조금이라도 더 편하게 생활할 수 있도록 하기 위한, 나를 도와주기 위한 일이었다. 항상 그러셨듯 말이다. 그리고 어머니가 갑작스럽고도 황당한 아버지의 제안을 이해하는 데 그리 오랜 시간이 걸리지 않았다. 어머니가 말씀하셨다.

"그 말은 아파트를 팔고 땅을 사서 집을 짓겠다는 우리 계획이 실현될 수 있다는 뜻이잖아요? 데이비드, 네 생각은 어떠니? 너만의 수영장을 가지게 되는 거란다."

"제 수영장도요!"

나이아의 말에 우리는 모두 웃음을 터뜨렸다.

"물론 너도 같이 수영하는 거란다, 나이아."

미래에 가지게 될 나만의 수영장, 아버지의 서프라이즈. 둘 중 어느 것에 집중해야 할지 알 수 없었다. 아버지는 나를 위해 도대체 무엇을 그렇게 비밀스럽게 만드셨을까? 저녁 식사가 끝날 때까지 그게 무엇일지 상상하느라 긴장의 끈을 놓을 수 없었다. 가끔 아버지는 과하실 때가 있었다. 여기서 과하다는 건 부담스럽다는 말이 아니라 비범하다는 뜻이다. 아버지께는 사소한 일도 인상적으로 느껴지도록 포장하는 능력이 있으셨다. 밴드를 꾸려 지역 축제에서 직접 작곡한 곡을 마치 슈퍼스타처럼 노래하시기도 했고 다양한 승마술을 뽐낼 수 있는 승마대회를 열기도 하셨다. 가끔은 버거울 때도 있긴 했다. 아무튼 그때는 아버지가 적으로부터 나를 보호하고 사악한 천사들의 침입으로부터 세상을 구할 거대하고 단단한 갑옷을 만드셨을지도 모른다는 생각이 들 정도였다. 나는 너무 궁금해 디저트는 먹는 둥 마는 둥 했다. 보통 아버지의 노래나 말도 안 되는 아이디어는 우리를 즐겁게 해주었고, 평범한 순간도 특별하게 만들어 주고는 했다. 아버지는 늘 내 **롬페쿠에요** 게임의 길라잡이셨고 장난감이 들어 있는 계란 모양 초콜릿도 사주셨다. 또 어머니와 함께 내 인생 최초의 레고를 선물해 내 능력을 키울 수 있게 해주셨고 자전거 타는 법도 알려주신 분이었다.

그리고 다음 날이 되자 아버지가 말씀하셨다.

"데이비드, 아침 식사 끝나면 차고로 오렴."

그때 나는 막 팬케이크를 먹으려던 참이었다. 어머니는 나나 나이아의 기분이 안 좋을 때면 일요일마다 팬케이크를 만들어주시곤 했는데, 마침 내 기분이 저조한 탓에 한 달 내내 팬케이크를 해주셨다. 나는 내 몸이 스스로에게 복수하는 듯한 기분이 든다면 무언가 좋은 보상을 해주어야 한다고 생각했다. 우리에게 팬케이크를 만들어 주시던 어머니와 그걸 먹는 나, 둘 중 누가 더 행복했을지는 잘 모르겠지만 말이다.

그 팬케이크 맛은 정말이지 천상의 맛이었다. 혹시 내 조각난 꿈들로 만들어진 건 아닐까? 그게 아니라면 그 천국과도 같은 맛을 설명할 길이 없다. 하지만 아버지에게 저 말을 듣고 나니 팬케이크는 모래처럼, 시럽은 시멘트처럼 변했고 휘핑크림에서는 쓴맛이 났다. 그래도 나는 포크질을 멈추지 않았다. 일단 아버지의 서프라이즈조차 내 배꼽시계를 멈추게 하지는 못했고, 아버지가 나를 위해 준비한 그 거대한 장치를 보는 게 긴장되기도 했다. 그래서 아침 식사를 최대한 느리게 먹었다. 나이아가 장난삼아 내 얼굴에 크림을 묻히려고 해도 신경 쓰지 않았다.

어머니가 온 식탁을 시럽 범벅으로 만들었다며 나이아를 혼내실 즈음 내 접시는 말끔히 비워져 있었다. 나는 차고를 향해 무거운 발걸음을 옮겼다. 차고 옆에 세워진 자전거가 나를 반겼다. 여전히 먼지를 뒤집어쓴 씁쓸한 모습으로 말이다. 게다가 오늘은 앞으로의 일을 두려워하며 슬퍼하는 듯했다. 만일 차고 안에서 나를 기다리는 물건의 정체를 알았다면 나는 분명 내 옛 자전거의 슬픔을 이해할 수 있었을 것이다. 긴장하기야 했겠지만 그 이유는 분명 달라졌을 게 틀림없다.

문을 열고 들어가니 쭈그리고 앉아 성인용 자전거를 닦고 계신 아버지의 모습이 보였다. 그 자전거에는 다른 어린이용이나 성인용 자전거에 없는 아주 독특한 물건이 달려 있었다. 알루미늄 바퀴나 전륜 구동 장치를 말하는 게 아니다. 핸들 오른쪽에 뚫어뻥처럼 생긴 무언가가 툭 튀어나와 있었다. 아버지의 듬직한 친구였던 마놀로 콘테라스 삼촌의 도움으로 아버지가 직접 작은 쇠 막대기를 납땜해 만드신 핸들이었다. 그 끝에는 검은 가죽으로 만든 일종의 의수 같은 것이 달려 있었다. 마치 작은 성배처럼 오목한 형태였다.

아버지는 뒤로 돌아서 내게 미소 지으셨다.

"마음에 드니?"

"이, 이게 뭐예요?"

"당연히 자전거지, 데이비드. 혹시 다른 걸로 보이니?"

아버지는 충격받은 내 모습에 웃음을 참지 못하셨다. 물론 나도 바보처럼 굴기도 했지만 눈앞의 상황을 도저히 믿을 수가 없었다.

"그건 알겠는데, 저 막대기는 뭐예요?"

"이리 오렴, 어서."

내 손은 떨리고 있었고, 다리 힘이 풀려 주저앉을 뻔했다. 저게 자전거라고? 나는 길게 연장된 핸들 위에 손가락을 올려놓았다.

"자, 이제 확인해 볼까? 어서 타보렴."

나는 아버지가 시키시는 대로 했다.

"작은 팔을 가죽 끝에 올리렴. 그렇지, 바로 그렇게 말이야. 딱 맞지? 계속 대고 있어도 미끄러지거나 뜨거워지지 않는 재료로 만들었단다. 타보면 알 거야."

그렇다. 차고지 문이 열리는 순간 내 눈을 의심했다. 내 눈앞에 특별한 맞춤형 자전거가 있었으니 당연하지 않을까? 수많은 단어를 사용해 오랜 시간 설명한다고 해도 그때 느꼈던 감정은 정확하게 표현할 수 없을 것이다.

머뭇거리며 올라탄 자전거는 정말로 내 몸에 딱 맞았다. 내 몸을 아주 높고 견고해서 절대 무너지지 않을 벽으로 만들겠다던 내 결심은 아빠의 발명품 덕분에 무너졌다. 내가 의수를 거부한다고 해서 자전거까지 그러라는 법은 없었다. 무엇보다 보통의 몸에 맞게 만들어진 자전거를 다른 신체 구조를 가진 사람들이 탈 수 없다는 의미로 받아들여서는 안 됐다.

나는 그 길로 차고를 빠져나왔다. 아버지도 내 뒤를 빠른 걸음으로 쫓아오셨다. 나는 1년 넘게 자전거를 타지 않았다는 사실이 무색하게 힘껏 페달을 밟았다. 예전에는 핸들에 **브라시토**를 대려면 몸을 앞으로, 그리고 한쪽으로 많이 기울여야 했다. 자전거를 타기에 내가 너무 커버렸다는 점이 문제였다. 발을 땅에 대려면 다리를 한껏 구부려야 했고, 안장은 내 엉덩이를 더 이상 감당할 수 없었다.

아버지는 설명하셨다.

"예전 자전거는 두 팔이 모두 있었어도 더는 탈 수 없었을 거야. 도대체 어떻게 핸들을 해결해야 할지 감이 잡히지 않더구나."

나는 웃음이 멈추지 않는 아버지 주변을 빙빙 돌았다. 구름 위를 걷는 것 같기도 했고. 새 자전거와 함께 날 수도 있을 것만 같았다. 바람이 내 얼굴을 어루만져 주었다. 이런 운동을 한 지 너무 오랜만이라 무릎이 뻣뻣해지기 시작했다. 하지만 나는 자전거를 타며 다양한 동작을 할 수 있었다. 그래서 안장에서 일어나 계속해서 페달을 밟았다.

"몇 달 넘게 생각했지. 어떻게 하면 핸들에 몸을 기댈 수 있을지, 자전거를 타려면 무엇이 필요한지 말이야."

아버지 또한 차고에서 자신의 자전거를 가지고 나오셨다. 우리 가족은 모두 자전거를 가지고 있었다. 그래서 주말에 종종 온 가족이 자전거를 타러 나가기도 했었다. 나는 지난 1년 동안 그 시간이 가장 그리웠다.

우리는 마놀로 삼촌의 아들에게 내 옛 자전거를 주기로 했다. 아버지는 도움이 필요하면 항상 마놀로 삼촌에게 의지하셨다. 그래서 나는 진정한 우정이란 이 둘을 가리키는 말이라고 생각했다. 자전거를 받고 행복해하던 마놀로 삼촌의 아들 마넬의 표정은 말로 설명할 길이 없었다.

우리는 페달을 밟아 집을 벗어났다. 아버지는 나를 따라잡기 위해 속도를 내셔야만 했다. 오죽하면 내게 너무 빨리 달리지 말라고 말씀하실 정도였다. 하지만 나는 그럴 수 없었다. 나는 자전거를 타고 온 동네를 돌고 싶었다. 모두가 나를 보기를 바랐다. 나는 낮이고 밤이고 매일 자전거를 타고 싶었다. 자전거로 온 세상을 누비고 싶었다.

자전거를 타는 동안에도 아버지는 계속 설명해 주셨다.

"문득 이런 생각이 들더구나. 네 손이 핸들에 닿지 않으니, 그렇다면 반대로 핸들이 네 쪽으로 오게끔 만들면 되겠다고 말이야. 충분히 가능하다고 생각해서 자전거 회사에 연락해 봤지. 한 군데도 빠짐없이 말이야. 우리의 상황을 설명하고 필요한 걸 말했더니 뭐라고 했는지 아니? 하나같이 어렵다고 하더구나. 회사도, 엔지니어들도 할 수 있는 게 아무것도 없다고, 불가능하다고 말이야! 너무나 실망스러웠단다. 그래서 결심했지. 모두가 안 된다고 한다면 내가 직접 설계해 만들겠다고. 그 결과가 지금 우리 눈앞에 있는 거란다."

아버지가 해주신 일에 대해 감사와 사랑을 담아 아버지를 안아드릴 수 있을 정도로 내 팔의 길이가 충분하지 않다는 사실이 너무나 안타까웠다.

"이것보다 훨씬 더 잘 만들어 주지 못해 미안하구나. 그러니 고마워할 필요는 없단다. 이 자전거도 언젠가는 작아지겠지? 우리가 너무 잘 먹여서 데이비드 네 키가 하루가 다르게 크고 있으니 말이야."

아버지는 크게 웃으셨다.

"재료를 바꿔야 할 수도 있고 더 긴 핸들이 필요할지도 모르지만, 그때가 되면 다시 조정해 보자꾸나. 다음번엔 너도 돕는 거다?"

아버지 말씀이 옳았다. 견고한 벽이 무너지기는 했지만, 현실은 여전히 그대로였고 내 몸의 상태는 바뀌지 않았다. 내 팔은 자라지 않았을지언정 나는 그 후로 몇 년 동안 그 어느 때보다 더 잘 자랐다. 그 자전거를, 그 의수를 벗어날 만큼 성장했다. 더 심해질 등의 통증과 새로 생길지 모르는 통증에서 벗어나려면 새로운 핸들이 필요해졌다.

나는 아버지께 말씀드렸다.

"그건 그때 가서 생각하기로 해요. 오늘의 승리는 다음 전투를 대비해 남겨두자고요."

아버지는 자랑스러운 미소를 지으며 고개를 끄덕이셨다. 그날 아침, 나는 많은 것을 이해할 수 있었다. 특히 내가 아버지를 얼마나 사랑하는지, 그리고 왜 역경 앞에서 나를 지켜주는 사람을 절대 잊으면 안 되는지를 말이다. 나를 도와주는 아버지와 일상생활 속 사소한 모든 일들에서 또다시 즐거움을 발견할 수 있게 된 나. 둘 중 누가 더 행복했을지는 우열을 가리기 힘들 것이다.

***

물론 항상 내 옆을 지켜준 건 부모님뿐만이 아니었다. 나는 새 자전거를 타기 시작한 지 몇 주 뒤에 사고가 났다. 아주 엄청난 사고였다. 얼마나 크게 넘어졌냐고? 넘어지기 대회가 있다면 틀림없이 취소되었을 것이다. 내 활약이 세계 챔피언이 될 만큼 압도적이었으니 말이다.

나이아와 내가 동네 변두리 길을 따라 자전거를 타고 있을 때였다. 나이아를 놀리려고 앞서 달리다 누군가 파놓은 게 분명한 함정 같은 구멍에 빠지고 말았다. 아버지가 자전거를 만들어 주셨을 때보다 훨씬 더 높게 하늘을 날았는데, 너무 행복해 하늘에 붕 떠 있다고 생각했다.

얼마나 아팠던지! 다행히 어디가 심각하게 부러지거나 삐지는 않았다. 하지만 지금도 여전히 이해할 수가 없다. 어떻게 약간의 타박상(사실 정말 큰 타박상이었지만)과 긁힌 상처만 얻을 수 있었을까? 너무 크게 넘어져서 나이아가 급하게 자전거를 세우고는 나를 향해 뛰어왔을 정도였는데 말이다. 나이아는 마치 우리가 보던 TV 시리즈 속 의사처럼 상처가 나지 않았는지 내 머리부터 발끝까지 확인했다. 나이아가 태어나면서 슈퍼히어로 팀을 만들겠다던 내 계획은 무산됐지만, 그럼에도 우리는늘 한 팀이었다. 언제, 왜 그랬는지는 기억이 나지 않지만 한번은 나이아가 어머니께 이렇게 말하는 걸 들었다.

"어머니, 나 내 팔 싫어요. 나도 오빠처럼 되고 싶어요. 오빠처럼 멋지게요!"

어머니는 맞장구치며 물어보셨다.

"그래? 그렇다면 남은 팔은 어떻게 할까?"

"다른 사람한테 줄래요. 오빠에게 필요 없으면 나도 필요 없어요. 둘이 세상 끝까지……."

내가 그렇듯, 나이아는 언제나 기꺼이 나를 위해 발 벗고 나서주는 사람이다. 그날 오후, 화려하게 넘어진 탓에 나는 일어날 수가 없었다. 고통이나 통증 때문이 아니었다. 손이 두 개였다면 방향을 틀 때 핸들을 잘 조정해서 덜 심하게 넘어졌을지 모른다고 느꼈다. 그래서 나는 앞으로 장애물에 부딪히며 스스로에게 상처 주는 일이 끝나지 않을 것만 같아 두려웠다. 장애물은 충분히 극복할 수 있을 테지만, 그러기 위해서는 고통과 노력이 필요했다.

혹시 내가 앞서 했던 말 기억하려나? 넘어지면 상처를 치료하고 일어나 다시 시도하면 된다고 했다. 하지만 넘어졌던 그 순간, 나는 일어나기 위해 안간힘을 써야 했다. 너무 지쳤었기 때문이다. 피로가 나쁘지 않다는 사실을 이해할 때까지 꽤 오랜 시간이 걸렸다.

가끔은 휴식이 필요할 때도 있다. 그래서 넘어진 다음에는 가만히 누워 고통이 가실 때까지 기다렸다. 그때마다 나를 지지해 주는 가족들이 내 옆을 지켜주었다. 가족은 최고의 약이다. 제대로 바르면 엄청난 인내심과 애정으로 모든 난관과 어려움을 이겨낼 수 있도록 도와주는 연고와 같다.

하지만 편하다고 계속 누워있지는 말자. 언젠가는 다시 일어나야 하기 때문이다. 아무것도 하지 않을 수는 없다. 나는 10대 때 이 일을 경험했다. 나이아는 아픔이 가실 때까지 내 곁을 지켜주었다. 그리고 우리는 일어나서 집으로 갔다.

함께, 세상 끝까지, 그리고 그 너머로 말이다.

폭발

주변이 어수선하면 마음을 놓을 수 없기 마련이다.

내 삶은 어떤 어려움 하나가 해결되면 또 다른 어려움이 나타났다. 나는 기분에 따라 장애물 코스를 달리듯 그러한 어려움을 즐기기도 했다. 올림픽 허들 종목에서 금메달이라도 딴 것처럼 말이다. 하지만 어떤 때는 지뢰밭에 서 있는 것보다 안 좋게 느껴지기도 했다. 매우 불안했기 때문이다.

당시 나는 수영과 자전거에 다시금 열정을 불태우고 있었다. 아버지가 만들어 주셨던 그 자전거에 대해서는 그 어떠한 감사의 말도 충분하지 않았다. 나는 슈퍼자전거(내가 붙인 이름이다)에 완전히 마음을 빼앗겼다. 그 자전거를 타러 나갈 때면 엄청난 감정을 느꼈다. 모두가 나를 넋을 놓고 바라봤다. 그 시선은 긍정적인 의미로 나를 특별하게 만들어 주었다. 자전거에 내 여동생의 도움까지 더해지니 내 신체적 다름은 나를 유일한 사람으로 느끼게 해주는 초능력으로 변했다. 이제 **롬페쿠에요** 게임은 180도 바뀌었다. 사람들은 이제 더는 나를 동정하지 않았다. 내가 세 개의 손잡이가 달린 슈퍼자전거를 타고 지나갈 때마다 감탄을 넘어 경외심을 보내는 사람도 있었다. 내 태도 또한 바뀌었다. 마치 내가 세상을 바꾸고, 장애라는 꼬리표를 부수고 파괴하는 데 일조한 사람이 된 것만 같았다. 우리는 장애인이 아니라 다른 몸을 가진 사람들, 또 다른 보통의 인간이었을 뿐이었다.

한마디로 슈퍼자전거를 탔다고 해서 달라지는 것은 없었다는 뜻이다. 과한 보호를 받는 것은 사실이었지만, 나는 그저 자전거를 타는 수많은 사람 중 한 명에 불과했다. 도시를 둘러싼 숲을 지나 다리를 스쳐가는 산들바람이 싣고 온 소나무 향기를 즐기며 자전거를 타는 사람 말이다.

그렇지만 이내 나는 첫 번째 장애물을 마주하고 말았다.

자전거 위에서 곡예를 부리는 건 쉽지 않았다. 하물며 손이 하나뿐인 나는 어떻겠는가? 그래서 아버지는 내가 점프하거나 자전거 앞바퀴를 들고 탈 수 있도록 핸들을 새로 만드셔야 했다. 이번에는 나도 손을 보탰다. 그 무렵 내 레고 조립 실력은 일취월장하고 있었다. 나는 혼자서 레고에서 만들어낸 휴머노이드 캐릭터인 바이오니클 세트로 레고에서 파는 기중기와 다리 장난감을 똑같이 재현하거나 직접 작은 자동차를 디자인해 만들어낼 정도였다. 나는 흩어져 있던 부품들을 다시 사용했다. 내가 작은 아이였을 시절 가지고 놀았던 작은 블록들은 그렇게 두 번째 삶을 얻게 되었다. 이를 통해 나는 한 가지 목적으로 사용하기 위해 만들어진 물건이라 하더라도 그 활용법은 무궁무진하다는 점을 배웠다. 실제로 나는 그 말을 몸소 실천하고 있었다. 어떤 일이 생각처럼 흘러가지 않는다면, 우리는 인생이 건네준 패를 가지고 그 답을 찾아야 한다. 에이스 카드는 가장 약하면서도 동시에 가장 강력한 패라는 사실을 명심한다면 더욱 좋다.

이렇게 생각하는 걸 보니 어쩌면 내게 카드 딜러의 자질이 있었는지도 모른다. 아니면 공학도는 어떨까? 모두가 편리하게 생활하도록 작은 부품이나 톱니바퀴, 기계 장치 따위를 연구하는 일은 분명 멋지지 않았을까 생각한다.

여기서 중요한 것은 내 앞에 장애물이 나타났을 때 나는 그걸 뛰어넘기보다는 거의 튕겨 나갈 뻔했다는 사실이다. 다행스럽게도 이 장애물의 정체는 모두에게 익숙한 성장통이었다. 물론 가끔 정반대의 일이 일어나기를 바라기도 했지만, 내 몸은 하루가 다르게 키가 컸다. 이러한 사실은 때론 안도감을 주기도 했다. 적어도 남들을 올려다보지는 않을 테니 말이다. 하지만 가슴 한편으로는 걱정을 떨쳐버릴 수 없었다. 이는 곧 내가 또다시 자전거보다 커질 거라는 사실을 의미했기 때문이다.

그리고 그 전투에 임해야 할 순간이 다가왔다.

마침 자전거의 개조 때문에 휴식을 취할 수 있었던 나는 이 전투에 맞설 완벽한 몸이 되었다. 나는 아버지께 말씀드렸다.

"더 긴 핸들이 필요해요."

그건 틀림없는 사실이었다.

"그래, 나도 그 생각하고 있었단다. 이번에는 강철보다 훨씬 더 가벼운 재료가 필요하겠어."

"맞아요."

아버지는 잠시 생각에 잠기셨다. 그러다 카약을 좋아해 지금은 고급 탄소섬유로 만든 카누나 노를 고치는 일을 하는 친구를 떠올리셨다. 탄소섬유는 카누 제작에 널리 사용되는 소재였다. 아버지는 미소를 지으시더니 곧장 그 친구분께 바로 전화를 거셨다.

"세르지, 자네 도움이 필요해. 내가 데이비드 자전거에 달아준 의수를 조정해야 하거든. 그런데 생각해 보니 자네만큼 탄소섬유를 잘 아는 사람이 없더라고."

"오, 페란, 이 친구야! 데이비드를 위한 일인데 당연히 도와야지! 마침 세그레 올림픽 공원에 있다네. 오늘 오후에 여기서 보지."

두 분의 이야기에 나는 깜짝 놀랐다. 모두가 매일 같이 나와 아버지의 성공을 위해 발 벗고 나서는 이 상황을 믿을 수 없었다. 게다가 자전거는 의수뿐 아니라 브레이크(브레이크까지 예상한 사람?)까지도 수리가 필요했기에 아버지는 **고향** 라세우두르젤의 오랜 친구들에게도 도움을 요청하셨다.

세르지 삼촌과 통화한 아버지는 조안 삼촌과 조르디 삼촌의 작업실로 가 두 분만이 만들 수 있는 브레이크 설계도를 전달하셨다. 이 설계도대로라면 한 손으로도 양쪽 브레이크를 조종할 수 있었다. 아버지는 그러한 내용을 자세히 설명하셨다.

두 삼촌은 한 시간도 되지 않아 금세 브레이크를 만들어 주셨다. 하지만 아버지가 지갑을 꺼내 사례를 하려 하자 한사코 거절하셨다. 두 분은 그저 만능 의수로 내가 행복해지기를 바라는 마음에 도우려 하셨을 뿐이다.

그날 오후 우리는 세르지 삼촌의 작업실로 향했다. 삼촌은 아주 크게 웃으며 우리를 맞이하셨다. 아버지와 내가 기대를 걸고 있는 이 프로젝트에 도움을 줄 수 있게 되었다며 즐거워하셨다. 슈퍼자전거를 끌고 작업실로 들어가자, 삼촌은 하시던 일도 멈추고 우리에게만 집중하셨다. 아버지는 자전거 수리 계획을 설명하셨다. 이번에 사용할 탄소섬유에 관해서는 아버지보다 세르지 삼촌이 훨씬 더 전문가였다.

세르지 삼촌은 늘 문이 살짝 열려었던 카운터 뒤편으로 따라오라고 하셨다. 그곳은 내 생각보다 훨씬 넓었다. 키 큰 철제 선반은 깔끔하게 정리된 부품과 교체품, 온갖 장비들로 가득했다. 아버지는 세르지 삼촌께 새로 고안한 핸들에 대해 자세히 설명하셨다. 삼촌은 아버지의 설명을 하나도 빼놓지 않으려 집중하면서 선반 사이를 옮겨 다니거나 바퀴 달린 사다리를 들고 다니며 오르락내리락하셨다. 중간중간 우리의 아이디어에 감탄하시기도 하고 이런저런 의견을 제안하기도 하셨다.

삼촌은 탄력 있는 용수철이나 유연한 막대, 고무, 타이어, 나사, 못, 톱니, 열쇠 등 여러 가지 부품을 작업대 위에 내려놓으셨다. 우리가 찾고 있던 모든 부품이 거기 있었다.

세르지 삼촌은 물건들을 가리키며 말씀하셨다.

"자. 이거면 충분할 거야."

뒤에서 부품을 살펴보시던 아버지는 내 어깨를 토닥이셨다. 두 분은 내 몸의 치수를 재고 난 뒤 다음 주에 슈퍼 자전거의 새로운 핸들을 설치하기로 했다.

세르지 삼촌은 몹시도 궁금해하던 우리에게 새롭게 진화할 슈퍼자전거의 사진을 보내주셨다. 아버지가 페이스북에 업로드하니 엄청난 메시지가 쏟아졌다. 그때부터 아버지의 SNS 계정은 아버지가 내 업적이 게시될 때마다 엄청난 관심과 인기를 얻었다.

나는 초조한 마음으로 일주일을 보냈다. 새롭게 변신한 내 슈퍼자전거를 타고 안달이 났다. 내 멋진 헬멧, 운동복과 함께 말이다!

"어떻게 변했을지 너무 궁금한 걸."

그 다음 주 토요일, 아버지는 작업실로 들어가며 세르지 삼촌에게 말씀하셨다.

세르지 삼촌이 내놓은 새로운 핸들을 보며 우리는 할 말을 잃었다. 핸들 오른쪽 끝에는 탄소섬유를 덧댄 컵케이크 모양의 틀이 PVC 튜브로 고정되어 있었다. 이 틀은 내 작은 손에 안성맞춤이었다.

아버지는 말씀하셨다.

"데이비드, 이제 다시 자전거를 탈 수 있게 됐구나."

정확하지는 않지만, 세르지 삼촌이 그 새로운 핸들을 완성하기까지 일주일 조금 넘게 걸리셨다고 했다. 완성했다고 생각해 작업실에 있는 자전거 중 하나에 설치해 보면 고칠 부분이 계속해서 눈에 들어왔다고 하셨다. 이건 마치 쳇바퀴를 도는 기분이었다고, 끝내 완성하지 못할 줄 알았다고 하셨다. 그렇다고 해서 새로 발견한 오류를 포기하고 다음 단계로 넘어갈 수는 없었다. 그것들은 우리의 새로운 도전 과제였다. 그 결점들 때문에 얼마나 낙담했는지는 중요하지 않다. 우리는 계속해서 극복하기 위해 노력했다. 무언가 작동하지 않거나 맞지 않거나 부서지면 나는 그저 웃었다.

그건 우리가 목표에 가까워졌다는 뜻이었으니까.

그리고 드디어 우리 셋은 그 도전 과제를 뛰어넘는 데 성공했다. 마지막 의수 테스트에서 우리가 수정했던 모든 내용들은 문제를 해결하는 데 엄청난 도움을 주었다. 그 당시에는 어떠한 결과를 낳을지 아무도 몰랐지만 말이다. 이렇게 내게 완벽하게 맞춘 새로운 핸들이 완성되었다.

아버지가 말씀하셨다.

"데이비드가 저렇게 좋아하다니. 세르지, 자네에게 너무 많은 빚을 졌어. 이 신세를 어떻게 갚아야 할지 모르겠군."

세르지 삼촌은 지갑을 꺼내려는 아버지를 만류하셨다.

"나한테 무슨 빚을 졌다고 그러나. 그런 생각 말아."

삼촌은 난감해하는 아버지의 어깨에 손을 올리며 아버지가 내게 해준 모든 일들이 멋진 본보기가 되었다고 속삭이셨다. 그리고 두 팔을 활짝 벌리시며 이렇게 덧붙이셨다.

"도움이 되었다니 얼마나 다행인가. 우리 모두 자네와 데이비드를 도울 수 있어 정말 행복했어. 데이비드가 원한다면 자전거뿐인가, 뭐든 다 해줄 수 있다네. 자네 아들도 마땅히 그런 대접을 받아야지. 또래 남자애들처럼 말이야. 그 아이들도 자네 같은 아버지만 있다면 얼마나 좋겠나."

나는 그 어느 때보다 내 가족과 친구들이 자랑스러웠다.

***

    나는 슈퍼자전거를 탈 때마다 내가 그 자전거를 어떻게 얻었는지 되새겼다. 그리고 내 둘도 없는 안내자인 아버지의 오랜 친구, 조안 에롤라 삼촌의 가게에서 샀던 내 인생 첫 자전거를 떠올렸다. 조안 삼촌은 자전거 가게에서 내게 파란색, 빨간색, 초록색, 자홍색, 청록색, 연자주색 어린이 자전거를 보여주셨다. 가게 안은 무지개도 질투할 만큼 다양한 색상의 자전거로 가득했다. 뒤따라오시던 아버지는 내 **브라시토**에 대해 전혀 신경 쓰지 않으셨고, 조안 삼촌은 내게 마음에 드는 자전거를 한 대 골라보라고 하셨다.

    "중요한 순간이니 가게 전체를 둘러봐도 좋아. 천천히 생각하렴."

    내가 사는 곳은 스키와 카약의 인기가 하늘을 찌를 정도였다. 당연히 많은 챔피언을 배출했는데, 아버지의 친구 분들도 거기에 속했다. 이들은 은퇴 후 꿈을 가진 스포츠인들을 위해 자전거 가게를 열었다. 그곳은 나를 포함한 수많은 젊은이들에게 영감을 주기에 충분한 규모였다. 아버지는 자신의 친구들을 자랑스러워하셨다. 그리고 내게 그 가게가 수많은 노력과 희생으로 만들어진 곳이라고 설명해 주셨다.

***

　내 친구들의 반응은 어땠을까? 나는 자전거를 탈 때마다 단짝 친구들에게 자랑했다. 모두가 충격과 경외감이 담긴 시선으로 나를 바라보았고, 어떤 친구는 그 특수 장치를 확인하려고 내 자전거를 세우기까지도 했다. 내 팔과 자전거를 이어주고, 내가 가고 싶은 곳이면 어디든지 데려다주던 그 안테나를 말이다. 나는 자전거와 함께 빠르게 세상에 적응해 갔다.

　처음 몇 주 동안 그 자전거를 탔을 때의 느낌은 잊을 수가 없다. 하지만 나는 금세 그 장갑에 적응하고 말았다. 얼마나 마법 같았는지! 핸들에 달린 장갑에 팔을 대고 있으면 마치 손에 딱 맞는 장갑을 낀 듯했다.

　아버지께서 의수가 달린 첫 자전거를 내게 선물해 주셨을 때는 세상의 축이 마치 X축에서 Y축으로 바뀐 것처럼 *180도*(안도라에서는 이를 **캅 퍼 아발 cap per avall**이라고 한다) 바뀌었다. 그리고 그 의수는 새로운 핸들만큼이나 인체공학적이었고 느낌도 남달랐다. 모든 게 완벽함 그 이상이었다. 모든 걸 뒤바꾸는 Z축처럼 완전히 새로운 축을 발견한 듯한 느낌이었다. 나는 마치 무한대로 뻗어나가는 도함수가 된 것만 같았다. 한계가 존재하지 않았다.

　성장하다 보면, 아니 살면서 아주 길고 가파른 바위 언덕을 오르고 나면 그때가 가장 소중한 순간임을 깨닫게 된다. 그 순간들은 영원하지 않기 때문이다. 하지만 그 순간들이 지나가더라도, 또는 지나가서 더는 존재하지 않더라도 그 순간을 경험했기 때문에 그 행복 가득한 아름다운 추억이 온몸에 퍼져 영원히 기억된다.

하지만 불행히도 내 삶은 언제 터질지 모르는 기폭 장치와 연결되어 있었다. 이것만은 확실했다. 자전거가 길가에 있던 돌에 걸려 넘어지기라도 한다면 기폭 장치를 건드려 폭발할 수도 있었다.

***

드디어 그러한 순간이 찾아오고 말았다.

기폭 장치가 정확한 순간에 폭발했다는 점이 문제라면 문제였다. 그 스위치를 누른 사람이 조르디라는 사실은 이제 새삼스럽지도 않았다. 나는 길 위에서 만난 온갖 문제들을 참고 견디며 100개쯤 되는 허들을 뛰어넘으려 했다. 하지만 30번째 허들을 마주했을 때는 비틀거렸고, 37번째 허들을 마주했을 땐 결국 넘어지고 말았다. 정확하게는 넘어진 게 아니었다. 그냥 세게 부딪혔다. 내 인생에 몇 안 되는 큰 사고 중 하나였다.

만일 내 인생 최악의 순간 베스트 10을 목록으로 만들어

본다면 14살 때 조르디 때문에 넘어졌던 순간은 아마 4위 쯤이 아닐까 생각한다. 안타깝지만 이때는 말 그대로 정말 넘어졌다. 물리적으로 넘어졌다는 뜻이다. 피부, 근육, 뼈, 온몸에 연결된 신경들이 고통을 호소했다.

사실 몸은 정말 중요한 요소지만, 사람들은 이 사실을 모르거나 이해하지 못하거나 혹은 외면하려고 한다. 그저 세상은 정해진 방식으로 돌아가고 그게 다라고 생각한다. 물론 누군가의 말처럼 다른 사람들보다 팔의 개수가 부족한 나는 진즉에 알고 있었다. 뭐, 그렇게 빨리 깨우친 건 아니고 5살 때쯤 인생의 첫 충돌을 경험한 뒤 현실을 깨달았다고 할 수 있다. 지금은 우선 사람들이 자기 몸을 어떻게 바라보는지에 대해 이야기하고 있으니 이에 대해서는 나중에 기회가 되면 다시 하겠다.

한동안 나는 모두가 똑같은 수의 팔다리, 손가락, 발가락, 연골을 가지고 있기에 서로 동등한 존재라 여긴다고 생각했다. 내 두 팔 거기 있니? 그쪽 다리는 안녕하니? 아차, 집에 손가락을 두고 왔네! 마치 소풍 갔을 때 출석 확인을 하는 것처럼 말이다. 하지만 시간이 지나 그 안에서 큰 키, 작은 키, 뚱뚱한 몸, 머리 스타일과 같은 차이점이 하나둘 눈에 띄기 시작하면 사람들은 이를 가리켜 키가 작다, 뚱뚱하다, 머리가 크다, 손이 크다, **망코**와 같은 말로 표현했다. 실제로도 모든 사람의 외모는 완벽하게 똑같지 않다.

우리 몸은 모두 어떤 형태의 마법으로 빚어낸 조각들의 모음일 뿐이다. 내 **망코**도 그랬다. 다만 몸집이나 머리가 큰 것보다는 조금 더 강한 반감을 안겨줄 따름이었다.

그리고 조르디의 부하들은 내 친구 엔릭을 바로 그렇게 불렀다.

"야, 뚱땡아!"

그 소리에 내 머릿속에서 경고음이 울렸다. 나는 누구든 내 친구를 함부로 대하도록 내버려두지 않았다. 물론 그해 여름 엔릭은 살이 좀 쪄서 그전과는 다르긴 했다. 물론 학교에서 이상하기로는 나를 능가할 사람이 없으니 나만큼은 아니겠지만, 누군가가 살이 쪘다고 놀린다면 엔릭이 슬퍼할 게 분명했다.

나는 빠르게 둘 사이에 끼어들었다. 그러자 조르디가 나를 보며 비아냥거렸다.

"끼어들어서 뭐 하게? 때릴 손도 없는 주제에!"

"내가 왼손잡이인 거 몰랐냐?"

"아이고, 무서워 죽겠네!"

무리 중 한 명이 킬킬거리며 내게 손가락질했다.

조르디 무리는 항상 그랬다. 애초에 나는 놀리든 말든 신경 쓰지 않았다. 그저 고개를 숙이고 소매 끝을 주머니에 욱여넣고 다녔지만 그걸로는 소용없었다. 그 아이들은 자전거, 스포츠, 그리고 자유롭게 움직이며 느끼는 즐거움을 내게서 빼앗아 가려고 했다. 내 삶이 무기력하게 만들려고 애를 썼다.

하지만 그들이 모르는 게 있었다. 바로 내가 친구들과 함께 있을 때의 즐거움은 절대 빼앗아 가지 못했다는 거였다. 나를 괴롭히는 것은 괜찮았지만 내 친구들까지 손을 대는 일은 참을 수 없었다. 나는 어머니가 내 몸에 맞게 만들어 주신 옷을 입을 때면 잠시나마 슈퍼히어로가 된 듯한 느낌이 들었다. 찰나의 순간이었지만 늘 강력한 정의감을 심어주었다.

그리고 14살 때, 그 정의감은 마침내 명료한 문장의 형태를 갖추게 되었다.

'내 친구를 건드리면, 너는 그 대가를 치르게 될 것이다.'

***

나는 두 번 생각할 필요도 없이 그 아이 앞에 섰다. 뭘 해야 할지도 몰랐으면서 말이다. 주먹이라도 날리려고 했을까? 진짜 내가 그런 사람이었을까? 친구가 내 곁으로 다가왔다. 아마 나를 말리거나 도와주려 했겠지만 나는 그걸 알아채지 못했다. 호기롭게 나선 것과는 달리 무얼 하기도 전에 나는 이미 땅바닥에 넘어져 있었다.

엉덩방아를 찧었기 때문이다. 말 그대로였다. 꽤 세게

넘어진 탓에 척추뼈들이 서로 부딪히는 소리가 들리는 듯했다. 발끝부터 내 **무뇽**에 이르기까지 소리 없는 진동이 몸 전체를 타고 흘렀고 귀가 먹먹해졌다.

"……드! ……비드!"

"……라고! ……했어?"

"……엘! ……디! ……그!"

소리가 내 귀에 제대로 들어오지 않았다.

친구들과 선생님 한 분이 나를 일어나도록 도와주었다. 그동안 다른 선생님들은 조르디 패거리를 크게 혼내셨다. 최소한 내 생각에는 그랬다. 내 주위의 모든 것이 빠르게 움직이고 있었지만, 내 눈에는 슬로 모션처럼 느껴졌다. 마치 영국 드라마 「닥터 후」의 에피소드처럼 두 개의 서로 다른 속도가 같은 시공간 안에서 하나로 합쳐지는 듯했다.

엄청난 여정이었다.

나는 금세 일어났지만, 등에서 엄청난 통증이 느껴졌다. 그리고 통증은 점점 더 심해졌다. 선생님들께서는 내가 움직이지 못할까 걱정하며 구급차를 불러야 하나 회의를 하고 계셨다. 정작 그때 나는 보건실 선생님께 진통제 한 상자를 달라고 하면 얼마나 오래 걸릴 지 가장 궁금했다. 학교 전체에 내 이야기가 퍼졌다는 사실은 나중에 알게 되었다. 조르디가 나를 밀치는 현장을 목격한 친구들은 그의 포악함에 충격을 받았지만 정작 당사자인 나는 넘어졌을 때의 일만 기억이 났다. 그래서 아이러니하게도 평생 그러한 일을 겪었던 나조차 친구들이 호들갑을 떠는 거라고 생각했다.

그날 일은 물리적인 상처보다도 심리적인 부분에 더 큰 영향을 미쳤다. 시간이 갈수록 고통은 더욱 심해졌다. 등과 엉덩이를 연결하는 움푹 들어간 그 부위가 욱신거렸듯 말이다. 어떻게 그 짧은 시간에 희열과 같았던 행복이 깊은 슬픔이나 짐승의 울부짖음에 가까운 분노, 그리고 날카롭게 마음을 후벼파는 좌절감으로 변할 수 있는 걸까? 가히 놀라울 정도였다.

그날 아침 나는 다른 많은 친구들처럼 어머니와 학교에 갔다. 사건 사고 없는 평범한 하루가 되리라 생각했다. 이차 방정식 공부도 열심히 했기에 수학 시험도 자신이 있었다.

하지만 오후가 되자 나는 학교가 끝나고 걸어서 어머니의 여행사로 가는 대신 함께 차를 타고 조퇴했다. 엉덩이의 통증이 더 이상 의자에 앉아 있을 수 없을 정도로 점점 더 심해졌기 때문이다. 어쩔 수 없이 선생님께 말씀드리니 선생님께서 어머니께 연락하셨다. 어머니와 나는 내 꼬리뼈가 다쳤을까 두려워하며 응급실로 향했다. 여기까지는 아마 과장이 전혀 없었을 것이다.

하지만 나 또한 친구들처럼 현실을 왜곡해서 받아들인 사람 중 한 명이었다. 도저히 그 상황을 믿을 수 없었기 때문이다.

늘 이랬느냐고?

이미 알고 있겠지만, 이번 일이 처음은 아니었다.

물론 마지막도 아니었다.

몸과 마음에 멍이 들다

"너랑은 같이 나가고 싶지 않아. 너는 한쪽 팔이 없잖아, 그리고……."

마르타의 문자를 봤을 때의 내 심정은 이미 앞에서 다 설명했다. 실망, 슬픔이라는 표현으로는 다 담아내기 힘들 정도의 감정이었다.

고통이 작동하는 방식은 참 기이하다. 조르디가 나를 밀쳤을 때 느껴졌던 분노와 좌절감이 넘겨졌을 때의 고통보다 훨씬 더 심각했다면, 마르타의 문자는 단순한 상처를 넘어 나를 신체적으로도 약하게 만들었다.

그 문자를 본 나는 숨을 제대로 쉴 수 없었다. 마르타의 변명은 마치 누군가가 매로 세게 때리는 것처럼, 주먹으로 배를 때리는 것처럼 무척 아팠다. 나는 마르타라는 수영장에 섣불리 뛰어들었다가 물만 잔뜩 먹었다. 텅 비어 있었더라면 더 좋았겠지만, 그 수영장에는 마르타가 보낸 답변과 괴로움, 거부감으로 가득 차 있었다. 내 폐 안에 가득 차 숨이 막히고도 남을 정도였다. 지금 돌이켜봐도 마르타를 차단하지 않고 그 채팅 내용을 저장한 일이나 스마트폰을 내던져 산산조각 내지 않았다는 사실이 놀라울 따름이다.

하지만 마르타의 문자는 스마트폰 알림처럼 내 마음속에서 계속 반짝였다. 숨이 막히고 가슴이 아팠으며 머리가 징징 울렸다. 나는 어서 집으로 가 문을 걸어 잠그고 싶었지만 육체적으로는 멀쩡했다. 상처도, 멍도, 혹은 내 신경을 들쑤실만한 그 어떠한 자극도 없었다. 그러나 나는 실제로 다친 것처럼 너무 아프고 온몸의 신경이 곤두섰다. 내 오른팔마저도 말이다.

고통은 몸과 마음을 하나로 만든다. 발톱이 살갗을 깊게 할퀴면서 원인 모를 경련을 일으킨다. 그래서 사고는 감각을 마비시키고, 말은 숨을 멈추게 한다.

다행스럽게도 꼬리뼈를 다쳤을 땐 별일 없었다. 적어도 내게는 그랬다. 몇 주 내내 통증이 계속됐지만 평소처럼 생활할 수 있었기 때문이다. 그렇지만 조르디 무리에게는 그런 운이 없었다. 녀석들의 생활기록부에는 일주일 정학처분이라는 징계 기록이 남게 됐다. 다음 날 학교에 돌아갔을 때 나는 친구들에게 박수 세례를 받았다. 며칠은 영문도 모른 채 영웅 취급을 받았다.

하지만 나는 내 꼬리뼈에 금이 갔다는 사실을 놓치고 있었다. 그날 이후 내 몸은 넘어졌던 충격 때문에 여전히 떨리고 있었다. 마치 소리굽쇠가 울리듯 말이다. 걷거나 뛸 때면 마라카스*가 흔들리듯 흔들렸고 바지 주머니에 넣은 동전처럼 짤랑거렸다.

그 떨림은 실제로 넘어져서 얻은 충격 때문이었다. 다 나을 때까지 며칠이 걸렸는지 모른다. 병원에 갔을 때 간호사 선생님께서는 충격이 겉으로 보이는 상처보다 더 안 좋을 수 있다고 주장하셨다. 내출혈로 인한 통증을 느끼지 못할 수도 있고 식욕을 잃게 할 수도 있다고도 하셨다. 하지만 나중에 만난 의사 선생님은 간호사 선생님과는 달리 내 팔 때문이라고 하셨다.

나는 그나마 등과 가슴을 위해 하고 있던 수영 때문에 침착함을 유지할 수 있었다. 우리 집에도 수영장이 생겨 더 이상 카를레스네 가족들에게 의존하지 않아도 되었다. 나는 카를레스의 어머니께서 만들어 주셨던 엄청난 양의 **메리엔다****는 물론, 카탈루냐어 숙제의 조력자인 카를레스를 포기하는 대신 나만의 공간과 프라이버시를 얻었다. 아버지는 밖에서 수영장이 보이지 않도록 차고 바로 옆에 건물을 하나 더 지으시고는 1년 내내 사용할 수 있는 샤워실

---

*   야자열매 마라카의 속을 파낸 후 잘 말린 씨, 자갈 등을 채워넣은 타악기를 말한다.

**   merienda. '간식', '점심 도시락' 등을 뜻하는 스페인어 표현이다.

과 난로를 설치해 주셨다. 이제 나는 우울하거나 수영하고 싶을 때면 언제든 이용할 수 있는 나만의 오락 공간을 갖게 되었다. 그리고 일주일에 2번 친구들의 친절에 기대야 했던 나날들에서 벗어날 수 있었다.

"카를레스, 내가 너네 집에서 수영하는 거 신경 쓰이지 않아?"

하루는 수영 훈련을 끝마치고 **메리엔다**를 함께 먹으며 카를레스에게 물었다. **메리엔다**를 다 먹으면 숙제를 해야 했다. 아버지는 퇴근길에 나를 데리러 오시겠다고 했다.

카를레스는 이해가 안 간다는 표정으로 내가 자기 집에서 수영하는 걸 싫어해야 하느냐고 물었다. 그리고 내게 단호하게 말했다. 자신의 어머니는 우리 가족을 도와줄 수 있어 기뻐하셨고, 자기 또한 내가 함께 있으면 숙제할 때 지루하지 않다고 말이다. 하지만 불안감에 사로잡힌 나는 최소한의 이성적인 판단조차 할 수 없었다.

"나는 팔을 잃어버렸잖아."

카를레스는 여전히 이해하지 못하는 눈치였다.

"혐오스럽지 않아?"

카를레스는 나를 물끄러미 바라보았다. 5초, 아니 10초는 흘렀을까? 어쩌면 그보다 조금 더 시간이 흘렀는지도 모르겠다. 이윽고 카를레스가 입을 열었다.

"야, 넌 그게 말이 된다고 생각해? 우리가 유치원 때부터 붙어 다닌 지가 몇 년인데."

형식적인 질문임을 알면서도 나는 대답할 수 없었다. 감히 그럴 수 없었다. 만일 머릿속으로 생각이 정리되었다고 해도 대답하지 않았을 것이다.

"나는 네가 네 자신을 혐오하는 일이 더 혐오스러워. 넌 전혀 이상하지 않아. 유일하고 특별한 사람이라고."

나는 며칠, 아니 몇 주, 심지어 몇 달 동안 내가 정말로 쓸모없는 사람이라 믿어 의심치 않았다. 지금도 가끔 그런 생각이 떠올라 힘들 때도 있다. 다행히 친구들과 가족들은 내가 계속해서 앞으로 나아가 성공할 수 있도록 도와주었다. 나 또한 그들에게 내 목발처럼 의지했다. 나는 그 목발을 짚고 다시 일어나 비상할 수 있었다.

이들이 내 의수였다.

내게 다른 건 필요하지 않았다.

***

처음 온수 수영장을 만들겠다는 아버지의 계획을 들었을 때 나는 따분하겠다고 생각했다. 공사 시간이 더 길어지고 먼지나 소음도 더 많이 발생할 것이라는 뜻이기 때문이다. 나는 그저 쉬고 싶었다. 다시 일어설 때까지 슬픔 속에서 뒹굴면서 말이다. 하지만 얼마 지나지 않아 첫 번째 슈퍼자전거를 접하고 나니 수영장 프로젝트에 대한 열망이 커져만 갔다. 그저 의무적인 활동이라고만 생각했는데 기력을 되찾자 수영이 재미있어졌다.

나는 수영이 싫었다. 수영은 할 때마다 남들보다 부족한 것, 사람들이 자신들과 내가 다르다고 주장하는 모든 것, 내 신체적 결핍이 떠올랐기 때문이다. 물론 그 당시는 나도 다른 사람들처럼 생각하기는 했지만 말이다.

혹시 소속감을 느껴본 적 있나? 그건 마치 적절한 순간에 내가 있어야 할 곳에 있다는 확신과도 같다. 두 발이 땅을 딛고 있거나 물장구를 치고 있어도 마음은 하늘을 둥둥 떠다니는 듯 행복하다. 나는 내게 딱 맞게 개조된 장갑을 끼고 수영할 때마다 그러한 기분을 느꼈다. 아버지는 내 허리를 지지해 주는 벨트 장치를 발명하셨다. 이 벨트는 등산용 로프를 이용해 나무로 만든 바닥재와 연결되어 있어 나는 물 안에서도 꼿꼿하게 서 있을 수 있었다. 이 벨트를 차면 수영장을 한 바퀴 돌거나 앞으로 나아갈 수 없고 수영해서 수영장을 가로지를 수도 없다. 사실 굳이 수영할 필요가 없기는 했다. 나는 팔과 등, 가슴 근육을 단련시키기 위해 수영장에 들어가는 것이니 가만히 서 있는다 하더라도 팔만 저을 수 있다면 충분한 훈련이 되었다. 마치 스노클을 끼고 물속에서 온몸을 움직이며 러닝머신을 달리는 듯한 느낌이었다.

이 훈련을 통해 통증은 빠르게 사라졌다. 그 치료법에 효과가 있으니 나는 수영이 더욱 좋아졌다. 한 번의 호흡은 팔을 저을 때 몸이라는 퍼즐의 조각들을 이어주는 경첩 같았다. 나는 세밀한 근육의 움직임을 정확하게 느꼈다. 마치 기름칠이 잘 된 기계가 된 것 같았다. 나는 물속에 있는 게 너무 좋았다. 꼬리뼈를 다쳐서 느껴졌던 떨림도 불과 몇 주 만에 사라졌다.

***

나는 몇 년 동안 시간이 날 때마다 아주 열심히 수영을 하고, 주말에는 되도록 자전거를 탔다. 가끔은 아버지와 세르지 삼촌이 의수를 고치실 때 도와드리기도 했다. 이런 활동들은 레고 조립과 더불어 내가 차분함을 유지하는 데 도움을 주었다. 나는 자유시간의 대부분을 이렇게 보냈다.

그렇다. 그 작은 사각형 플라스틱 블록들은 여전히 내 삶에 중요한 부분을 차지하고 있었다. 나는 그들이 전혀 질리지 않았다. 특히 9살 때 해체된 바이오니클 로봇, 접착용 테이프, 클래식 레고 블록들을 이용해 처음으로 의수를 만들었다. 이 의수는 내가 신발 끈을 묶을 수 있게 도와주었으니 더욱 애착이 갈 수밖에 없었다. 나는 바이오니클도 만들기 시작했다. 레고만 있으면 작은 괴물들로 이루어진 바이오니클의 소규모 군대를 만드는 미친 과학자가 된 듯한 느낌이었다. 때로는 프랑켄슈타인 박사가 되기도 했다. 나는 매우 강한 프랑켄슈타인 박사였지만 그보다는 덜 미쳤고, 나를 공격하는 마을 사람들도 없었다. 내게는 기발한 재주가 더 많았기에 생명체를 만들어내는 장난은 하지 않았다. 나는 그저 사람 모양의 피규어에 푹 빠져 있을 뿐이었다. 내게는 바이오니클이 강한 장난감 군인이었다. 이들이 가진 복잡한 몸의 구조는 내게 도전 정신과 흥미를 불러 일으켰다. 혹시 그들이 어떤 모습인지 기억하는가? 적어도 내 눈에 바이오니클은 아주 환상적인 비율을 가지고 있었다. 어떤 바이오니클은 공룡처럼 큰 아치형 발을 갖고 있기도 했고 또 어떤 바이오니클은 날개나 아주 거대한 손톱, 발톱을 갖고 있다 보니 인간과 동물의 혼종처럼 보이기도 했다.

그들의 몸은 사람과 비슷했지만 전혀 달랐다. 정말 멋졌다. 그들에게 사로잡힌 건 나뿐만이 아니었다. 바이오니클이 없는 아이가 없었을뿐더러 레고 가게에 가면 부모님께 사달라고 조르는 아이들도 많았다.

바이오니클은 로봇 인간에 가까웠다. 몸의 대부분이 금속으로 이루어져 있어 보통에서 벗어나 있었다. 나처럼 말이다.

그래서 나는 생각했다. 우리가 정말 열한 번째 손가락이 부족한 거라면 날개나 꼬리, 발톱도 부족하지 않을까?

인간은 그런 상황에 적응하며 살아왔다. 하늘을 나는 비행기를 발명했고 부속품 없이도 살아가는 법을 배웠다. 삶이 우리에게 가르쳐준 방법대로 세상에 적응한 것이다. 나는 팔 하나를 잃어버렸다. 페기도 그랬다. 사고로 하반신이 마비된 안도라 출신의 전 알파인 스키선수 알버트 로베라도 휠체어와 랠리카로 놀라운 성공을 거둬냈다. 전 세계에는 나처럼 고유한 능력*을 가진 사람들이 많다. 이들은 자신들을 위한 주차 공간 같은 것들을 온전하게 사용할 수 있다면 평범하게 살아갈 수 있다. 이건 내 이야기는 아니다. 내 장애는 내가 이동하는 데에 영향을 주지 않으니 말이다.

카를레스의 말처럼 내가, 우리 모두가 특별하고 유일해질 수는 없었을까? 특별함이란 우리가 흔히 생각하는 그런 의미도, 모자라거나 해내지 못하거나 다른 사람들의 도움을 받아야 해서 특별하다는 뜻도 아니다. 진정한 의미의 비범함에 대해 알아야 한다. 평범함에서 벗어나 우리만의 방식으로 세상을 사는 것, 머리를 써서 매일 도전하고 극복하는 것 말이다.

바이오니클을 조립하려고 애쓰던 때를 떠올리면 이해

---

*　diff-ability. '신체적 또는 정신적 장애'를 나타내는 영어 'disability'에서 파생된 신조어로, 'different(다른)'와 'disability(장애)'를 합친 합성어다. 신체적, 정신적 장애가 있어도 비장애인처럼 정상적인 삶을 살 수 있거나, 그러한 장애를 차별화되거나 특별한 능력으로 개발시키는 경우를 가리킨다.

하기 쉬울지 모르겠다.

　나는 피규어가 주는 도전에는 관심이 없었다. 나는 금속이나 고무 부품들을 다른 레고 블록과 조립할 수 있다는 사실이 무척 흥미로웠다. 그래서 비행기나 자전거, 헬리콥터와 같은 것들을 계속해서 만들었다. 집이나 작업실에 있는 아버지의 공구 상자에서 발견한 이음새나 클립, 다른 부품들을 보며 난리를 피울 필요도 없었다.

　당연히 부품들이 상자 안에 깔끔하게 담겨있는 레고들도 있었다. 그 블록들은 상자 안에서 그저 주인이 조립해 주기만을 기다리고 있었다. 하지만 나는 그 이상을 하고 싶었다. 처음부터 조립 설명서 없이 내 본능과 조립 경험을 활용해 완전히 새롭게 만들고 싶었다. 나는 한계를 향해 나아가면서 마음이 고요해졌다. 그리고 수영장에서는 느낄 수 없었던 자유로움을 얻었다.

　그러던 어느 날, 나는 수영장 가장자리에 붙어 수영하다 벽에 발을 세게 부딪히고 말았다.

　"커억!"

　격한 통증에 비명을 지르다 물을 잔뜩 마시게 되었다. 지금도 어떻게 부딪혔는지 이해가 되질 않는다. 그날 수영을 시작할 때 수영장 가운데부터 가장자리까지 얼마나 떨어져 있는지 계산을 잘못한 걸까? 아니면 그런 일이 일어났을 리가 없다.

스스로에게 화가 난 나는 벨트를 풀고 나왔다. 다친 곳은 없어 보였다. 걷는 데 문제는 없었지만, 발등이 아팠다. 새빨갰던 발등은 시간이 갈수록 점점 어두워지며 새카만 멍 자국이 커다랗게 남았다.

재미있게도 그 주 생물 수업 때 동맥부터 모세혈관까지 순환계에 대해 자세히 배웠다. 수업 내용대로라면 멍은 벽에 부딪힌 발등의 모세혈관이 파열되면서 생긴 것이었다. 그리고 빨갛게 변한 피부를 보면서 또 다른 현상도 관찰할 수 있었다. 작게 구멍이 난 정맥에서 흘러나온 피가 혈종을 만들어냈다는 사실 말이다.

나는 망설임 없이 다시 물로 뛰어들었다. 이번에는 가로 3미터, 세로 7미터 크기의 수영장 가운데에 계속 떠 있기 위해 온 신경을 집중했다.

하지만 머릿속에서는 내가 앞으로 갖게 될 멍 자국으로 가득했다. 사소한 실수가 수많은 상처로 이어질 수 있겠다는 생각을 멈출 수 없었다. 그 여파는 내가 먼저 끊어내기 전까지는 끝나지 않을 것 같아 두려웠다.

***

그날은 내 열여섯 번째 생일이 지난 지 몇 주 후이자 지난번 싸움을 겪은 직후이기도 했다. 내가 아주 우아하게 반응했던 사건 하나가 끝나자마자 또 다른 사건이 터진 셈이었다.

학교에서 겨울 현장학습을 갔다. 이번에는 전형적인 현장학습과는 달랐다. 너무 지루해 온몸을 배배 꼬았던 교육 따위는 없는 여행이었다. 학교에서 갔던 수많은 여행을 떠올려보라. 또 돌아와 바보 같은 숙제를 얼마나 많이 해야 했는지도 말이다. 학교는 우리가 하루 동안 박물관 가이드의 안내를 듣고 심지어는 그 내용을 모두 기억하기를 바랐다. 정말 무의미했다. 하지만 이번에는 아니었다. 정말로 놀기 위한 여행이었다. 여태까지의 여행을 떠올려본다면 얼마나 운이 좋은지 감사해야 할 정도였다.

우리는 스키장에서 완전히 들떠 있었다. 어떤 친구들은 스키 상급자 코스를 타겠다고 우쭐댔고, 또 어떤 친구들은 스노보드를 타보겠다며 떠들었다. 나는 그 어디에도 속하지 않았다. 상급자 코스로 올라가 선생님께 반항을 시도할 정도로 정신이 나가 있지도 않았다. 내 새로운 목표는 내 생활기록부에 또 다른 오점을 남기지 않고 중학교를 졸업하는 것이었다. 지난 4년간의 문제들만으로도 충분했다. 다들 눈을 만끽할 테니 내 계획을 방해할 사람은 아무도 없었다. 이번 여행은 운동과 놀이로 꽉 찬 즐거운 시간을 보내기로 마음먹었다.

산을 덮은 눈을 비추는 강렬한 햇빛 덕분에 선글라스나

고글을 쓰지 않으면 눈이 부셔 아무것도 볼 수 없었다. 내고글은 앞쪽 테이블에 있었다. 꼭 고글을 쓰라던 어머니의 말씀이 사람들이 스키를 타고 빠르게 코스를 내려오는 소리와 함께 윙윙 울렸다. 우리는 서둘러 스키장 오두막에 가방을 맡기고 케이블카를 타러 갔다. 선생님들께서는 학생들을 두 명씩 케이블카에 앉히시며 한눈팔지 말고 약속한 정오까지는 오두막 앞으로 모이라고 신신당부하셨다. 학교로 돌아가기 전 그곳에 모여 점심을 먹기로 했기 때문이다. 우리는 오전 내내 어린 아이들처럼 눈싸움도 하고 스노보드나 스키도 탔다. 그리고 핫초코를 마시러 오두막으로 돌아갔다.

스키를 타고 코스를 왕복하던 우리는 스노보드를 빌려 기체역학과 중력의 법칙에 도전해 보기로 했다. 최악의 경우 엉덩방아를 찧을 수도 있었다. 뼈가 부러지고 싶은 사람은 한 명도 없었으므로 1단계 코스만 타기로 했다. 하지만 막상 케이블카에서 내리고 보니 시시한 것 같아 조금 더 위로 올라갔다. 바로 그때, 엔릭의 발이 눈밭에 푹 빠지며 땅에 완전히 대(大) 자로 넘어졌다. 엔릭은 바로 머리를 들었는데, 눈을 흠뻑 뒤집어쓴 그의 얼굴을 본 우리는 그만 웃음을 터뜨리고 말았다.

"괜찮냐고 물어봐 줘서 아주 고맙다!"

엔릭은 눈을 퉤퉤 뱉어내고 일어나려 했지만 실패했다.

발밑이 푹푹 꺼져 걸을 수가 없었다. 그 모습이 어찌나 웃겼는지 배가 다 아플 정도였다. 그러자 엔릭은 눈덩이를 만들어서는 마치 테니스공을 쏘는 기계처럼 우리에게 던지기 시작했다. 처음에는 아무도 맞추지 못했다. 그러다 우연히 내 얼굴에 눈덩이를 명중시키자 분위기가 진지해지기 시작했다. 패색이 짙었던 엔릭은 공격 태세로 전환했다. 알렉스와 나는 무릎을 꿇고 눈덩이를 잔뜩 뭉치기 시작했다. 도중에 모자라는 일이 없도록 말이다. 하지만 엔릭은 만만한 적수가 아니었다. 자기 탄약을 빠르게 장전하기도 했지만, 행동도 재빨라서 우리가 던지는 눈덩이를 요리조리 피했다. 너무 잘 피한 나머지 옆에서 상급자 코스로 올라가려고 기다리던 다른 친구가 대신 맞고 말았다. 머리를 흔들어 눈을 털어낸 그 친구의 얼굴을 본 순간, 피가 얼어붙는 것만 같았다.

조르디는 내게 도전적으로 말했다.

"네가 먼저 시작한 거다?"

조르디의 옆에 있던 마르크가 급히 눈덩이를 뭉쳐 우리에게 던졌는데, 그 둘과 더 가까이 있던 엔릭의 눈에 명중했다. 나는 친구를 지키기 위해 하나밖에 없는 팔로 최대한 많은 눈덩이를 들고 달려갔다. 얼마 지나지 않아 조르디와 마르크는 나를 뒤쫓아왔다. 논리적으로 보면 자연스러운 흐름이었다.

하지만 정말로 필요한 싸움이었을까? 나는 모든 일이 일어나는 데에는 이유가 있고 모든 행동에는 결과가 따른다고 믿는다. 그렇지만 내 믿음으로는 조르디 무리가 내게 가지고 있던 반감이나 혐오감에 대해 달리 설명할 말이 없었다. 그 아이들은 몸집이나 옷차림, 친구들과 어울리는 방식이 다르다는 이유만으로 남들을 괴롭히며 즐거워했다. 하물며 나는 팔 하나를 잃어버렸으니 놀릴 때 더 큰 쾌감을 느꼈는지도 모른다. 내 *고유한* 능력이 그들에게 더 많은 점수를 딴 셈이었다.

"야 **망코**, 넌 어떻게 한 번을 못 맞추냐!"

조르디는 모두의 앞에서 나를 모욕했다. 싸움을 지켜보던 사람들 중에는 내 친구들만 있는 게 아니었다. 스키를 타기 위해 언덕을 오르내리던 다른 친구들까지도 상황의 심각성을 깨닫고 발걸음을 멈춘 상태였다. 이 정정당당한 주먹다짐 덕분에 현장학습은 그대로 끝날 수도 있었다. 재미와 휴식, 볼거리로 가득했던 하루의 마무리로는 이만한 게 없지 않을까.

하지만 그런 일은 일어나지 않았다.

"야."

나는 눈덩이를 들었다. 저 둘이 사과하지 않으면 내가 무슨 짓을 벌일지는 나도 몰랐다.

"나한테 팔 하나가 없는 건 내 잘못이 아니야. 알겠냐?"

마르크가 웃었다. 정말 크게 웃었다. 세계 최고의 얼간이 미소를 꼽아보려면 1등을 차지했을 그런 미소였다. 그리고 저 입에서 절대로 사과의 말이 나오지 않을 것임을 예언하는 듯한 웃음이었다.

"그 말은 맞지. 그렇다면 누구 잘못일까? 너희 **엄마**냐?"

화산이 폭발하기까지 걸리는 시간이나 벼락 맞은 나무가 다 타버릴 때까지의 시간은 몰라도, 내 다이너마이트의 기폭 장치를 누르면 얼마나 빨리 폭발하는지는 알고 있다. 마르크는 내 기폭 장치, 그러니까 가장 아픈 부위를 있는 힘껏 짓밟았다.

그러니 내가 순식간에 폭발했다는 사실을 알아줬으면 좋겠다. 나는 그 폭발음이 산 전체에 울려 퍼지기를 바랐지만, 친구들은 마치 눈사태처럼 우리 주위를 감쌌다. 나는 손에 들고 있던 눈덩이를 내던졌다. 그래야 내 움직임이 더 빨라지기라도 하듯이 말이다. 그리고 마르크를 향해 몸을 날렸다. 실제로 날아가지는 않았지만, 맹세컨대 너무 빨리 움직여서 발이 땅에 닿지 않을 정도였다. 마르크는 놀란 듯 잠시 꿈쩍도 하지 않았다. 하지만 곧 무리들과 함께 계속 눈덩이를 던져댔는데, 분노에 사로잡힌 내게는 아무 소용이 없었다. 머리카락은 뒤로 넘기고 검은색 가죽 코트 차림에 선글라스를 쓴 내 모습을 상상해 보시라. 영화 「매트릭스」의 주인공처럼 나는 날아오는 총알 하나하나를 모두 피했다.

그 무엇도 내 앞을 막지 못했고, 막지 않았다.

두 번은 크게 뛰어야 닿을 정도로 떨어져 있었지만, 나는 몸을 날려 오만함으로 똘똘 뭉친 마르크를 때려눕혔다. 눈이 부드럽고 매끄럽다고 한 사람은 대체 누구였을까? 나는 마르크와 함께 땅 위로 넘어졌을 때 내 무릎이 얼마나 아팠는지, 그리고 그 눈이 얼마나 차갑고 축축했는지만 기억난다. 나는 마르크가 충격을 받고 움직이지 못하는 순간을 최대한 이용했다. 온몸에 무게를 실어 그 애가 움직이지 못하게 누르고는 손으로 눈을 한가득 쥐어 그의 입에 퍼넣었다.

"닥쳐!"

나는 어마어마한 욕설들을 내뱉었다. 친구들과 조르디 무리들, 다른 반 친구들의 시선이 느껴졌다.

이제는 안다. 아무리 분노에 눈이 멀었다 해도 침묵했어야 했고, 그 욕설들은 전혀 도움이 되지 않았다는 사실을 말이다. 내가 욕을 했기 때문에 이런 말을 하는 건 아니다. 내가 하도 소리를 질러대는 통에 마르크가 충격에서 벗어나 방어하기 시작했기 때문이다. 마르크를 향해 쏟아지던 눈과 욕설들은 곧 구타로 바뀌었다. 마구잡이로 손을 휘두른 탓에 목표물을 제대로 맞추지는 못했다.

주먹에 실린 순수한 분노는 마치 멍처럼 퍼졌다. 지켜보고 있던 친구들도 그제야 내가 어떤 상태인지 깨닫고 나를 돕기 시작했다. 나와 마르크를 떼어놓으려고 한 건지 같이 그 녀석을 패려고 한 건지는 잘 모르겠지만 말이다. 다른 친구들은 자기들끼리 싸우기 시작했다. 듣기로는 여자애 두 명이 괜한 트집을 잡아 남자애 한 명에게 소리를 지르기 시작했다고 한다. 그때 시야에 한 선생님께서 팔을 휘저으며 다른 선생님들을 부르는 모습이 들어왔다. 그것 말고는 아무것도 보이지도, 들리지도 않았다. 마르크를 향해 뻗은 내 주먹, 그의 반격을 막으려던 1.5개짜리 내 팔만이 느껴질 뿐이었다.

마침내 누군가가 내 팔 아래로 손을 넣어 마르크에게서 나를 떼놓았다. 그제야 내가 저지른 일이 눈에 들어왔다.

"지금 이게 무슨 짓이야!"

체육 선생님께서 말씀하셨다. 당연하게도 나를 스키 장비를 다루듯 가볍게 들어 올릴 수 있는 사람은 체육 선생님뿐이셨다.

"스노보드 장비는 바로 찾아올게요."

"반 친구를 때려놓고 어물쩡 넘어갈 생각 마라!"

"제가 팔이 없는 게 저희 어머니 때문이라는데 어떻게 가만히 있어요!"

그 말에 선생님은 깜짝 놀라신 듯했다. 마치 '조르디와 친구들의 얼간이 행각!'이라는 현수막을 배경으로 선생님의 귓속에서 색종이 조각이, 입에서는 파티에서 쓰는 뿔피리가 팡 터져 나온 것만 같았다!

하지만 다른 선생님들께서는 내 말을 믿지 않으셨다. 그래서 40분 남짓한 시간 동안 나는 생활기록부에 징계 흔적을 조금도 남기지 않고 졸업하겠다는 목표가 창문 밖으로 던져질까 무척 두려웠다. 40분은 내가 각오했던 것보다 훨씬 긴 시간이었다.

이 모든 일은 나 자신을 지키려고 했기 때문에 일어났다.

그날 오후, 오두막에서 처분을 기다리며 어떻게 그렇게 빨리 화가 치밀어 올랐는지 생각했다. 항상 그러한 것들에 영향을 받지 않으려고 노력했던 내가, 나와 다른 사람을 구분 지으려는 말에는 유머러스하게 대처했던 내가, 어떻게 분노를 터뜨리고 비열해질 수 있었을까. 아마도 나는 **롬페쿠에요** 게임의 정신을 되뇌어야 했는지도 모른다. 하지만 머릿속에 적색경보가 울리며 다음 충격을 대비해야 하는 상황 속에서 나는 과연 무엇을 할 수 있었을까.

다행히 선생님들께서도 사실을 알게 되셨다. 내가 잘한 건 없었지만, 적어도 내 잘못은 아니었다. 내가 팔 하나를 잃어버린 것도, 마르크가 얼간이인 것도 내 잘못은 아니지 않은가. 선생님들께서는 나는 그냥 보내주셨고 마르크에게는 며칠 동안 정학 처분을 내리셨다.

***

나는 수영을 끝내고 샤워를 하며 다친 부위를 확인했다. 부딪힌 부위에서 시작된 멍은 그 범위가 넓어진 상태였다. 그 색깔은 보라색이라기보다는 노란색에 가까웠다.

이처럼 내게는 참고 견뎌내야 할 충격들이 정말 많았다. 마르타에게서 받은 충격은 최악 중 하나였다. 정말로 나를 아프게 했다.

하지만 나는 굴복하지 않았다.

나는 어렸을 때부터 그래왔다.

그저 잠시 잊고 있던 것뿐이었다.

스키장에 갔던 날은 마음의 상처에 굴복하지 않겠다는 의지 따위는 잊어버리고 집으로 돌아갔었다. 하지만 선반 위에 놓여 있던 헬리콥터가 예전의 다짐을 되살아나게 해주었다.

다시 한번 높게 날아오를 테다. 그 누구도 옛날의 데이비드를 볼 수 없을 만큼 아주 높이.

선반 위 헬리콥터는 내게 답을 알려주었다. 그렇다면 그에 대한 해결책은 어디에 있을까?

나는 지금도 내 안에서 그 해결책을 찾는 중이다.

차근차근

마르타의 우아한 거절 이후, 실제로 나는 며칠 동안 방에 콕 틀어박혀 있었다. 울었냐고? 그렇지는 않았다. 눈물이 나지 않았다면 거짓말이겠지만, 그보다는 다른 것에 집중하고 싶었다.

하지만 여기서 스포일러를 뿌리지는 않겠다. 앞으로 할 이야기가 산더미이니 말이다.

***

방에 틀어박혀 있는 동안 딱히 새로운 의수를 만들어야 겠다고 결심한 건 아니었다. 그저 생각을 했을 뿐이었다. 그때 생각을 하도 많이 해서 여전히 머리가 아픈 건지도 모르겠다. 지금부터는 시간 순서에 따라 차근차근 설명하기로 하겠다.

그 전에 내가 그런 무모한 프로젝트를 시도하기 위해 나 자신을 납득시키려고 했던 게 처음은 아니었다는 점을 짚고 넘어가겠다. 나는 이미 9살 때 장난삼아 꼬마 레고스타인 박사를 자처하고 다녔으니 말이다.

나는 혼자서 의수를 만들고 싶었다. 설계도도 만들었다. 멋진 아이디어라는 생각에 신이 나 배, 바이오니클 로봇의 부품, 접착용 테이프, 전선, 목에 거는 키 체인 스트랩까지 챙겼다. 처음에는 제대로 조립하지 못했지만 몇 번을 다시 분해하고 조립한 끝에 완성해 냈다. 나는 9살이라는 어린 나이에 시행착오라는 과학적 방법을 발견했다. 플라스틱 의수를 만들면서 몇 번의 실수를 저질렀는지 기억이 나지 않지만 원하는 것을 만들 때까지 계속 시도하면 된다는 사실 또한 알게 되었다.

나는 완성한 의수를 들고 아래층으로 내려가 부모님께 보여드렸다.

어머니는 말씀하셨다.

"음, 멋있구나."

아버지는 환호하셨다.

"그렇네. 굉장하구나, 데이비드!"

나이아는 질문했다.

"그게 뭐야?"

하지만 셋 다 그게 뭔지 전혀 이해하지 못했다. 생각해 보면 가족들에게 자세하게 설명하지 않았으니 그럴 만도 했다.

내가 만든 건 일종의 직사각형 상자처럼 보였다. 노란색 테두리에 회색, 검은색, 파란색, 빨간색, 흰색이 어우러져 있었다. 한쪽은 아무것도 없지만 다른 한쪽은 손과 비슷한 것이 있었다. 이 괴상한 팔은 악마의 뿔이나 기괴한 모양의 촛대처럼 보이기도 했다.

서두는 여기까지만 하기로 하자. 나는 의수가 **브라시토**에서 떨어지지 않도록 티셔츠 안에 넣어 둔 키 체인 스트랩을 꺼내서 목 주변에 두른 뒤 움직이기 시작했다. 처음으로 의수를 사용해서 물건을 집어 들기도 했다.

나는 크게 말했다.

"제가 팔을 만들었어요!"

"레고로 말이니?"

어머니가 물으셨다. 어머니의 입은 점점 크게 벌어지기 시작했다. 아버지 역시 아무 말도 못 하고 가만히 계셨다.

"네. 두 분이 사주신 레고를 해체해서 다른 블록들이랑 같이 조립했어요."

"우리 아들이 이렇게 똑똑했었다니!"

아버지는 소파에서 벌떡 일어나 카메라를 가지러 가시며 말씀하셨다.

내 방에 돌아갈 때까지도 나는 자신감으로 가득 차 있

었다. 의수로 동그라미를 1,000번은 그려보았다. 그리고 1,000번을 넘게 방 안을 돌아본 끝에 의수는 내 방 선반 위에 올려놓기로 했다. 계란 모양 초콜릿 안에서 나온 작은 피규어들을 밀어두고 종이를 접어 만든 우주선과 비행기 옆에 두었다. 나는 내가 만든 이 크고 작은 결과물들을 알아주길 바랐다. 하지만 그때는 그 순간이 내게 어떤 의미가 될지, 머지않은 미래에 내가 어떻게 변해 있을지 전혀 알지 못했다.

부모님께서는 나의 뛰어난 재주와 행복해하는 내 모습에 받으셨다. 그리고 내가 그걸 학교에 가져가 반 친구들과 선생님들께 보여주도록 설득하셨다.

"데이비드, 정말 이걸 학교에 가져가도 괜찮겠니?"

다만 어머니는 약간 걱정스러워하셨다. 놀라셨거나 두려우셨을 수도 있고, 아니면 나를 도와주고 싶으셨는지도 모르겠다. 어쨌든 내가 진짜로 원하는 일인지 확인하며 혹여나 내가 이상한 길로 나아가지 않도록 설득하시려 했던 것만은 확실했다.

나는 오른쪽 어깨에 타이타닉 레고 의수를 스트랩으로 고정시키고는 힘차게 대답했다.

"물론이죠!"

처음부터 의수를 착용하고 등교하라던 아버지는 모두에게 자랑하겠다고 하니 너무나 행복해하셨다. 의도가 어찌

되었든 어머니는 나를 만류하던 유일한 분이셨다.

"나탈리, 당연히 학교에 가져가야지. 선생님하고 친구들 모두 놀랄 거라니까! 그러니 그냥 가져가게 해주자고."

아버지는 감탄이 내 자신감과 자존감을 올려줄 것임을 너무나 잘 알고 계셨다. 실제로도 그랬고. 나는 의수를 착용한 상태로 가방을 메고 학교로 향했다. 망토와 가면만 없을 뿐, 슈퍼히어로나 다름 없는 기분이었다. 마침내 레고맨이 동네에 나타난 것이다!

모든 선생님이 내 타이타닉을 보기 위해 몰려들었다. 어떤 선생님은 학교에 퍼진 소문을 듣고 오셔서 어떻게 만들었냐고 물어보시기도 했다. 그래서 나는 만든 방법을 설명해 드렸다. 쉬는 시간에는 모두가 내 작품을 보러 왔다. 나는 우리 반이 아닌 다른 친구들에게도 그 과정을 다시 한번 설명해 주어야 했다.

"너 슈퍼히어로 같아!"

"너무 멋있다, 데이비드!"

"세상에, 네가 이걸 혼자 만들었다니!"

"너 미래에서 온 로봇 같아!"

조르디는 중얼댔다.

"딱 봐도 그냥 장난감 아냐?"

조르디도 자신의 멍청이 역할을 충실히 수행했다.

사실 모두가 내 의수에 호의적이지는 않았다. 어떤 선

생님들은 의미심장하게 바라보셨다. 그 시선에 담긴 감정이 연민인지 걱정인지는 잘 모르겠다. 그리고 복도에서 마주칠 때마다 나를 어색하게 바라보던 친구들도 쉬는 시간에 내 팔에 달린 커다란 레고를 보고는 특별한 맞춤 소매 덕에 자유롭게 움직일 수 있었던 내 **무능**을 보았을 때보다 더욱 놀라워했다.

하지만 나는 찬사나 인정, 욕, 연민이나 이해할 수 없다는 시선 따위는 안중에 없었다. 나는 한 손으로 의수를 만들었다는 사실, 그리고 그로 인해 두 팔을 가지게 되었다는 사실이 자랑스러웠다. 비록 한 손은 복도의 형광등 불빛을 받으며 공간만 차지하고 있을 뿐이라도 말이다.

그날 어머니는 학교 심리 상담 선생님의 전화를 받으셨다. 선생님은 나와 직접 이야기를 나누며 이 멋진 의수에 어떤 심리적 문제가 숨어있지는 않은지, 아니면 그저 관심을 끌기 위해서 만들었는지 알고 싶다고 하셨다. 부모님은 선생님의 걱정이 충분히 현실적임을 알고 계셨기에 차분하게 반응하셨다. 선생님의 선한 의도와 전문가 정신을 신뢰하시고 선생님과의 만남을 허락하셨다. 그 결과, 아무 문제도 없다는 결론이 내려졌다. 이 면담에 대해서는 뒤에서 다시 이야기하겠다.

"두 분 아드님은 정말 매력적이에요."

심리 상담 선생님께서는 부모님께 이렇게 말씀하셨다.

"데이비드는 엄청난 능력과 구성 역량을 가지고 있어요. 그리고 무언가를 만들고자 하는 아이의 열정이 이루어낸 중요한 발전의 결과물이 바로 이 의수인 것 같습니다."

당연하지 않은가. 레고에 대한 광적인 애정이 없었다면 의수는 태어나지 않았을 것이다. 이 애정은 훗날 나를 벽에 부딪히게, 아니 벽을 돌파하게 만들었다.

"이제부터 뭐하지?"

나는 선반에 의수를 올려놓으며 스스로에게 물었다.

이제 뭘 만들어야 하지?

이다음에는 무얼 해야 하지?

나는 거실로 내려가 부모님께 새로운 레고 세트를 사달라고 했다. 이번에는 내 손으로 하나하나 조립하고 싶었다. 하지만 이 완전무결해 보이는 계획에는 딱 하나 문제가 있었다.

바로 돈이었다.

"그러면 산타클로스 할아버지께 크리스마스 선물로 새 레고 세트를 달라고 기도하자. 가장 큰 걸로 말이야."

아버지는 이렇게 대답하셨다. 하지만 불행히도 나이아가 너무 가까이 있었다. 그래서 나는 아버지께 바짝 다가가 나이아가 듣지 못하게 작게 속삭였다.

"전 이제 산타클로스를 믿을 나이는 지났어요. 그러고 보니 어머니랑 아버지는 오랫동안 산타클로스와 동방박사로 저를 속이셨으면서! 저는 지난번에 숙제 때문에 거짓말을 했다가 어머니께 엄청 혼났다고요."

아버지는 미소를 지으셨다. 하지만 아버지가 사랑해 마지않는 내 유머 감각도 아버지를 설득하기에는 역부족이었다.

"당장 그럴만한 여유가 없단다. 그러니 크리스마스 때까지 기다리렴. 데이비드 네가 좋은 성적을 받아 온다면 또 모르지."

"얼마나 좋아야 하는데요?"

아버지는 짓궂은 목소리로 작게 속삭이셨다.

"올백?"

나는 구겨진 얼굴로 등을 돌렸다. 그때까지도 아버지는 계속 웃고 계셨다.

"데이비드, 돈이 하늘에서 뚝 떨어지는 게 아니란다."

"은행에서 나온다는 것쯤은 저도 알아요!"

나는 소리쳤다. 우연의 일치이겠지만 우리 아버지 직업은 은행원이다.

나는 방으로 돌아가 내 의수를 집어 들었다. 그리고는 소리내어 되뇌었다.

"이제부터 뭐하지?"

순간 나는 내가 한 일이 얼마나 큰일이었는지를 깨달았다. 부모님과 반 친구들이 깜짝 놀라거나 기뻐하고 흥분하며 궁금해하는 모습을 보니 그 의미가 더욱 와닿았다. 결국 내 업적을 자랑하는 일이 내게 얼마나 도움이 되는지 인정할 수밖에 없었다.

나는 내 손, **무뇽**, 인내심, 헌신만으로 의수를 만들었다. 팔은 하나면 충분했다. 문제는 어렵게 풀어나가는 편이 훨씬 재미있고 보상 또한 더 달콤했다. 내가 느낀 만족감은 그간의 경험들과는 달랐다. 새로운 레고 세트를 손에 넣기 전까지 짧지만 영원한 시간 속에서 그 감정은 쉽게 사라지지 않는다.

순간 언제 찾아올지 모르는 환영처럼 무언가가 머릿속을 번뜩 스치고 지나갔다.

'이것보다 더 진짜 같은 팔을 만들 수 있을까?'

이러한 생각이 내 머릿속을 지배했다. 몇 년이 지나고 나서는 잊어버리고 말았지만, 당시에는 그랬다. 내 앞에는 다음 프로젝트가 기다리고 있었다. 그건 어린 내가 보기에도 몸과 관련된 모든 생물학적 논리를 거스르는, 모두가 부러워할 만한 구조물이었다. 그래서 나는 내 자신에게 새 프로젝트를 충분히 생각할 수 있는 시간을 주기로 했다. 내가 받을 선물도 아직 많이 남아 있었다. **아부엘라**나 디아나 고모가 레고 세트를 선물해 줄 수도 있지 않은가. 그러면 새 프로젝트에 사용할 부품도 챙길 수 있고 연습할 기회도 늘어난다. 조금만 더 하면 나도 곧 다른 아이들과 똑같아지게 될 것이다.

나와 같은, 하지만 진짜 두 개의 팔을 가진 수많은 아이와 함께 있는 내 모습을 처음 봤을 때는 왠지 어색해서 어찌해야 할 바를 몰랐다. 두렵고 무서웠다. 그 이상은 기억나지 않는다. 하지만 내가 처음 학교에 가던 날 찍어둔 영상은 내 감정을 포함해 많은 것들을 보여주었다.

어렸을 때 나는 가족들, 특히 **아부 바시**와 아주 많은 시간을 보냈다. 공원에서 함께 노는 다른 아이들 중에 나와 같은 아이들은 아무도 없었다. 페기만이 유일했다. 나는 돈셀 박사님께 정기적으로 진찰을 받았다. 내 히로인이었던 페기와 더 자주 연락하고 싶었지만 그녀는 나보다 나이가 많았다. 기본적으로 세대 자체가 다르다 보니 팔 길이와는 별개로 하나로 묶일 수 없었다. 그녀를 나와 아주 닮은 사람이자 동료로 보기가 힘들었다. 하지만 페기가 나를 도와준 것만은 사실이었다. 그녀 또한 비슷한 상황을 겪었으니 나 혼자가 아니라는 사실을 일깨워주었다.

그래서 나는 다른 아이들이 나와 같아야 한다고 생각했다. 아직 4살도 채 되지 않은 아이의 머릿속은 바로 학교에서 나처럼 왼팔이나 오른팔을 잃어버린 친구를 만나는 엉뚱한 상상으로 가득 찼다. 심지어 정말로 한두 명 정도는 만날 거라고 생각했다.

어른들은 계속해서 나에게 물었다.

"데이비드, 그렇게 학교에 가고 싶니? 하긴, 오빠라면 당연히 그래야지."

나는 그렇다고 힘차게 대답했다. 학교에 있는 형들은 무섭지 않았다. 나는 오로지 내 또래의 아이들과 친구가 되고 싶었다.

입학식 날 내 기분이 어땠을지 상상이 가는가? 나는 입이 귀에 걸린 채 온 집안을 뛰어다녔다. 즐거움과 기대로 가슴이 뻥 터질 것만 같았다.

"아직 갈 시간 안 됐어요? 가도 돼요? 이제 가요?"

내가 앵무새처럼 했던 말을 하고 또 하는 동안 어머니가 내 뒤를 쫓아다니시며 머리를 빗겨주셨다. 아버지가 그 모습을 카메라로 촬영하셨기 때문에 그날의 모든 순간이 사진으로 남아 있었다. 내 정신 나간 짓까지도 말이다!

학교에 도착하니 흥분하거나 긴장한 아이들, 남는 시간 동안 뭘 할지 고민하거나 아이를 혼자 보내고 펑펑 우는 부모님들도 많았다. 나는 그들 사이에서도 눈에 띄었다. 결코 내 팔 때문은 아니었다. 흥분해 활짝 웃고 있었기 때문이다. 주위에는 여태껏 놀러 갔던 공원에서 본 것보다 훨씬 많은 아이들이 있었다. 그래서 무엇부터 시작해야 할지 알 수가 없었다.

'누구에게 먼저 말을 걸지?'

'누가 가장 상냥해 보이지?'

'쟤네는 공놀이가 하고 싶은가?'

'나랑 같은 만화를 본 애가 있을까?'

'팔이나 다리, 아니면 손이 한 개뿐인 애는 어디 있을까?'

하지만 언뜻 보기에도 무언가 잘못되었다는 사실을 알 수 있었다. 내 상상은 상상일 뿐이었다. 운동장에서 수많은 팔들을 본 순간 무언가 가슴을 콱 찌르는 것 같았다. 한껏 부풀어 오른 마음에 작은 구멍이 생기더니 그 틈으로 기대와 즐거움이 빠져나갔다. 나는 바람이 빠진 풍선처럼 허공을 날아다녔다. 어렸을 때는 이런 상황들이 너무나도 강렬하게 다가왔다. 사람이 주는 실망감에 익숙해지는 법을 배우는 중이었으니 말이다.

처음에는 내가 본 것을 부인하려고 해보았다. 말을 걸고 놀고 싶어서 이리저리 돌아다녔다. 그러다 같이 놀고 있는 무리를 발견했다. 그쪽으로 다가가니 아이들이 나를 이상하게 쳐다보았다. 어떻게 다가가야 할지 몰랐던 나는 아버지의 다리 사이로 도망쳐 몸을 숨겼다.

아버지는 내 머리를 쓰다듬으며 물으셨다.

"왜 그러니, 데이비드?"

나는 아무 말 없이 아버지의 두 다리를 꽉 잡았다.

"친구들이 엄청 많구나. 좋은 친구 많이 사귈 수 있겠는 걸?"

확신할 수 없지만 아버지의 곁으로 돌아가니 늘 집에서 느꼈던 안락함이 나를 감싸는 것만 같았다. 그 곁에서 다음 도전을 위한 힘을 충전했다.

나는 용기 내어 남자애와 여자애가 있는 무리로 다가갔지만, 역시나 나를 이상한 시선으로 바라보았다. 나는 또 어찌할 바를 몰라 다시 아버지에게로 달려갔다.

"괜찮아, 우리 챔피언."

아버지는 내 머리를 쓰다듬어 주시면 나는 다시 도전할 용기를 얻어 달려 나갔다.

운동장을 계속 돌아다니며 모두와 이야기하고 놀았다. 그 안에서 무언가를 잃어버린 사람은 나뿐이었다. 나는 누구도 자신이 열한 번째 손가락을 잃었다고 생각하지 않는다는 사실을 깨달았다. 아이들과 그들의 부모님 모두 나를 보고 놀랐기 때문이다. 누군가는 무서워했고, 누군가는 놀란 눈으로 바라보았다. 그 눈빛은 열렬한 질투에 가까웠다. 나는 그 시선이 불편하다는 사실도, 그리고 주목받는 게 싫다는 사실도 드러내지 않으려고 애썼다. 이건 **롬페쿠에요** 게임과는 완전히 달랐다. 이 아이들은 그냥 스쳐 지나가는 존재들이 아니었다. 앞으로 내가 매일 만나야 할 사람들이었다. 그래서 수치심과 공포에 사로잡힐 때면 나는 계속해서 아버지께 달려가 다리를 꼭 붙들고 몸을 숨겼다.

나는 오로지 친구를 사귀고 싶었다. 그들의 팔이 몇 개든 상관없었다. 복잡할 것 없이 정말 간단한 바람이었다. 그렇지 않나? 나는 그 아이들과 놀고 싶었고 웃고 싶었다. 그 아이들처럼 되고 싶었고, 나를 혐오감이나 연민, 두려움의 시선으로 바라보지 않기를 바랐다. 그곳에 있는 아이들 모두 첫 등교라 안 그래도 무서운데 나 같은 사람까지 보았으니 더 그랬는지도 모른다. 나는 정말 순진무구하게 짧은 시간 동안 많은 질문을 했다.

아니나 다를까, 나는 아이들보다 그들의 부모님이 혐오감이나 연민, 공포를 느낀다는 사실을 알게 되었다. 아이들은 내가 **피카 파레트***나 술래잡기하는 법만 알고 있으면 그걸로 충분했다.

"네 한 쪽 팔은 어디로 갔어?"

"처음부터 이랬어."

"정말 신기하다. 내 친구들은 나처럼 팔이 두 개인데."

"맞아. 내 친구들도 다 팔이 두 개야."

"그럼, 너 같은 사람은 또 없어?"

"있어, 하지만 나보다 나이가 많아."

"굉장하다. 야, 축구하러 가지 않을래?"

대화는 보통 이렇게 흘러갔다. 학교에 입학하고 처음 몇 년은 아무 걱정 없이 친구들과 놀 수 있어 신이 났지만, 시

---

*   pica paret. 우리나라의 '무궁화 꽃이 피었습니다'와 같은 놀이다.

간이 지나면서 이런 종류의 질문과 말들에 점점 지쳐갔다. 그들이 나 같은 사람을 처음 본다는 건 중요하지 않았다. 내게는 그저 똑같은 일의 반복일 뿐이었다.

친구를 새로 사귈 때는 보통 이름과 학년, 학교에서 무얼 배우는지, 취미 같은 것들로 자기 소개하지 않나? 굳이 추가하자면 가장 좋아하는 TV 프로그램은 무엇인지, 같이 듣는 수업은 있는지, 지난주 대수학 시험은 어땠는지 정도다. 하지만 나는 전혀 그렇지 않았다. 언제나 내 잃어버린 팔이 나보다 더 중요해 보였다.

"와, 너 팔 하나가 없네!"

"너, 관찰력 좋은데?"

가끔은 농담을 던지기도 했다.

"왜 그렇게 된 거야?"

"바다에 빠진 여동생을 구하다가 상어에게 먹혔어."

그러면 애들은 헉, 하고 숨을 멈추곤 했다.

"세상에! 네 여동생은 괜찮아?"

"그럼. 내 팔을 제물로 바친 덕에 걘 멀쩡해."

이쯤 되면 아이들도 내 이야기를 의심하기 시작했다. 혼란스러워하면서도 궁금한 표정을 지었다. 그러면 장난이었다고 자백하거나, 때로는 일부러 뜸을 들여 더욱 혼란에 빠뜨린 뒤 농담을 던지며 이야기를 마무리하기도 했다.

나는 중학교 2학년 때 **콜로니아스**에서 만난 다른 학교

학생들에게 이 방법을 처음 사용했다. 조금 더 빨리 썼다면 내 삶은 훨씬 더 재밌었을 텐데, 조금은 아쉽다. 나를 보고 겁을 먹었던 애들도 나중에는 처음에는 정말 무서웠지만 알고 보니 재밌는 애라며 치켜세워 주었다.

"너 진짜 연기 잘하더라! 「터널 오브 테러」라는 공포 게임보다 더 무섭던데?"

물론 그다음에는 항상 똑같은 질문이 따라왔다.

"네 팔은 왜 그런 거야?"

아아, 나도 온전히 **콜로니아스**를 즐기고 싶은데.

"부모님하고 사파리 갔을 때 사자가 먹어버렸어."

"악어한테 물렸어. 그래서 잘라내야 했지."

"정말로 독거미가 있었거든? 그 거미가 너를 물면……."

"밤 12시에 거울 앞에서 **망코**라고 7번 말하면……."

"새끼 고양이를 구하려다 트럭에 치여서 팔을 잃었어."

"내가 손톱을 물어뜯는 버릇이 있었거든? 그런데 한번 시작하면 멈출 수가 없는 거야."

"아. 아주 안 좋은 사고를 당했어."

"어머니가 누텔라 바를 때 쓴 나이프를 혀로 핥아먹으면 안 된다고 하시잖아. 그게 왜 그런 줄 알아?"

나는 수천 가지의 이야기를 지어냈다. 너나 할 것 없이 터무니없었고, 말도 안 되었고, 일어날 가능성도 없었고, 그리고 재밌었다. 사실 내가 제일 즐기고 있는지도 몰랐다. 나는 **콜로니아스**에서 세 가지 버전의 이야기를 퍼뜨렸다. 그리고 그 학교 학생들이 만난 사람 중 가장 미스터리한 존재가 되었다.

언제나 첫 번째 만남, 첫날이 가장 힘들다. 중학교, 고등학교, 심지어는 대학교도 마찬가지였다. 하지만 나는 유머가 분위기를 풀어주고 모든 걸 단순하고 가볍게 만들어 준다는 사실을 발견했다. 나는 물론, 다른 사람들도 말이다. 압박감은 날아가고 등에 메고 있는 가방의 무게가 가벼워진다. 다른 사람들이 준 책을 돌려주기만 해도 갑자기 하늘을 떠다니는 듯한 느낌이 들고 모든 일이 훨씬 쉬워진다.

학교에 처음 등교하던 그날은 상상해 본 적 없는 일들을 경험했다. 그날의 모습은 영상과 사진으로 잔뜩 남아 있어 확인하기 어렵지 않다. 나는 아버지를 뒤로 하고 친구들에게 다가갔고, 이리저리 돌아다니거나 뛰기도 해보고, 다른 아이들을 따라 하기도 했다. 혹시나 나를 밀어내지는 않을까 두려워하면서 말이다. 그러다 몸과 마음이 너무 지쳐버린 나는 유리문 앞에 비친 내 모습을 보며 가만히 서 있었다.

몇 년 뒤 아버지는 어린 시절을 다시 떠올려보라며 그 영상을 내게 보여주셨다. 나는 유리문을 바라보던 순간을 기억하지 못했다. 사실 여전히 기억나지 않는다. 도대체 어떤 일이 있었던 걸까? 무슨 생각을 했을까? 아마도 그날은 내가 정말로 모두와 다르다는 사실을 제대로 인지했던 것 같다. 아무도 나와 놀고 싶어 하지 않는 것 같아 슬펐을 수도 있고, 학교가 싫다고 생각했는지도 모른다. 그저 집에 가고 싶다고, **아부 바시**와 같이 있고 싶다고, **아부 바시**의 무릎을 베고 낮잠을 자고 눈을 떴을 때 **아부 바시**가 내가 깰세라 TV 소리를 작게 해놓고 『프론토』를 읽고 계시는 모습을 보고 싶다고 생각했을 수도 있다. 아마도 달콤했던 순간들, 혹은 예견된 씁쓸한 순간들을 떠올리고 있었을지도 모른다.

무척 힘든 하루였다.

그리고 이제는 안다. 아마도 나는 레고 블록으로 의수를 만들기로 결심했을 때, 그날 유리문을 보고 있던 내 모습, 주변에 있던 아이들과 그들이 뿜어내는 행복한 에너지를 무의식적으로 떠올렸을 것이다. 그리고 만일 내가 부족함 없는 세상을 살고 싶다면 어떠한 의수를 만들어야 하는지도 말이다. 나는 그렇게 할 수 있었다. 의수를 만들고 착용하고 시험해 볼 수 있었다. 사용할지 말지도 선택할 수 있었다. 내가 꼭 그걸 사용해야 할 필요는 없었다.

태어난 모습 그대로의 나. 그걸로도 충분했다.

심리 검사는 그만

내가 만들었던 첫 의수를 부모님께 보여드렸을 때 나를 바라보시던 시선을 떠올리면 지금도 웃음이 난다. 사실 첫 번째 의수는 만드는 데 꽤 오랜 시간이 걸렸다. 별다른 비법이나 계획 없이 만들었기 때문에 그저 만들고 시험해 보고, 만들고 시험해 보고의 반복이었다.

그 때문에 학교 심리 상담 선생님께서 나를 호출하실 정도였으니 이만하면 정말 멋진 실험이었다고 할 수 있다. 자, 지금부터는 사건이 일어난 순서와는 상관없이 내가 하는 말을 믿고 따라와 주길 바란다.

상담 선생님의 전화를 받은 그날은 더 이상 타이타닉 의수를 학교에 차고 가지 않겠다고 결심한 상태였다. 그리고 다음에 무얼 만들지 생각하고 있었다. 그러다 내가 너무 갖고 싶어 했던 레고 헬리콥터를 직접 만들어 보기로 했다. 헬리콥터 날개에는 돛대를 사용하면 좋겠다. 착륙할 때 쓰는 스키드에는 어떤 부품을 사용하면 좋을까?

"선생님, 제가 무슨 잘못이라도 했나요?"

나는 상담실로 들어가며 질문했다.

선생님께서는 그런 게 아니니 걱정하지 않아도 된다고 장담하셨다. 몇 가지 질문을 하시는 정도였지만 솔직히 나는 그 질문의 의도를 전혀 이해하지 못했다. 내 의수에 왜 그렇게 관심을 가지셨던 걸까? 선생님은 내가 무언가를 만드는 걸 그만두기를 원하셨던 걸까? 이거보다 더 잘 만든 의수는 본 적이 없는데!

나는 상당히 혼란스러운 상태로 상담실을 빠져나왔다. 나는 잘못이 없다는 것을 잘 알고 있었다. 상담 선생님도 나를 압박하지 않으셨다. 하지만 만약 선생님께서 내 의수를 도움 요청의 신호로 해석하셨다면 어땠을까? 그랬다면 10대 때처럼 내 **무능**을 숨기고 다니거나 상자에 적힌 방식으로만 레고를 조립했을 것이다. 바이오니클을 이용한 실험도 그만두고 자전거를 슈퍼자전거, 슈퍼자전거 2.0으로 진화시키지도 않았을 것이다.

돌이켜보면 상담 선생님을 조금 더 믿었으면 어땠을까 싶다. 결국 아무 문제도 없었으니 말이다. 부모님께서도 선생님이 내 능력에 감탄하셨다고 말씀해 주셨다. 그 이야기를 듣고 나는 새 레고 세트를 받을 날만 기다리며 다시 레고 만들기에 열중했다.

상담 선생님께서는 내가 수업 시간에 크리스마스를 주제로 쓴 짧은 에세이 같은 것들 때문에 내가 도움을 요청하고 있다고 생각하신 듯했다. 내 이야기는 팔 한쪽을 잃은 소년에 관한 이야기였다. 소년은 산타클로스 할아버지에게 팔을 선물로 달라는 편지를 쓴다. 소년의 부모님은 산타클로스로 분장한 쇼핑몰 직원에게서 편지 내용을 듣고 소원을 바꾸라고 아들을 설득했다. 산타클로스가 들어줄 수 없는 소원임을 잘 알고 있었으니 말이다. 하지만 소년의 기도가 하늘에 닿았는지 다음 날 일어나 보니 소년의 팔은 두 개가 되어 있었다. 크리스마스가 주는 기적 앞에 온 가족이 서로를 끌어안고 기쁨을 만끽하며 끝이 난다.

재밌는 사실을 하나 알려주자면, 사실 이 숙제는 어머니가 도와주셨다. 숙제 때문에 내가 너무 걱정하고 속상해하자 어머니가 대신 써주셨다. 조금 유치했지만 귀여워서 별다른 고민 없이 바로 제출했다. 놀랍게도 어머니와 나 둘 중 누구도 그게 이상하다고 여겨지거나 잘못 해석될 수도 있을 것이라고 상상도 하지 못했다. 우리 가족에게 내 **브라시토**는 현실이었으므로 남들이 이상하게 볼 수 있는 이 이야기가 어머니와 나에게는 전혀 어색하지 않았다는 뜻이다.

상담 선생님께서는 부모님의 설명을 들으시고는 잠시 생각에 잠기셨다. 선생님의 일은 모두가 잘 지낼 수 있게 해주고, 만약 불화가 생겼다면 이를 조정하는 것이었다.

선생님은 생각이 깊은 전문가셨다. 나에 대한 부모님의 사랑과 보살핌에 대해서 절대 의심하지 않으셨다.

흔히 심리 치료는 심리 상담자가 내담자와 대립한다는 착각에 빠지곤 한다. 다행히도 내 경우에는 그런 두려움이 없었다. 우리는 무언가 잘못되었다고 생각하지 않았다. 선생님께서는 내게 반 친구들을 어떻게 생각하는지, 내가 학교에 의수를 가져온 이유를 알고 싶어 하셨다. 당연히 나는 진실을 말씀드렸다.

"그냥 신났나봐요. 무언갈 만들면 항상 방에 두었는데, 친구들에게 보여주고 싶었어요."

"그럼 저런 물건이 또 있니?"

"엄청 많아요. 저는 늘 생일선물로 레고를 달라고 하거든요. 어제는 의수를 분해해서 해적선을 만들었어요. 이것도 다시 해체해서 헬리콥터나 비행기로 만들 거예요. 올해는 이미 생일이 지나서 새로운 레고를 선물 받으려면 내년까지 기다려야 하거든요."

"한 손으로 만드는 거니? 혼자?"

"네."

"또 혼자 무얼 할 수 있니?"

"만드는 거요? 종이접기요!"

앞서 말했듯 내가 문제를 일으키고 있는지 아닌지 확신할 수 없었다. 하지만 그날 오후 상담 선생님과 전화 통화를 한 후에 부모님은 내게 잘못한 것도 없고, 내가 문제를 일으킨 것도 아니라고 안심시켜 주셨다. 몇 년이 지난 후에야 부모님은 그때의 상황과 오해에 대해 모두 설명해 주셨다.

그때 만들었던 의수는 MK-1이라 이름 붙였다. 처음 만들었던 의수보다는 훨씬 기능적이었지만, 이후 만들게 될 것들보다는 정교하지는 않았다.

지금까지 했던 설명들이 이제 조금은 명확하게 이해가 되었을리라 생각한다.

레고 해적선은 내게 꼭 필요했던 실험의 재료가 되었다. 마음이 아플 때마다 바라보았던 헬리콥터도 다시 태어났다. 그 유명한 레고 팔로 말이다.

내 생애 가장 슬픈 여름

마르타의 말에 상처를 입은 나는 방문이 부서져라 세게 닫았다. 그 덕에 문 옆 선반에서 떨어진 헬리콥터에 시선이 닿았다. 그 헬리콥터는 의수 옆에 있었다.

"너랑은 같이 나가고 싶지 않아. 너는 한쪽 팔이 없잖아, 그리고⋯⋯."

"학교에 그 의수를 왜 가지고 왔던 거니?"

"그렇다면 누구 잘못일까? 너희 엄마냐?"

"너 미래에서 온 로봇 같아!"

"이게 돌아갈 거라고 생각해?"

나는 손가락으로 헬리콥터의 날개를 툭 건드렸다. 날개가 내 머릿속 기억들처럼 돌아가고, 돌아가고, 또 돌아가기 시작했다. 내 마음은 부모님과 반 친구들, 마르크, 마르타의 목소리로 꽉 찼다. 마치 1,000마리의 호박벌에 맞서 싸우는 1,000마리의 꿀벌들이 내는 소리 같았다. 머리와 가슴에 벌집과 말벌 둥지가 들어앉은 것만 같았다.

마르타와의 일은 수많은 일을 겪어온 나를 무너뜨리는 기폭제 역할을 했다. 흔히 나쁜 일은 한꺼번에 찾아온다고 하지 않는가. 그날 나는 누군가가 내 마음에 상처를 주는 게 어떤 느낌인지를 배웠다고 생각했다. 아니, 상처라는 표현은 적절하지 않다. 내 마음은 이전에 들었던 가슴 아픈 말과 질문들로 이미 산산조각이 나 있었다. 넘어진 김에 쉬어가랬다고 회복할 시간만 있다면 쉽게 다시 일어설 수 있다. 하지만 재기할 수 없을 정도로 산산이 부서진 상태라면 어떻게 해야 할까?

몇 년이 지난 지금도 나는 여름방학을 생각하면 부서진 유리 조각이 떠오른다. 겨울 햇살처럼 창백하지만 여름의 싱그러운 청록빛이 감도는 유리 조각말이다. 조각들은 바닥에 흩뿌려져 있지만 고개를 숙이면 유리에 비친 내 모습이 보이거나 그 아래에 있는 땅을 볼 수 있는 것도 아니다. 각각의 유리 조각은 서로 다른 해의 여름을 반영하기 때문이다.

그중 하나를 집어 드니 4살 때의 내가 보였다. 나는 메노르카에 있는 여름 별장의 수영장에서 아버지와 놀고 있었다. 수영장 가장자리에 발을 담그고 앉아 있던 어머니가 아버지의 장난에 웃음을 터뜨리신다. 그해는 내가 처음 수영을 배운 해였다.

이 조각을 제자리에 두고 다른 조각을 집으니 이번에는 어떤 섬으로 향하는 유람선에 앉아 있는 우리 가족의 모습이 보인다. 9살이 된 나이아가 주황색 구명 튜브 앞에서 포즈를 취하며 웃고 있다. 우리 가족은 매년 메노르카로 여름 휴가를 떠났는데, 매번 똑같은 포즈로 사진을 찍었다. 그래서 모든 변화를 알아챌 수 있다. 표정, 헤어스타일, 얼굴에 나타나는 사소한 변화까지도.

다른 조각에서는 종이를 수백 번 접었다 폈다 하는 내가 보인다. 여기를 접었다가 저기를 접었다가, 이 가장자리를 접었다가, 또 이쪽은 폈다가. 6~8살 무렵인가 보다. 내 옆에는 종이로 만든 온갖 무기들이 널브러져 있었다. 권총, 라이플, 그리고 나중에 온갖 장난을 칠 때 사용했던 입으로 부는 화살총까지. 이웃들은 정원이나 발코니, 테라스, 또는 동네 공원에서 발견된 원뿔 모양의 총알들을 보고 분명 알았을 것이다. 그 총알들이 내 다양한 종이 무기 중 하나에서 발사되었다는 사실을 말이다. 나는 종이 한 상자만 있으면 내 실력과 팔 하나를 이용해 어떤 적이든 물리칠 수 있었다.

또 다른 조각 속에서 나는 부모님, 여동생과 함께 바다에 있었다. 아직 아기였던 나이아를 해변에 처음 데려갔을 때이다. 부모님은 바다에 들어가 놀라고 하셨지만 나는 늘 파라솔 아래에만 있었다. 아무리 선크림을 발라도 햇빛을 받으면 새빨갛게 타버리기 때문이었다.

"싫어요! 안 갈래요!"

나는 바닷속에 있는 풀들이 싫었다. 마치 죽은 생물들 같아서 내 다리에 풀들이 닿을 때마다 공황에 빠졌다. 그것들이 해파리가 되어 내 다리를 물어뜯거나 쓸모없게 만들어 버릴 것만 같았다. 아주 어렸을 적에는 저 풀들이 내 **브라시토**를 물어뜯었고 부모님은 짓궂은 농담을 숨기듯 그 사실을 내게 말하지 않은 거라는 생각까지 들었다.

내 기억은 그날 오후로 되돌아갔다. 나는 혼자서 처음으로 종이접기를 시작한다. 아버지와 어머니, 나이아는 잠을 자고 있고 TV에서는 아이가 유괴되는 영화만 나와 지루하다. 나는 내가 무얼 만들지는 몰라도 확신에 찬 손놀림으로 종이를 접는다. 레고 조각들로 만들었던 것처럼 빛과 진동의 점들을 따라간다. 내 직관은 종이를 어디서 접어야 하고 어떻게 펴야 하는지 안내한다. 종이를 접기 시작해 시행착오를 거쳐 포기에 이르렀다가 다시 시작한다.

그때 다른 조각이 내뿜는 강렬한 빛에 내 시선을 붙잡고 있던 환영이 흐릿해졌다. 나는 들고 있던 조각을 내려놓고 날카로운 가장자리에 다치지 않도록 조심하며 빛나는 조각을 집어 들었다. 그 안의 환영을 본 순간 나는 그게 왜 그토록 눈부시게 빛나고 있었는지를 알았다. 나의 **아부엘라**, **아부 바시**가 소파에 앉아 『프론토』를 읽고 계셨다. 한쪽 끝에는 어느 초여름 날, 나이아와 내가 그녀가 준비한 만찬을 해치운 뒤 배를 두들기며 잠을 자고 있었다. 맞벌이하시는 부모님 대신 **아부 바시**가 우리를 돌봐주셨다. 아침이면 우리는 **아부 바시**와 공원으로 갔다. 그녀가 점심을 준비하시는 동안 나는 나이아와 놀았고, 점심을 먹고 나면 소파에서 시에스타를 즐겼다. 오후에는 우리를 데리러 온 어머니와 은행으로 가서 퇴근하는 아버지와 함께 집으로 갔다. **아부 바시**가 우리 집에서 저녁을 함께 드시는 날도 많았다. 다음 날 아침에도 우리는 **아부엘라**의 집으로 갔다. **아부 바시**는 아침을 먹을 때면 늘 초콜릿을 주셨다. 우리가 좋아하는 그 초콜릿을 볼 때마다 그녀가 우리를 얼마나 사랑하는지 알 수 있었다. 그렇게 생활하다가 방학이 되면 수영이나 태닝을 즐기기 위해 안도라에서 메노르카로 가는 유람선을 타러 가기도 했다.

이러한 기억들은 가족들이 공동묘지에 모이는 날까지 계속되었다. **아부엘라**를 제외한 가족들 모두 묘지를 둘러싸고 있었다. 그녀와 영원히 이별해야 하는 순간이 온 것이다. 눈물은 폭포처럼 내 뺨을 타고 조용히 흘러내렸다. 꼭꼭 잠겨 있던 고통의 샘이 주체할 수 없다는 듯 터져 나왔다. 나는 그때까지 살면서 딱 세 번 울었는데 **아부엘라**의 장례식은 단연코 가장 슬펐다. 단 1초도 땅에서 눈을 뗄 수가 없었다. 주위를 돌아보거나 누군가와 눈이 마주친다면 슬픔이 터져 나와 세상이 무너질 것만 같았다. 숨 막히는 더위, 눈부신 햇살을 피할 그늘조차 없었던 그날의 아침에 내 모든 여름날의 기억은 산산이 부서졌다.

장례식이 끝나고, 짙은 선글라스와 검은 옷차림의 사람들이 사랑이 가득 담긴 포옹과 키스를 나누고는 정문에서 흩어졌다. 우리는 감정이 일렁이는 안개로 둘러싸인 채 묵묵히 집으로 향했다. 아버지는 운전을 하셨고, 어머니는 장례식 때부터 입을 꾹 다무셨다. 나이아는 창문에 가만히 머리를 기대고 있었다. 나는 내 팔의 뭉툭한 부분을 긁는 걸 멈출 수가 없었다. 정말 미친 듯이 가려웠다. **아부엘라**는 나를 위해 직접 만드셨던 싸개 천으로 내 몸을 덮어주셨다. 싸개가 내 몸을 다 덮지 못할 정도로 자란 후에도 말이다. 또 이젠 다 컸으니 뽀뽀하기 싫다고 하자 그 뒤로는 헤어질 때 내 작은 **무뇽**을 살짝 쥐며 인사를 건넸다. 그녀와의 추억을 떠올리자 다시 눈물이 났다. 내가 너무 한심했다. 나는 집에 도착해서 침대에 몸을 던졌다.

수영장을 몇 바퀴나 돌았을 때보다, 체육 시간에 친구들을 따라잡으려고 했을 때보다 훨씬 지쳐 있었다. 피로감은 너무나 컸다. 장례식 때 입었던 그 무거운 옷을 벗는 순간에도 나는 작은 공처럼 움츠리고만 싶었다. 간신히 샤워를 끝마치고는 더는 피로의 무게에 저항하지 않고 그대로 침대에 쓰러져 잠이 들었다. 잠깐 눈을 붙이고 나면 이 모든 악몽이 끝나기를 바랐다.

그러나 이건 시작일 뿐이었다. 이 모든 일이 악몽이 아님을, **아부엘라**가 없는 일상을 마주해야 한다는 사실을 이해하려고 애썼다. 그녀는 병원에서 아버지가 나를 품에 안고 눈물을 흘렸던 그 순간부터 나를 사랑해 주셨다. **아부엘라**는 늘 내게 조언을 해주었고, 사랑과 용기를 북돋아 주었다. 우리에게 헌신하던 강인한 여성이 사라진 세상은 예전과 똑같을까?

그렇지 않다. 하지만 삶은 계속해서 흘러갔다. 나는 매일 아침 학교에 갔다. 친구들의 연민을, 우연히라도 나와 시선을 마주치지 않으려는 마르타를 견뎌냈다. 그리고 열심히 공부했다. MK-1 프로젝트는 상자 속에 고이 넣어 두고 생각하지 않으려 애썼다. 그 프로젝트는 오로지 무언가 바보 같은 일을 할 때만 떠올렸다. 나는 레고 팔로 무엇을 하려 했을까? 왜 바로 정형외과에 가지 않았을까? 내가 병원에서 퇴원하고 처음 우리 집에 온 날, 우체통에 홍보 팸플릿을 꽂아 두었던 그 병원이 아직도 있다면 방문해도 괜찮지 않을까?

그리고 성적이 떨어지기 시작했다. 모든 과목에서 낙제를 면하기 힘들 정도였다. 물리와 수학, 카탈루냐어, 카스티아어, 역사 과목조차도 말이다. 더위는 점점 더 심해졌지만 나는 여전히 긴소매 옷을 입고 오른쪽 소매는 바지 주머니에 넣고 다녔다. 선생님의 연락을 받은 부모님은 나와 대화로 문제를 풀어보려 하셨다. 나는 공부에 집중하려고 노력했지만 내 머리가 이를 거부했다. 다른 것에 신경 쓸 겨를이 없었다. 마르타의 배신으로 입은 상처에서 피가 계속 흘렀고 **아부엘라**가 남기고 간 슬픔의 샘은 도저히 마를 기미가 보이지 않았다. 하지만 결국 더위에 무릎을 꿇은 나는 반팔로 갈아 입었고, 다섯 과목을 재수강해야 했다.

"괜찮아. 설마 부모님께서 널 죽이기야 하시겠어?"

마리아는 집에 오는 내내 나를 위로해 주려 노력했다.

마르타와의 일이 있고 나서 나는 마리아와 부쩍 친해졌다. 이런 문제들은 항상 어머니보다는 또래 여자아이들과 말하는 게 더 낫다. 어머니의 조언은 언제나 현명하지만 털어놓을 수 없는 이야기들도 있기 마련이다. F 학점을 받은 내가 마리아에게 위로 받는 이유이기도 했다.

나는 한숨을 푹 쉬었다.

"**바치예라토** 2학년을 다시 다녀야 해. 대학도 못 간다고. 부모님이 날 죽이는 대신 남은 팔마저 가져가시면 어떡하지?"

마리아는 크게 웃었다.

"그랬다가는 재시험은 꿈도 못 꿀 걸."

답답함에 한숨이 절로 나왔다. 그러고 보니 9월 시험도 잊고 있었다.

"공부해야 하니 여름 휴가도 물 건너갔네."

물론 **아부엘라**가 돌아가신 그해는 매년 그랬던 것처럼 메노르카나 카나리 제도, 혹은 몰타로 휴가를 떠날 기분이 나지 않았다. 우리 가족 모두가 그랬다. 그래서 그해 여름은 방학 내내 휴가 대신 가족들과 영화나 드라마를 보거나 친구들을 만나며 조용하게 보냈다. 물론 자전거를 탈 수도 있었지만 나는 거들떠보지도 않았다. MK-1 프로젝트를 다시 시작할 수도 있었다. 그 대신 나는 의자에 엉덩이를 붙이고 앉아 책상에 구멍이 날 때까지 두 팔꿈치를 대고 열심히 공부했다.

내 성적을 본 부모님은 나를 죽이려 하셨을까? 아니면 남은 팔 하나도 뺏어가려고 하셨을까? 정말 솔직하게 밝히자면 차마 부모님께 성적표를 보여드릴 용기가 나질 않아 미적거렸다. 하지만 고민은 오래가지 않았다. 부모님이 내 성적표를 직접 확인하셨기 때문이다.

"이게 말이 되니?"

어머니의 목소리가 집안 반대편에서도 들릴 정도였다. 물론 나는 성적표를 직접 보여드리지 않았다. 깜빡 잊고 현관 탁자 위에 올려두었을 뿐이었다. 그러면 자연스럽게 눈에 띨 테니 말이다.

"데이비드, 당장 이리 와!"

어머니의 프랑스어가 내 미래를 암시하고 있었다. 막상

가보니 성적표를 보고 계신 건 아버지셨다. 어머니는 팔짱을 끼고는 아버지 옆에서 계속 프랑스어로 말씀하셨다.

"데이비드, 성적표가 잘못 온 거 아니니?"

나는 대답하지 않았다. 아니, 대답할 수가 없었다.

"자그마치 다섯 과목이야, 데이비드."

아버지는 계속 말씀하셨다.

"노력하겠다고 말했잖니."

"다섯 과목이라니!"

"뭔가 잘못된 게 틀림없어, 그렇지? 이건 너무 많은데."

"아니에요, 제 성적표 맞아요."

결국 나는 고백하고 말았다.

따로 털어놓을 필요도 없었다. 성적표에 명확하게 적혀 있었기 때문이다. 나는 열심히 공부했음에도 왜 마지막 시험을 망치게 되었는지 설명했다. 또 방학식 날 선생님과 부모님이 만나지 못하게 거짓말을 했다고도 털어놓았다. 맹세코 부모님이 모든 사실을 아시게 될까 봐, 혹은 끝까지 숨기려는 이기심 때문이 아니었다. 부모님은 이미 학기 초에 선생님께서 호출하신 적이 있었기에 더 이상 걱정 끼쳐드리고 싶지는 않았다. 하지만 모든 재앙은 이미 시작되고 있었다. 우리 가족은 **아부엘라**를 잃은 데다가 감당해야 할 일들이 너무나 많았다. 이는 해결할 수 있는 문제들이 아니었다. 9월 시험만 잘 치르면 되는 상황에서 굳이 문제를 하나 더 얹을 이유가 있을까? 부모님은 언제나 나쁜 일은 세 번 찾아온다고 하셨다. 그래서 나는 이 유쾌하지 않은 일을 최대한 늦게 말씀드리고 싶었다. 적어도 숨을 돌릴 틈이 있어야 회복할 수 있을 거라 생각했기 때문이다.

나는 이렇게 변호했다. 하지만 이건 내가 성적표를 숨긴 일에 대한 화만 잠재웠을 뿐, 불행하게도 낙제한 다섯 과목은 그러지 못했다. 무슨 일이든 열심히 하겠다고 다짐했던 나, 데이비드 아길라 암푸가 학교를 1년 유급할 위기에 처했다는 건 내 모든 학위와 대학 입시가 위태로워졌다는 뜻이기도 했다.

아버지는 선언하셨다.

"이번 여름 휴가는 없다."

안 그래도 휴가 갈 분위기가 아니었는데, 내 성적이 결정타를 가했다.

"앞으로는 우리가 공부 계획을 짜도록 도와야겠구나. 우선은 8월부터 과외를 시작할 수 있도록 선생님을 알아보자꾸나. 그래도 틈틈이 쉴 수 있도록 일정을 짤 테니 너무 걱정하지 말거라. 두고 보렴. 틀림없이 재시험에서 가장 높은 성적을 받아 친구들과 함께 3학년이 될 수 있을 테니. 알렉스나 마리아, 펩과의 추억을 잃을 수는 없잖니."

그렇지만 내가 유급하는 게 정말 최악이었을까? 3학년이 되지 못하고 친구들보다 뒤처진다고 해서 내가 **바치예**

라토 과정을 끝내지 못하는 것은 아니었다. 친구들과 멀어지는 것도 아니었다. **바치예라토** 과정을 4년 만에 끝내는 사람들도 있었다. 성인이 되어서 학위를 따거나 40대에 대학을 가기도 하고 공부와 일을 병행하며 원격 강의를 듣는 사람들도 있었다.

지금이 내게 적절한 시기가 아니라면 어떡하지?

내가 조금 더 기다려야 했다면?

내가 실수를 깨닫고 대학 입시를 잘 준비하도록 일부러 유급을 선택했다면?

그랬다면?

나는 그런 선택을 할 수 있었다. 넘어진 김에 쉬어가는 것이다. 상처는 그때 치료하면 된다. 그 시간은 흐르는 피를 닦고 완전히 무너지지 않도록 고통의 샘을 조금씩 메마르게 한다. 모든 걸 차분하게 받아들이고 가만히 앉아서 쉼호흡을 하며 더 잘, 더 굳건하게 다음 전투를 준비하면 된다. 학교를 1년 더 다닌다고 해서 아무 일도 일어나지는 않는다. 오히려 그게 득이 될 수도 있다. 만일 그랬다면 더 잘, 더 차분하게 나만의 속도로 배우고 대학 입학시험과 대학 생활을 더 잘 준비할지도 모른다.

지금은 나를 밀어붙여야 하는 시간이 아니었다. 7월부터 그렇게 느끼기 시작했다. 수업 시간이 더디게 흘러갔고 참을 수 없이 지루해졌으며 시간이 갈수록 유익함도 덜했다. 친구들은 이미 입학시험을 치른 상태였다. 원하는 학과에 들어갈 수 있는지, 재수해야 하는지, 사립대학을 찾아봐야 하는지를 알고 있었다. 그에 비해 나는 턱을 괴고 책상 앞에 앉아 노트를 보며 아득해지는 정신을 붙잡으려 애썼다. 집안일로 인한 화와 슬픔, 압박감 때문에 내가 공부하거나 공부하려던 것들이 머릿속에 남아 있지 않고 풍선껌처럼 부풀어 오르더니 결국 터져버렸다. 남은 것이라고는 교과서와 공책에 공부하려고 노력했던 흔적들뿐이었다.

나는 실패할 운명이었지만 그 사실을 차마 아버지께 말씀드릴 수는 없었다. 아버지가 본인의 뜻을 굽히지 않으셨기 때문이다.

"데이비드, 지금부터라도 다시 열심히 공부하면 돼. 그러면 시험에 통과할 테니 1년을 또 다닐 필요도 없어. 대학 입시도 제때 치를 테고 말이야."

나는 아버지의 말을 받아들이려 노력했지만 성공하지는 못했다.

"하지만 아버지, 저는 지금 진도도 못 따라가요. 시험을 치러봤자 성적만 나빠질 테고 원하는 대학에도 갈 수 없을 거라고요!"

"패배주의자처럼 굴지 마라. 그런 식이면 넌 아무것도 못 해. 모든 길은 로마로 통한다는 말도 있잖니. 일단 대학만 들어가면 학과는 바꿔도 돼."

"그게 학교를 1년 더 다니는 거랑 뭐가 달라요? 재시험에서 두 과목을 통과하고도 원하지 않는 학과에 들어가야 한다고요? 그것도 운 좋게 합격했을 때 이야기잖아요!"

"**이호***, 정신 차리렴! 지금과는 다를 거야. 대학만 가면 충분히 해낼 수 있어. 넌 그런 아이니까."

"그러니까요. 그게 **바치예라토**를 2년 다니는 거랑 뭐가 달라요?"

수영장 벽에 부딪히는 물처럼 나는 아버지에게 정면으로 맞섰다. 공부한 뒤 머리도 식힐 겸 체력 유지를 위해 수영을 하면서 나는 아버지의 의견이 내게 가장 좋은 선택지가 아니라는 사실을 설득할 방법을 생각했다. 그러고 싶지도 않았지만, 원하지도 않는 학과에 입학해 공부하는 내 미래가 그려지지 않았기 때문이다. 내가 원하는 대로 할 수는 없을까? 재시험에 통과할지는 차치하고서라도 어차피 합격 등급이 달라지면 선택할 수 있는 학교도 줄어들 테니 결과는 불 보듯 뻔한데 말이다. 게다가 나는 공부 때문에 여름방학을 포기해야만 했다. 석 달이라는 시간 동안 나는 필기와 공부에 대한 스트레스, 무더위를 에어컨으로 달래야 했다. 내가 수영할 수 있는 곳은 오직 우리 집 수영장뿐이었지만, 그조차도 취미가 아닌 운동을 위해서였다.

---

*   hijo. '아들'을 뜻하는 스페인어 표현이다.

그리고 무엇보다 나 때문에 휴가를 가지 못한 여동생의 불평도 견뎌야 했다.

나는 아버지가 내가 느끼는 압박감을 이해하지 못하신다고 생각했다. 그 여름이 얼마나 힘들었는지도 말이다. 나는 태어나 처음으로 누군가를 잃는 슬픔과 마주했다. 그리고 그해의 학교생활과 내 모든 미래가 그 여름방학에 걸려 있었다는 사실도 잊어서는 안 된다. 마치 내내 나를 쫓아다니던 악마들에게 붙잡힌 심정이었다. 우리 가족은 힘든 시간을 보내고 있었다. 그러니 일상을 되찾고 싶은 마음이 잘못되었다고 할 수 없다. 게다가 유급은 우리 앞에 펼쳐진 예상치 못한 갈림길이었다. 피하는 게 나아 보였지만, 꼭 나쁘다고 생각하지는 않았다. 내가 가야 할 길일 수도 있었다. 그 물줄기가 사실은 큰 강물로 이어져 내가 가려고 했던 망망대해로 데려다줄지 누가 알겠는가? 살다 보면 가끔은 예기치 못한 일들이 문제를 해결해 줄 때도 있으니 나는 그저 그 흐름에 몸을 맡기기만 하면 된다.

그렇다고 해서 하루 종일 공부하거나 아버지와 말다툼을 벌이면서 화를 내거나 수영하거나 했던 건 아니다. 낮 동안에 이 엄청난 순간들이 지나고 나면 밤에는 헤드폰을 쓰고 런치패드를 만졌다. 그 시간 동안은 온 세상에 나와 음악뿐이었다. 내 머릿속에 울리는 음들을 하나씩 구현해 냈다. 비록 완벽하지는 않았지만 음악을 연주하며 그날 공부한 내용을 정리하려 애썼다. 그러면 마음이 편안해져 다음날에도 공부할 수 있는 힘을 얻을 수 있었다.

내 방 선반에는 노란색 헬리콥터도 있었다. 그때만 해도 그 헬리콥터가 어떻게 변할지, 내 삶을 어떻게 바꿔 놓을지 전혀 알지 못했다. 헬리콥터는 연민과 인내의 눈으로 나를 바라보았다. 마치 내 손가락들이 자기를 운명대로 바꾸어 주기를 바라는 듯이 말이다. 숨 막히는 여름이 끝날 때까지 그 레고 장난감만이 유일하게 나를 기다려 주었다.

어느 날 오후에도 아버지와 나는 똑같은 문제로 논쟁을 벌였다. 나는 머리끝까지 화가 나 방으로 올라가 문을 세게 닫았다. 손에 잡히는 대로 공책과 교과서를 바닥에 내던지고는 런치패드를 꺼내 남은 하루 동안 작곡에만 집중했다. 열린 창문을 타고 바람이 살랑였다. 나는 헤드폰으로 세상과 나를 차단시켰다. 특히 방금 일어난 일에 대해 이야기하려고 방문을 두들기시는 부모님을 말이다.

하지만 나는 대화하고 싶지 않았다. 그보다는 내게 가장 잘 맞는다고 생각하는 일을 하고 싶었다. 필요하다고 생각되는 일 말이다.

부모님께서는 늘 내 결정을 지지해 주셨다. 처음 **콜로니아스**를 간다고 했을 때나 중학교 때 또다시 **콜로니아스**를 간다고 할 때, 카약 여행을 가지 않겠다고 했을 때, 더 많은 운동을 시도하기로 했을 때, 심지어 **바치예라토**에서 기술을 공부하겠다고 했을 때도 말이다. 그랬던 부모님이 어떻게 이렇게 180도 달라지셨는지 나는 이해할 수가 없었다. 아마 방과 후 수업과 벼랑 끝에 내몰린 학점은 다르다고 받아들이셨을 것 같다. 하지만 유급이 정말로 나쁜 일일까? 그 시간이 오히려 나를 더 강하게 만들지도 모르는데 말이다.

"데이비드, 우리는 그저 네가 잘 되기만을 바랄 뿐이야."

며칠 뒤, 아버지는 내가 마음을 가라앉히길 기다리셨다가 이렇게 말씀하셨다. 첫 번째 재시험이 2주 앞으로 다가온 시점이었다. 나는 여전히 불안했다. 내 머리는 배운 것을 흡수하지 못한 상태였다. 마치 너무 건조한 나머지 아무것도 빨아들이지 못하는 샤워 볼이 된 것만 같았다.

"그날은 내가 좀 흥분했구나. 그럴 필요가 없었는데. 난 그저 네 소중한 시간이 허비될까 걱정이 될 뿐이야."

"아버지, 이건 허비하는 게 아니에요."

"그 시간 동안 최대한의 이익을 뽑아낸다는 뜻이겠지. 나도 안다. 그래서 네게 더 말하고 싶었던 거야."

아버지는 머뭇거리시면서도 확고한 어조로 말을 이어가셨다.

"학교를 1년 더 다니느냐는 중요하지 않아. 결국은 더 나은 결과를 만들어낼 테니까. 하지만 그게 노력하지 않아도 된다는 말은 아니란다, 알겠니?"

"그럼, 제가 재시험을 망쳐도 괜찮다는 말씀이시죠?"

내 농담에 아버지가 웃음을 터뜨리셨다.

"너무 장담하지는 마라. 자, 이제 노력할 시간이구나. 어서 방으로 올라가렴. 시험까지 얼마 안 남았잖니. 포기하지 말고 네가 할 수 있는 걸 하렴, **이호**."

"제가 늘 그랬던 것처럼 말이죠?"

"그래, 네가 늘 그랬던 것처럼."

나를 끝까지 몰아붙였다는 사실을 깨달은 아버지께서는 결국 한발 물러나셨다.

***

부모님은 언제나 진심으로 내 결정을 지지해 주셨다. 내 사전에 포기는 없었다. 나는 쉬지 못했어도, 상처를 입었어도 포기하지 않고 끝까지 나아갔다. 그리고 어떤 상황에서도 항상 목표를 달성했다. 일단 목표가 생기면 이를 달성할 때까지 멈추지 않았다. 하지만 지난 몇 달동안 너무 많은 일이 일어나다 보니 그러한 사실을 완전히 잊어버리고 있었다. 이제는 잠들어 있는 나를 깨워 다시 앞으로 나아가야 할 때였다.

하지만 일어날 수가 없었다.

불안해할 필요 없단다, 아가. 이번에도 해낼 수 있어. 넌 뭐든지 할 수 있잖니.

아마도 **아부 바시**가 내 곁에 계셨더라면 이렇게 말씀해 주셨을 것이다. 마치 **아부엘라**품에 안겨있는 듯했다. 나는 확신할 수 있었다.

그렇게 나는 다시 일어나 목표를 향해 나아갈 수 있는 힘을 얻었다. 모든 일이 끝나고 나면 내 해묵은 빚을 청산할 시간이 올 것이다. 노란색 헬리콥터는 내가 정신없이 공부에 몰두하던 그 기간 내내 나를 지켜보았다. 그 시선이 나를 격려했다고 해도 과언이 아니었다.

이미 지나간 일이야

나는 재시험에서도 세 과목이나 통과하지 못했다. 그래서 언제나 나쁜 일은 세 번에 걸쳐 찾아온다고 하나 보다.

하지만 나는 덤덤했다. 나보다는 오히려 부모님께서 받아들이기 훨씬 힘들어하셨다. 결과에 신경 쓰지 않으려 하셨지만, 내가 모든 과목을 통과하지는 못했다고 말씀드렸을 때는 실망감을 감추지 못하셨다. 나는 학교를 1년 더 다녀야 했다. 그리고 대학 입시는 영영 손에 닿지 않을 추상적인 미래가 되어버렸다. 부모님은 내가 낙담했다고 생각하셨는지 내가 하고 싶은 일은 무엇이든 하게 내버려 두셨다. 어머니는 내가 가장 좋아하는 음식을 해주셨고, 아버지는 시험을 보러 가던 길에 펑크가 난 자전거 바퀴를 고쳐 주셨으며 나이아는 일주일 동안 내 몫의 집안일을 대신해주겠다고 약속했다. 고작 이틀 만에 끝나기는 했지만.

오히려 나는 마음이 편안했다. 지난 며칠 동안 **아부엘라**

가 내 곁을 지켜주셨기에 무사히 시험을 치를 수 있었다고 믿었다. 다섯 과목을 모두 통과해 빙고를 외치지는 못했지만, 나는 그 결과가 너무나 자랑스러웠다. 내가 통과한 두 과목 모두 1년 내내 어려워했던 터라 걱정이 이만저만이 아니었기 때문이다. 나는 내 시험 결과 때문에 그 누구도 슬퍼하지 않기를 바랐다.

합격과 낙제가 뒤섞인 성적표를 받은 그날도 노란색 레고 헬리콥터는 기대에 찬 눈빛을 보내고 있었다. 선반에서 자기를 꺼내 디자인 노트 속 내용대로 얼른 변신시켜 주기를 간절히 바라는 눈빛이었다.

"아직은 아니야."

하지만 내가 내뱉은 말은 이게 전부였다.

설명하기 힘들지만, 아직은 아니었다. 나는 헬리콥터를 보며 디자인을 수정해 보았지만 무언가를 만들 때마다 느꼈던 분위기와 빛이 느낄 수 없었다. 마치 다음 블록을 어디에 끼워야 할지 모르는 사람처럼 무언가를 만들어낸다는 감각 자체가 사라진 듯했다. 무엇이 사라졌는지도 알 수가 없었다. 그래서 나는 흘러가는 대로 내버려 두었다. 게다가 그 후로 몰아친 일들 덕분에 몇 주는 MK-1에 대해서는 새카맣게 잊어버릴 만큼 정신이 없었다.

유급이 확정되고 나서 몇 주 후에 학기가 다시 시작되었다. 같은 학년을 다시 다니게 되었으니 새 교과서를 살 필요는 없었지만 학기 준비는 똑같이 해야 했다. 새 펜과 공책, 공학용 계산기, 도면용 삼각자(튼튼했다면 더 좋았을 텐데), 그리고 새로운 사람들을 만나기 위한 정신적 준비가 필요했다. 내 생애 가장 긴 시간이 필요했고 특히 더 준비하기 어려운 것들도 있었다.

안도라는 작은 나라다. 그러니 내가 다닌 학교는 얼마나 더 작았겠는가? 이건 어찌 됐든 모두가 서로를 안다는 뜻이었다. 4반에 있는 아이는 2반 여자애의 사촌이고, 3반 남자애는 모퉁이에 있는 슈퍼마켓 주인 아들이며 A반 아이는 지난해 1등으로 졸업한 학생의 여동생이고, 1반 여자애는 화학 선생님의 첫째와 같은 식이다. 나는 학교의 모든 학생과 그들의 가족까지 포함해 관계도를 그릴 수 있을 정도다. 하지만 그것과는 별개로 10년 이상 학교를 함께 다녔던 친구들만큼은 알지 못했다.

그래서 불안했다.

당시의 유일한 이점은 내가 그들을 자동차 가게 주인의 사촌이라던가 나이아의 친한 언니로 알고 있는 것처럼 그들도 나를 한쪽 팔이 없는 데이비드, 또는 9살 때 레고로 팔을 만든 데이비드, 그도 아니면 팔 한쪽이 없는 은행원의 첫째 아들로 알고 있었다는 사실이었다.

그래도 새 학기가 되면 으레 하는 자기소개는 피할 수 없었다. 하지만 나는 유급생이었으니 선생님들께서 전학생처럼 모두의 앞에서 자기소개를 시키지 않으리라 확신했다.

적어도 나는 그렇게 믿었다.

어떤 선생님들은 현명하게 이번 학기에 새롭게 합류한 친구가 모든 과목에 대해 *잘 알고 있을 거라고* 아이들에게 공지하셨다. 이는 내가 유급생이라는 사실을 완곡하게 표현한 소개이기도 했다. 그리고 낙제한 과목들만 재수강하는 것도 좋았다. 정말이다! 나는 비록 팔 하나를 잃어버린 유급생이었지만, 덕분에 금세 친구들을 사귈 수 있을 것이라고 확신했다. 열한 번째 손가락을 잃어버린 친구들 가운데는 공감할 수 있는 마음을 잃어버린 친구들도 있겠지만 말이다.

자기소개는 잔인했지만 나는 흔들리지 않았다. 새로운 친구들과 잘 지내고 싶었다. 도서관에서 함께 공부하고 주말에는 파티도 즐기고 싶었다. 한마디로 전형적인 학교 생활을 보내고 싶었다는 뜻이다. 시험에 통과하고 나아가 대학에 들어갈 준비를 끝마치기를 바랐다. 목표를 잃어버리거나 데자뷔처럼 일상이 반복되는 이유도 잊고 싶지 않았다.

이미 들었던 수업이다 보니 처음 며칠은 무척 지루했다. 마치 잠에서 깨니 꿈에서 보았던 모습이 눈앞에 선명하게 펼쳐진 느낌이었다. 쉬는 시간에는 교실 밖을 돌아다니거나 마리아와 아침을 먹었던 학생 식당에 갔다. 다행히도 마리아의 공강 시간과도 겹쳤기에 영상 통화를 할 수 있었다. 나는 평소처럼 마리아와 즐겁게 이야기를 나눴지만, 가끔은 그녀가 나를 이곳에 남겨두고 갔다는 느낌을 지울 수 없었다. 화면 너머로 다른 도시의 대학에 다니는 마리아를 볼 때면 더욱 그랬다. 마리아는 **바치예라토** 2학년이 알아두면 좋을 대학교 정보를 설명해 주었지만, 나 같은 유급생은 오히려 칼로 가슴을 찔리는 듯한 고통스러웠다. 대학교 교수님들은 모든 일에 관대하다고 했다. 수업을 방해하거나 소음을 내지만 않는다면 지각을 하든 수업 중간에 커피를 마시든 신경 쓰지 않는다는 것이다. 마리아는 중간고사 일정이나 과제 마감일이 언제인지도 이미 알고 있었다. 그건 정말이지 신나면서도 동시에 두려운 일이었다. 그때까지 내가 살았던 삶과는 전혀 달랐기 때문이다. 게다가 나는 새로운 생활이 주는 장단점들에 대해 적응도 해야 하는 사람이었다.

2학년을 얼마나 처참하게 보냈는지를 생각하면 정상적으로 대학에 입학했을 때 더 최악의 상황을 맞이했을 수 있다. 하지만 나는 **바치예라토**를 1년 더 다님으로써 나의 노력을 물거품으로 만들지 않을 수 있었다. 그때 그대로 넘어졌다면 다시는 일어날 수 없었을지도 모른다.

나는 옳은 결정을 했고, 해야 할 일을 했다. 비록 지루함과 외로움을 느끼기는 했어도 내가 이미 알고 있는 것들을 다시금 확인할 수 있었다.

그리고 가끔 내 가슴을 쿡쿡 찌르던 부러움과 열망을 떠나보낼 수 있는 새로운 계기가 되었다. 유급이라는 상황은 분명 단점도 있었지만, 나름의 장점도 있었다. 단지 내가 교실에서 손을 들고 활동에 참여할 수 있게 만들었던 그 감정이 무엇이었는지 알아채지 못했을 뿐이다. 그저 기분이 좋으면 그걸로 충분하다고 생각했다. 그 덕분에 나는 새로운 친구들에게 다가가 말을 걸었고 친구들 또한 내게 다가오고 싶어 했다. 친구들이 생기니 수업을 듣고 싶은 욕망은 더욱더 커졌다. 숙제는 전혀 힘들지 않았고 헬리콥터를 볼 때마다 귓가에 음악 소리가 들리는 듯했다. 하지만 핼러윈이 다가오자 첫 번째 시험에 온 신경이 쏠렸다. 9월 초에 낙제했던 과목을 재시험 보려면 상당한 용기가 필요했다. 그 시험들은 내가 넘어야 할 또 다른 장애물이었다. 나는 인내심을 시험받는 기분까지 느꼈다.

그날도 선생님께서는 채점이 끝난 시험지를 나누어주셨다. 시험지를 받아 든 순간, 나는 심장이 멎는 줄 알았다. 믿을 수가 없었다. 시험에 통과했다니! 결국 내가 해낸 것이다.

모든 일이 순조롭게 풀려갔다. 나는 친구들도 사귀었고 낙제했던 시험들도 통과했다. 나는 새로운 현실을 받아들이고 있었다.

이제 내 사전에 한계는 없었다.

한번은 내 방에서 숙제를 하며 다음 날 있을 기말고사를 준비하고 있을 때였다. 갑자기 헬리콥터가 달리 보이기 시작했다. 헬리콥터의 앞코와 프로펠러 부분에서 빛이 나는 것만 같았다.

바로 그때 고양이가 내 무릎 위로 뛰어 올랐다. 몇 년째 함께 살고 있는데도 나는 마치 고양이를 처음 본 것 마냥 놀랐다. 미미네는 내 무릎이 원래 자신의 침대라는 듯 자리 잡았다. 기분을 맞춰주려 몸을 쓰다듬은 지 2분도 채 지나지 않아 미미네는 무릎 위를 두어 번 돌며 낯선 굴곡을 발바닥으로 더듬고는 이내 조용히 몸을 말고 누웠다.

미미네를 처음 만났던 날은 마치 어제 일처럼 생생했다.

어느 주말, 침대 머리맡에서 아주 작은 숨소리가 들려왔다. 이 말도 안 되는 상황에 처음에는 방에 귀신이 들렸나 진지하게 걱정할 정도였다. 내 침대 머리맡 너머에 다른 방은 없었다. 비바람을 막아주는 시멘트와 벽돌로 만들어진 외벽만 있을 뿐이었다. 거기에 누가 있겠는가! 방에서는 모퉁이 너머의 작은 발코니로 나갈 수는 있었지만 스파이더맨이 아니고서야 그쪽을 통해 2층에 있는 내 방으로 들어올 수는 없었다. 지금 생각해 보면 어처구니가 없지만 그때는 거미 슈퍼히어로보다 귀신이 더 신빙성이 있다고 생각했다. 나는 납득할 만한 이유를 찾지 못한 채 1층으로 내려갔다.

"이상한 소리가 들려요."

부모님과 함께 발코니로 나가 모퉁이를 도니 내 방 벽 너머에 있는 빈 공간이 나왔다. 우리는 그곳에서 추위로부터 스스로를 지키고자 서로 몸을 바짝 붙이고 있는 새끼 고양이 두 마리를 발견했다. 부모님과 나는 너무 놀라 할 말을 잃었다. 이들은 그때까지 보았던 그 어떤 존재보다 훨씬 사랑스러웠다. 나는 고양이를 쓰다듬으려고 한 걸음 앞으로 나가 무릎을 꿇었다. 그 아이들을 키우자고 조르기도 전에 어머니는 나를 저지하셨다.

"만지면 안 돼. 어미 고양이는 사람 손을 탄 새끼를 더는 찾지 않는단다."

그리고 나는 당연한 말을 했다.

"하지만 쟤들뿐인걸요. 어미가 버린 게 분명해요. 우리가 키우면 안 돼요?"

당연히 아버지는 웃으셨다. 질문하는 나도 그랬지만, 두 분 또한 틀림없이 내가 그렇게 말하기를 기다리고 계셨을 것이다.

아버지가 말씀하셨다.

"네 어머니 말이 맞아. 세상에, 저렇게 작다니. 아직 눈도 제대로 못 뜬 것 같구나."

"언제부터 여기 있었을까요?"

어머니가 대답하셨다.

"보렴, 어미가 젖을 먹이고 먹이를 구하러 간 것 같은데?"

"어미가 돌아올까요?"

나는 왠지 새끼 고양이들의 어미가 다시 돌아오지 않을 것 같은 느낌이 들었다.

"물론이지. 그래서 만지면 안 된다는 거야. 사람 냄새가 나면 어미는 혼란에 빠지거든. 자기 새끼가 아니라고 생각해 버리고 간단다."

우리는 일단 집으로 돌아갔다. 다음 날 다시 확인해 보니 새끼 고양이 한 마리만이 남아있었다. 검은색과 흰색이 뒤섞인 암컷 고양이는 자기 목숨이 달려 있다는 듯 연신 가냘프게 울어댔다. 사실 정말로 그렇기도 했고. 그 모습에 어미가 새끼를 다시 찾으러 오지 않으리라 확신했다. 차가운 밤을 보냈던 발코니에 더는 고양이를 내버려 둘 수는 없어 따뜻하고 아늑한 우리 집으로 데리고 들어왔다. 고양이를 품에 안으니 자기를 해칠까 겁을 먹었는지 울음소리가 더욱 커졌다. 하지만 작은 담요를 덮어주고 우유를 먹이니 진정이 되었는지 금세 잠이 들었다. 아마도 지쳤던 모양이었다.

고양이가 잠든 사이 우리는 그녀를 어떻게 할지 논의했다. 일단 동물 병원으로 데려가 건강 상태를 확인한 뒤 입양

절차에 대해 알아보고 사랑으로 돌봐줄 가족을 찾기로 했다.

"우리가 키워도 되잖아요."

내가 동물을 좋아한다는 건 모두가 알았다. 햄스터 레미를 비롯해 많은 반려동물을 키우기도 했으니 내가 고양이를 키우자고 물어본들 전혀 이상하지 않았다.

"제발요오, 엄마. 제발. 아빠, 우리가 키워요. 제발요!"

나이아도 떼를 썼다.

"우리 집에는 빈방이 없잖니."

부모님의 변명은 황당했지만, 그래서 더 현실적이었다. 하지만 그것도 이틀을 채 가지 않았다. 동물 병원에서 검사를 하면서 고양이가 그 누구보다 우리 가족을 잘 따랐기 때문이다. 그녀는 스스럼없이 우리 뒤를 쫓아다니거나 발밑에서 가르릉거리며 놀았다. 그녀를 입양시키려던 한바탕 소동은 미미네라는 이름을 붙여주면서 없던 일이 되었다. 그녀는 이미 우리 가족이었다. 우리는 미미네를 사랑과 애정으로 돌봤다. 만약 어미가 돌아왔다 하더라도 미미네는 신경 쓰지 않았을 것이다. 우리와 함께 지내는 이곳이 그녀의 진정한 집이었으니 말이다.

***

나는 미미네를 쓰다듬으며 그때의 일을 떠올렸다. 처음

에 미미네가 얼마나 두려워했는지, 그 후로 소파를 긁어 대고 집 안 구석구석 돌아다닐 만큼 얼마나 편안해졌는지 말이다. 꾀죄죄한 모습으로 부들부들 몸을 떨던 미미네는 아주 건강하고 활달한 고양이로 변했다. 이쪽 가구에서 저쪽 가구로 거침없이 날아다녔다. 우리 가족은 미미네에게 사랑과 믿음도 주었다.

나는 그제야 내게 어떤 일이 일어났는지 깨닫고 마음속에 품고 있던 감정에 이름을 붙여주었다. 나는 자신감과 안정을 느꼈다. 빛이 들어오도록 몇 달 동안 굳게 닫았던 마음의 문을 열었다. 그러자 모든 것이 한꺼번에 흘러 들어오기 시작했다. 주변 사람들이 내게 주던 사랑, 공부하면서 쏟았던 노력, 반 친구들이 내게 준 우정, 이 모든 게 조금씩 늘어났다. 하나도 빠짐없이.

그리고 마침내 모든 블록이 딱 맞았다.

나는 홀린 듯 침대에서 일어나 선반 위 레고 헬리콥터로 다가갔다. 그러자 무릎에 앉아 있던 미미네가 책상 위로 올라가 반쯤 끝낸 내 숙제 위에 몸을 웅크렸다. 마치 지금 내게 무엇이 더 중요한지 말하는 것 같았다. 하지만 나는 헬리콥터를 들고 침대로 돌아가 그 장난감을 조심스레 앞에 내려놓았다.

내 눈앞에는 미래의 MK-1이 될 존재가 놓여 있었다.

헬리콥터로서의 삶에 안녕을 고할 순간이었다.

연결, 그리고 목표 달성

어려운 작업이 며칠 동안 이어졌다. 나는 그 프로젝트를 완수하는 데에만 매달렸다. 내 삶을 영원히 바뀌버릴지도 모르는 프로젝트였다.

"데이비드."

어머니가 내 방문 너머에서 나를 부르셨다.

나는 이마를 타고 땀이 뚝뚝 흐를 정도로 블록 조립에 열중했다. 두 가지는 확실했다. 이론상으로는 너무 멋진 디자인이지만 실제로는 그렇지 않다는 것, 그리고 부모님께서 난방을 너무 빨리 켜신다는 것 말이다. 10월 말이었으니 난방이 필요할 정도로 추운 시기도 아니었다.

"저녁 먹어야지."

어머니가 방문을 여실 거라는 경고음이 울렸다. 나는 거의 소리를 지르듯 애원했다.

"들어오시면 안 돼요!"

문이 닫히며 문고리가 달칵, 하고 잠기는 소리가 들렸다.

"그래, 알았어."

어머니는 같은 말을 계속 반복하셨다.

"나는 그냥 저녁을 같이 먹을 건지, 아니면 나중에 먹을 건지 물어보려고 했을 뿐이야."

어머니의 화가 방문 너머에서 조용히 전달되었다.

"나중에 먹을게요."

신기하게도 어머니의 한숨 소리가 들렸다.

"방으로 가져다 주지 않으셔도 돼요, 아셨죠? 나중에 내려가서 먹을게요."

"다 식을 텐데."

이번에는 내가 한숨을 쉬었다. 어머니의 걱정을 모르는 바 아니었지만 나는 아직 18살이었다. 너무나도 깊고 어두운, 구원받지도 뛰어넘지도 못할 샘 속에서 몇 달을 보낸 내 머릿속에는 오로지 나를 다시 일으켜 세운 미래의 MK-1 하나뿐이었다. 그러니 고작 저녁 식사 때문에 오랫동안 미뤄온 작품에서 손을 뗄 수는 없었다.

"전자레인지로 데워서 먹을게요. 걱정 마세요, 정말 괜찮아요."

"네 고집을 누가 막겠니, 아가. 하지만 너무 오랫동안 있지는 말거라."

어머니가 뭔가 눈치를 채시고 말씀하셨는지는 모르겠

지만, 사실 어머니의 경고가 현실이 되려던 참이었다. 방에 틀어박힌 지 며칠 만에 팔이 거의 완성되었다. 최소한이지만 바깥 활동을 하기는 했으니 틀어박혔다고 보기는 어려울지도 모르겠다. 나는 학교가 끝나면 곧장 어머니의 여행사로 가서 얼른 숙제를 해치웠다. 집에서는 프로젝트에만 집중할 수 있도록 말이다. 그리고 내 나이대의 평범한 남자애들과는 정반대로 집에서 많은 시간을 보내기 위해 애썼다. 나는 집에서는 방에 틀어박혀 블록을 조립했다. 블록들을 끈으로 묶어 팔에 대면 아이디어가 마구 샘솟았다.

다양한 레고의 색깔이나 모양만큼이나 다양한 아이디어였다. 이를 구현하다가 어려움에 봉착하면 설계부터 다시 시작하는 등 여러 시행착오를 거쳐야 했다. 하지만 시행착오는 내 신념과도 같았다. 먼지가 쌓인 노란색 헬리콥터는 완벽하지는 않지만 점점 더 팔에 가까운 형태로 바뀌어 갔다.

그때는 정말 밥 먹는 시간도 아까웠다. 그래서 작업 시간을 더 확보하기 위해 방에서 식사하겠다며 어머니와 매일 저녁 씨름을 해야 했다. 어머니가 내 저녁 식사를 들고 계단을 올라오시면 문밖으로 머리만 쑥 내밀어 그릇을 받았다. 어머니가 내 방에 들어오시거나 반쯤 열린 문으로 들여다보실 수 없도록 말이다.

아마 아버지는 분명 그런 내 모습을 사진으로 남기셨을 것이다. 늘 내 경험과 일상을 기록하시는 분이니 말이다.

앞으로 내게 어떤 놀라운 일들이 펼쳐질지 이미 눈치채셨는지 내가 따로 식사하겠다고 이야기한 한 첫날부터 조용히 방문을 열고는 은밀하게 내 사진을 찍으셨다. 내가 작곡한 일렉트로닉 장르의 곡을 크게 틀어놓고 작업에 몰두하는 동안 말이다. 그의 사진 컬렉션 중에는 내가 팔에 고정끈을 두르고 레고로 만든 첫 번째 작품을 들고 있는 사진도 있었다.

"마드레 미아!*"

나는 훔쳐보던 아버지를 발견하고는 소리를 쳤다. 아버지는 특유의 작은 웃음을 터뜨리시고는 재빨리 도망치셨다. 계단 아래에 계시던 어머니가 아버지께 그만하라며 핀잔을 주셨다.

"왜 자꾸 애를 방해하고 그래요? 그냥 좀 내버려 둬요."

"그러지 말고 이리 와서 내가 찍은 사진을 좀 봐봐."

사진을 보고 깜짝 놀신 두 분은 더 이상 내가 하는 일에 간섭하지 않으셨다. 내가 그 굉장한 물건을 완성하도록 자유를 주셨다. 그 물건 덕분에 부모님은 두고두고 나를 자랑스러워하셨다. 그래서 내가 저녁을 혼자 먹어도 너그럽게 봐주셨던 거라고 생각한다. 틀림없다.

---

*　　madre mia. '나의 어머니(my mother)'라는 뜻의 스페인어 표현으로, 깜짝 놀랐을 때 사용하는 감탄 표현이다.

하지만 나는 아무도 모르리라 생각했다. 이 웅장한 프로젝트가 끝나면 모두가 깜짝 놀라리라 믿어 의심치 않았다.

***

침대 위에 해체되어 있던 레고 헬리콥터 블록과 내 팔에 그 블록들을 연결했던 고정끈은 웅장한 프로젝트의 시작이었다. 그 블록들은 또 다른 용도와 정체성을 가지고 새롭게 태어날 예정이었다. 월요일에 시작한 프로젝트는 금요일 밤에야 끝이 났다.

우선 조심스럽게 내 작은 손(우리 가족은 **무뇽**을 이렇게 불렀다)을 레고 팔에 끼워 넣었다. 그리고 **무뇽**을 오래된 헤드폰에서 뽑아낸 케이블과 연결된 홈에 대고 연결 부위를 나사로 조여 고정했다. 레고 손과 연결된 헤드폰 선은 힘줄과 같은 역할을 해 손을 쥐었다 펴게 할 수 있었다. 의수에 피스톤을 삽입해 내 **무뇽**에 딱 맞게 조정하는 방법은 내가 직접 생각해 낸 아이디어였다. 나는 팔을 움직여 보았다. 심장이 너무 세게 뛰어 마치 심장이 시험대에 오른 듯한 기분이었다. 격해진 감정이 심장을 뚫고 튀어나와 온 세상에 퍼지는 건 아닐까 싶었다.

움직임에는 문제가 없었다. 나는 어서 부모님께 새로 만든 팔을 보여드리고 싶었다. 내가 괜찮다는 사실을, 현실을 조금씩 극복하고 있다는 사실을 빨리 알려드리려 부모님께서 계신 거실로 뛰어 내려가고 싶은 걸 간신히 참았다. 들뜬 상태로 팔을 바라보며 가만히 자리에 앉아 있었다. 새로운 의수는 완벽했다. 책상 스탠드 불빛에 빨갛고 노란 블록들이 빛났다. 나는 한숨을 내쉬며 이마에 흐르는 땀을 닦았다. 망할 보일러! 스탠드 조명 아래에 팔을 놓고 작업한 데다가 너무 집중한 나머지 온몸이 땀으로 흠뻑 젖었다.

나는 내가 만든 기구에 팔을 조심스레 넣고 손가락처럼 사용했던 **무뇽**의 튀어나온 부분들이 각각의 고정 장치에 완벽하게 들어맞는지 마지막으로 한 번 더 확인했다. **무뇽**과 의수의 연결 부위는 미끄러지지 않도록 나사와 피스톤이 여전히 단단하게 연결되어 있었다.

모든 게 내 생각대로 움직였다. 레고 의수는 뼈와 살로 된 진짜 내 팔에 튼튼하게 고정되어 있었다. 그 끝에 있는 태초의 손(손의 구조를 흉내 내 세 개의 긴 막대를 집게처럼 움직이게 만든 것)을 내 **무뇽**, 내가 **코도네카**, **팔꿈목**이라고 부르는 부위의 움직임에 맞게 쥐락펴락할 수 있었다. 거창해 보여도 사실 굉장히 간단한 원리였다. 자유롭게 움직일 수 있는 내 **무뇽**의 뭉툭한 부분의 끝을 이용해 연결 부위의 양 끝에 달린 헤드폰 선을 당기거나 놓으면 됐다. 그 연결 부위는 팔꿈치에서 손의 역할을 하는 태초의 손까지 이어져 있었다. 그래서 쥐었다 폈다 할 수가 있었다.

이로써 내 발명품에 대한 검증은 끝이 났다. 나는 레고 의수를 찬 채로 책상에서 일어나 거울 앞에 섰다. 이 믿기지 않는 현실에 잠시 숨을 쉴 수가 없었다. 정상(우리가 흔히 알고 있는 그 뜻이 아니다)으로 보이지 않았다. 업그레이드 된 레고 의수는 나를 대칭으로 보이게 만들었고 멀리 떨어져 있는 물체를 잡을 수 있는 놀라운 감각을 맛보게 해주었다.

나는 거실로 내려가기 전 거울 앞에서 실제 두 팔을 지닌 사람처럼 행동해 보았다. 오른손을 들거나 기지개를 켤 때처럼 팔을 쭉 펴 보았다. 콘서트장에서 파도타기를 하는 사람처럼, 아니면 무인도에서 저 멀리 지나가는 비행기를 향해 손을 흔드는 사람처럼 두 팔을 움직여 보기도 했다.

그리고 나는 머리 위에 그렇게나 광활하고 무한한 하늘이 있다는 사실을 처음 깨달았다.

나는 더는 참을 수가 없어 방문을 박차고 나갔다. 아마 부모님께서는 문을 닫는 소리와 계단을 서둘러 내려가는 내 발소리를 듣고는 이제야 저녁을 먹으러 온다고 생각하셨을 수도 있었다. 사실은 너무 배가 고팠지만 나는 전혀 알아차리지 못했다. 벅찬 감정은 배고픔에 아우성치는 소리조차 듣지 못하게 했다.

나는 계단을 내려가 거실 문턱에서 이렇게 말했다.

"아버지, 어머니, 아버지. TV 좀 꺼보세요. 보여드리고 싶은 게 있어요. 제발요. 저 좀 보세요."

내가 거실에 들어서자 어머니가 잔소리를 하셨다.

"데이비드, 지금이 몇 시인 줄 아니?"

내 목소리에 거의 잠이 들었던 어머니가 일어나셨다. 불을 끄고 영화를 보시던 중이라 내 모습이 어둠에 묻혀 잘 보이지 않았다. 나는 얼른 오른팔을 등 뒤로 숨겼다. 그림자만으로는 내 팔이 원래대로 보이는지, 빨갛고 노란 팔이 빠르게 움직였는지 확인할 수 없었다.

아버지가 말씀하셨다.

"그래, 네 어머니 말이 맞아. 뭘 먹기엔 너무 늦었어."

"그게 아니라요."

"그만하렴. 방에만 틀어박혀 있느라 네 생활 패턴까지 엉망이 되는 건 더는 용납할 수 없단다. 성적에 영향을 줄 정도라면 더더욱 그래. 애초에 우리에게 뭘 하고 있는지도 말해주지 않았잖니?"

반쯤 잠이 든 상태였던 어머니의 정신이 갑자기 말똥말똥해진 것 같았다.

"나탈리, 너무 뭐라고 하지 마. 오늘은 심하기는 했지만, 데이비드는 분명 우리를 깜짝 놀라게 할 무언가를 만들고 있을 거야."

잔소리를 듣는 시간조차 아까웠다! 나는 확고한 목소리

로 말했다.

"그게 아니라니까요. 제 말 좀 들어보세요."

평소라면 혼났을 게 분명한 말투였다. 하지만 그날 부모님은 마치 스프링에 튕기듯 동시에 내 쪽으로 고개를 돌리시고는 잠자코 나를 바라보셨다. 나는 근처에 있던 형광등 스위치를 켜고는 내 등 뒤에 숨겼던 레고 의수를 불빛 아래에 드러냈다.

부모님의 반응은 즉각적이었다. 어머니는 믿을 수 없는 듯 손으로 얼굴을 감싸셨고, 아버지는 소파에 불이 붙은 것처럼 벌떡 일어나셨다. 그 바람에 깜짝 놀란 미미네가 거실을 빠져나갔다. 아버지는 내게 다가오셨고 어머니는 내 작품을 더 자세히 보시기 위해 자리에서 일어나셨다.

어머니가 입을 여셨다.

"데이비드, 이건……."

아버지가 말을 마무리하셨다. 감정이 벅차올라 눈가가 촉촉해지신 채로 말이다.

"네가 만들었니? 레고 블록으로?"

아버지는 목이 멘 목소리로 말씀하셨다. 첨언하자면 그날 아버지의 목소리는 아침 6시에 수탉이 우는 소리보다 훨씬 강렬했다.

나는 간신히 미소 지으며 고개를 크게 끄덕였다.

"9살 때보다 훨씬 잘 만들었구나."

어머니는 말을 더듬으셨다.

"정말 진짜 같아. 정말이지⋯⋯."

"전문가가 다 됐어."

이번에도 아버지가 어머니의 말을 마무리하셨다.

나는 비행기는 그만 태우라고 말씀드렸지만, 부모님은 자신들의 눈을 믿을 수 없는 눈치였다. 하지만 내 새로운 팔은 너무나 눈에 잘 보였다. 그리고 몇 달 동안 방에 틀어박힌 채 풀이 죽어 지내던 아들이, 유급까지 했던 아들이 불사조처럼 재에서 다시 태어나 다시 한번 도약하는 모습에 감동을 받으신 모양이었다. 두 분의 눈은 TV나 형광등 불빛 때문에 반짝인 게 아니었다.

하지만 나는 아직 그 팔로 할 수 있는 일을 보여드리지 않은 상태였다.

"잠깐만요. 이게 끝이 아니에요."

나는 곁으로 다가오려는 두 분을 제지하고는 내 레고 팔로 협탁 위에 있던 물병을 잡았다. **무농**의 작은 손가락으로 의수를 움직여 물병을 감싸 쥐었다. 그리고 단단히 고정한 후 물병을 들어 올렸다. 왼손으로 뚜껑을 열고 레고 손에 들린 물병을 내 입으로 가져가 물을 마셨다.

나는 내 움직임 하나하나를 놓치지 않으려는 듯 바라보던 아버지의 눈에 눈물이 차오르는 모습을 지켜보았다. 어머니도 턱이 빠진 사람처럼 입이 딱 벌려셨다. 나는 물을 마셨을 뿐이다. 평범한 동작이지만 첫 의수를 착용했던 그날 이후 나는 내 인생에서 처음으로 두 손을 함께 사용했다.

그렇다. 나는 레고로 만든 팔로 물을 마셨다. **페나스코**를 느끼게 했던 연민 어린 시선들, 목이 꺾일세라 뒤돌아보던 사람들, 나를 괴롭히던 아이들, 내 마음을 아프게 한 소녀들. 물을 마시는 이 지극히 단순한 행동은 그 모든 시간을 겪은 뒤에야 내게 찾아왔다. 물론 의수 덕분에 가능했지만 그럼에도 그날 밤 나의 행위는 시스티나 성당의 천장화나 기울지언정 쓰러지지 않는 피사의 사탑에 버금가는 위대한 공적으로 변했다.

나는 자연스럽게 뚜껑을 닫고 다시 테이블 위에 올려두었다. 어머니는 박수를 치셨고 아버지는 반신반의하시면서도 강렬한 눈빛을 보내셨다. 두 분의 반응에 나는 계획하지 않았던 일을 해볼 용기가 생겼다. 나는 여전히 미소 지으며 말을 이어갔다.

"놀라기엔 아직 일러요."

나는 몸을 숙여 바닥에 엎드렸다. 그리고 가슴 아래에 두 손을 대고 팔 근육과 레고 팔의 도움을 받아 두 발가락 끝을 땅에 대고 몸을 들어 올렸다! 팔굽혀 펴기는 딱 두 개까지 할 수 있었다. 더 할 수 없어서가 아니라 레고 팔에 부담을 주고 싶지 않아서였다. 그때의 나는 쉬지 않고 달릴 수 있을 것 같았고 높이 뛰어올라 달에도 닿을 수 있을 것 같은 기분이었지만 말이다.

내가 자리에서 일어나자 어머니는 숨이 막힐 정도로 꽉 안아주셨다. 이 작은 머리에 어쩜 그리 놀라운 생각들이 가득하냐며 너무 멋지다고 말씀하셨다. 믿기지 않으시는지 말까지 더듬으실 정도였다. 그 정도로 내 작품은 놀라운 것이었다. 9살 때 만들었던 의수는 미래에 펼쳐질 이야기의 서막이던 셈이다.

아버지는 아무 말 없이 촉촉해진 눈으로 나를 바라보셨다. 자랑스러움의 눈물이 아버지의 볼을 타고 흘러내렸다. 내 곁으로 다가오신 아버지는 흐르는 눈물을 닦으며 오른쪽 어깨에 손을 올리셨다. 아버지가 느끼신 놀라움과 행복, 그리고 내가 무언가를 해낼 때마다 항상 그러셨듯 나를 얼마나 자랑스러워하시는지가 전해졌다.

나는 내가 가장 좋아하는 장난감으로 생애 최고의 프로젝트를 성공시켰다는 사실과 부모님이 그 모습을 자랑스러워하신다는 사실에 행복을 느꼈다.

아버지가 말씀하셨다.

"데이비드, 이제 네가 넘어져도 네 손을 잡고 일으킬 수 있겠구나."

그날 밤, 나는 태어나 처음으로 두 팔로 아버지를 끌어안았다. 그날 이후로 우리의 삶이 얼마나 달라질지는 그 누구도 상상하지 못했다.

웰컴, 미스터 레고

자, 이제 다음 단계는 무엇일까? 여기까지 읽었다면 모두 궁금해할 것 같다. 11개의 손가락 중 6개를 잃은 소년 데이비드 아길라가 마침내 오른팔을 갖게 되었다. **바치예라토** 2학년을 한 번 더 다녔던 그는 붉은색과 황금색이 어우러진 새로운 레고 팔과 함께 안도라의 터미네이터로 다시 태어났다.

거울 속에는 터프가이가 한 명 있었다. 마침내 왼팔은 친구가 생겼고, 나는 진정한 몸의 대칭에 대해 배웠다. 두 팔이 달린 내 모습은 어색했다. 누구의 도움도 받지 않고 스스로 오른팔을 만든 나는 아주 덩치 좋은 남자로 변해 있었다.

하지만 나는 거울에 비친 내 모습을 보며 내게는 의수가 필요 없다는 사실을 깨달았다.

물론 그 레고 팔로 할 수 있는 일은 많았다. 문 여닫기,

팔굽혀 펴기, 물건 집기, 포옹하기, (미세한 조정이 필요해서 어색하기는 했지만) 악수하기, (아버지가 만들어주신 핸들 없이) 자전거 타기, (의수로는 피크를 제대로 잡지 못해 연주는 엉망이었지만) 기타 연주하기 등 모든 일을 할 수가 있었다. 과감하게 나이아의 줄넘기를 해보기도 했다.

그래도 나는 그 의수가 필요하지 않다는 결정을 내렸다.

그 주 일요일, 모든 운동을 끝낸 나는 의수를 벗고 몇 분 전에 했던 것처럼 거울 속 내 모습을 조심스럽게 살펴보았다. 나는 늘 그랬다. 나는 등교 첫날 유리문에 비친 내 모습을 봤을 때부터 지금까지 평생 거울 앞에서 나를 관찰했다. 어떤 사람은 거울에 비친 툭 튀어나온 뱃살이 눈에 들어왔을 수 있다. 또 어떤 사람은 얼굴에 난 여드름을 볼 수도 있고, 혹은 너무 많이 웃어서 주름이 생길지도 모른다는 어리석은 걱정을 하고 있을 수도 있다. 내 시선은 항상 내 팔을 향했다. 내가 팔을 잃어버린 것은 현실이었다. 내가 정상적인 삶을 살려고 얼마나 애를 썼는지에 상관없이 내가 사는 세상은 늘 팔의 부재를 중심으로 돌아갔다. 내 **무능**은 자체적인 중력을 갖고 있어서 나를 비롯한 모두의 시선을 사로잡았다.

나는 항상 그게 내 모습이라고 확실하게 이해해 왔다. 나는 늘 시선을 한 몸에 받았다. 나는 한 손으로 신발 끈을 묶었고, 누구보다 빨리 달걀 모양 초콜릿 속 작은 피규어들을 만들었다. 나를 놀리던 녀석들을 혼내주고 여행 갔을 때 만난 다른 학교 학생들을 두려움에 떨게 했으며 영화 「매트릭스」에 나오는 등장인물처럼 눈덩이를 요리조리 피했다. 이 모든 일을 한 손으로 이뤄냈다.

내게는 이걸로 충분했다. 정형외과에서 만들었든 레고로 만들었든 다른 손은 필요하지 않았다. 다섯 손가락으로 이루어진 팔과 **무능**을 가진 소년, 그게 나였으니까 말이다. 데이비드라는 이름의 나라는 사람을 정의 내리는 것은 레고를 조립하고 새로운 작품의 아이디어를 떠올리고 만드는 내 열정이지 내 팔이 아니었다.

MK-1은 새로운 도전에 나서려는 열의, 한계를 뛰어넘으려는 열의, 살고자 하는 열의에서 탄생했다. 나를 터미네이터로 만들어준 팔은 이동의 제약에서 나를 해방시켜주었음에도 내게는 더 이상 필요치 않았다. 하지만 다른 누군가는 원하지 않을까? 나를 위해 팔을 만든 것처럼 다른 사람들을 위해서도 의수를 만들 수 있지 않을까? 그런 생각이 떠오르자 문득 아버지가 작곡하신 노래의 한 소절이 들려오는 듯했다.

'**화창한 날, 망망대해를 표류하던 나를 배 한 척이 구해주며 모든 일은 시작되었다네. 레고는 나를 육지로 데려다주었지.**'

나는 내 방에 구축한 작은 조선소에서 만든 배(사실은 의수지만)의 닻을 올렸다. 하지만 그것이 꿈에서나 그려보았던 가장 엉뚱하면서도 대담한 상상을 실현시켜 주리라고는 미처 알지 못했다. 배의 출항과 함께 눈앞에 MK-1을 개선한 MK-2의 설계도가 펼쳐졌다. 내가 무언가를 만들 때마다 느꼈던 빛과 소리들도 함께였다.

신발 끈을 묶던 페기의 평범한 동작을 보고 우리 가족이 구원받은 것처럼 나 또한 본인의 모습을 직시하지 못하고 괴물이라 생각하며 스스로를 고립시키려는 아이들을 도와줄 수 있겠다는 생각이 들기 시작했다. 그러려면 몸의 구조와 공학에 대해 더 공부하고 더 연습해 나만의 메시지를 찾아야 했다. 이 목표들을 달성하려면 무엇을 공부해야 할까? 어떻게 해야 대학에서 더 많은 지식을 얻을 수 있을까? 생물학을 공부해야 하나? 공학 계통으로 나가야 하나? 머릿속에 온통 이러한 생각뿐이었다.

하지만 아직은 시기상조였다. 학기가 시작된 직후였으니까 말이다. 서서히 기온이 내려가고 11월로 접어든 어느 날, 나는 다섯 과목의 시험을 모두 통과했다. 이번에야말로 **바치예라토** 학위를 딸 수 있었다. 그래서 나는 대학에 대해 더욱 진중하게 생각할 수 있었다. 지난 한 해는 쉴 새 없이 쏟아지는 사건들로 인해 방황했고 내 미래는 내 기분만큼이나 캄캄해 보였다. 하지만 이번에는 달랐다. 저 위에 있는 누군가가 내게 레고 손을 내밀어 주었다. 나는 그게 나의 **아부엘라, 아부 바시**였다고 생각하고 싶다. 내가 의수를 한 모습을 보았다면 아마 깜짝 놀라셨을 텐데.

아버지는 말씀하셨다.

"데이비드, 넌 정말 대단한 일을 했어. 세상에, **카리뇨***. 그게 얼마나 큰 일인지 상상도 못 할 거란다. 네가 9살 때 처음 의수를 만들었을 때가 기억나는구나. 그때 너무 놀라 아무 말도 못 했잖니. 네 천재성을 전 세계 사람들이 알게 된다면 분명 영감을 받을 거야."

아버지는 흥분하셨다. 그뿐만이 아니었다. 내게도 그 열정이 전염되었다. 정말 아버지의 말씀처럼 될까? 전 세계는 어떤지 모르겠지만 내 자부심과 자신감, 내게 수많은 레고 세트를 사주셨던 어머니, 그리고 내가 태어난 날 인생에서 첫 번째 장애물을 만났던 아버지를 위해서는 좋은 일이다. 나는 나와 똑같은 경험을 한 다른 가족들을 도울 수 있었다. 우리 앞에는 무궁무진한 가능성이 펼쳐져 있었다.

아버지는 원래부터 머리가 좋으셨지만 그날따라 평소보다 훨씬 두뇌 회전이 빨랐던 것 같다. 경이로운 눈빛으로 내 의수를 바라보시던 아버지가 말씀하셨다.

"안 되겠다. 영상을 찍어야겠어. 데이비드, 준비됐니?"

---

*   cariño. 애정이나 친밀함을 담아 가까운 친구나 가족 구성원, 연인, 어린이 등을 부를 때 사용하는 스페인어 표현이다.

나는 못 믿겠다는 듯 반문했다.

"영상이요? 잠깐, 잠깐만요. 무슨 준비요?"

"세상을 바꿀 준비 말이야. 이건 너 같은 이들을 향한 세상의 시선을 바꿔줄 거야. 네 이야기가 널리 알려지면 이 세상도 더 인간적이고 포용적으로 바뀌며 단단해질 거야."

"정말 그럴까요? 대단한 영상도 아니잖아요."

"맞아. 우리가 찍는 건 짧고 단순한 영상이지. 네가 자기소개를 하고, 의수를 왜 만들었고 어떻게 작동하는지만 설명하면 끝이지. 다만 네 인생에서 레고가 어떤 의미이고 너를 어떻게 발전시켰는지 잘 이야기하면 돼. 그게 핵심이니까. 편집은 내가 하마. 내 솜씨 알지?"

아버지가 내 18살 생일 파티때 만드셨던 영상을 보고 느꼈던 감정이 떠올라 얼굴이 붉어졌다. 정말로 감동적이었다.

아버지는 말을 이어가셨다.

"그리고 SNS에 영상을 올릴 때 레고를 태그하자꾸나. 그 회사 사람들도 네가 자기들의 제품으로 어떤 일을 해냈는지 안다면 기뻐하지 않겠니? 네 팔을 구성하고 있는 수천 개의 부품을 만든 사람들에게 알려주는 거지. 자신들의 노력 덕에 꿈을 현실로 만들어 낸 아이가 있다고 말이야. 이번 일을 일종의 시험대라고 생각하자. 네가 가진 메시지가 얼마나 많은 사람들에게 닿을지 알게 될 거야."

"레고 회사에서 제 영상을 볼까요?"

"그럴 거라고 확신한단다."

나의 유머 감각은 이때를 놓치지 않았다.

"과연 그럴까요? 지금쯤이면 덴마크에서 레고 블록을 쌓느라 무척 바쁠 텐데요? 레고랜드 기억 안 나세요? 그런 멋진 곳을 유지하려면 시간이 많이 필요하다고요."

기억력이 좋으신 아버지는 예전 일을 떠올리시고 빙그레 웃으셨다. 부모님은 어린 나를 데리고 덴마크의 빌룬트라는 도시를 방문한 적이 있다. 거대한 레고랜드로 데리고 가 나를 깜짝 놀라게 하시려고 말이다. 아이가 눈치채지 못하게 공항에 데려가려면 얼마나 힘든지 상상해 보시라! 아이의 눈을 가렸다가 유괴범으로 오해라도 산다면? 서프라이즈는 거기서 끝일 게 분명했다. 그래서 부모님은 절대 실패할 수 없는 기법, 속이기를 선택하셨다. 두 분은 우리가 이비자에 갈 거라고 말씀하셨다. 돌이켜보면 의심스러운 구석이 한두 군데가 아니었다. 캐리어에는 수영복이 아닌 두꺼운 스웨터가 들어가 있었고, 심지어 공항에서 아버지는 항공편이 표시되는 모든 스크린이 보이지 않게 몸으로 막으셨다. 또 평소보다 게임을 많이 해도 잔소리하지 않으셨는데 아마 거기에 정신이 팔려 우리가 탈 항공편에 대한 방송도 흘려듣도록 유도하신 것 같다.

하이라이트는 호텔로 향하는 택시 안에서 거대한 레고랜드 광고판을 봤을 때였다. 부모님은 내가 잘못 봤다고 하셨는데 어찌나 진지하시던지 그 말에 홀랑 속아 넘어가 버릴 정도였다. 그래서 진짜로 레고랜드에 도착했을 때는 깜짝 놀란 나머지 입구에서 눈물을 펑펑 쏟아버렸다. 물론 아버지께서 그 순간을 놓치지 않고 카메라에 담아 두셨다는 건 비밀이다.

아버지는 마지막으로 이렇게 말씀하셨다.

"그들이 보느냐 아니냐는 중요하지 않아. 내 말은, 우리가 최소한의 존중을 보여야 한다는 뜻이야. 그들이 우연히 이 영상을 보고 너에 대해 알게 된다면 금상첨화지. 어쨌든 우리와 비슷한 처지인 사람들이 이걸 본다면 큰 힘을 얻지 않겠니?"

***

그날 오후 우리는 영상을 찍었다. 그 팔을 어떻게 만들었고 작동 방식은 어떤지 설명하는 일은 정말 재미있었다. 마치 뭔가 혁명적인 발명품을 만든 교수나 박사가 된 듯한 기분이었다.

데이비드 아길라가 레고로 만든 혁명적인 의수 MK-1을 소개합니다! 나는 검은 터틀넥 스웨터를 입고 오른쪽 소매는 어깨까지 쭉 접어 올린 채로 무대 위로 올라간다. 청중들은 기립 박수로 나를 환영하고 나 또한 환호에 답한다.

내가 무대 한가운데에 서니 스포트라이트가 의수를 올려 놓은 유리 탁자를 비춘다. 레고 팔을 들어 착용하고 모든 비밀을 청중에게 공개한다.

하지만 현실은 그냥 내 방에 진열된 레고 작품들 앞에서 영상을 찍었다. 거창할 것 없는 단순한 영상도 아버지의 손길을 거치니 화면 전환이나 음향효과가 더해져 훨씬 더 역동적인 느낌으로 탈바꿈했다.

아버지는 페이스북에 영상을 올리시며 말씀하신 대로 레고를 태그했다.

"이제 어떻게 해요?"

나는 아버지의 사무실에서 어깨 너머로 컴퓨터 화면을 바라보며 여쭤봤다. 아버지는 의자에서 몸을 돌리시고는 마치 세상에서 가장 자연스러운 일인 양 어깨를 으쓱이며 말씀하셨다.

"기다려야지."

아버지께는 무척 쉬운 일이셨나보다. 하지만 나는 아니었다. 나는 언제쯤 어른들처럼 차분해질 수 있을까? 어른들은 어쩜 저리도 인내심이 강할까? 사실은 인내심이 부족하다는 사실을 숨기고 있는 것은 아닐까? 나는 아버지께 레고에서 댓글을 달았는지, 레고의 공식 SNS에 우리 영상이 공유되었는지 매일 여쭤봤다. 정말 말도 안 되는 행동이었지만 아버지는 그때마다 어깨를 으쓱이시며 다정한 목소리로 아니라고 말씀해 주셨다. 대신 직장 동료나 멀리 사는 친척들, 우리 가족의 친한 친구들까지 그 영상을 본 사람들의 반응을 빠짐없이 알려주셨다. 심지어 돈셀 박사님과 페기까지도 우리에게 전화해서 축하해 주셨다. 두 사람의 눈에도 엄청 멋있게 보였나 보다. 하지만 정작 레고만 아무 반응이 없었다! 영상까지 찍자는 아버지의 열정 때문에 내 기대는 하늘을 찌르고 있는데 아버지는 신경도 쓰지 않으시는 것 같았다. 도대체 무슨 생각이신 걸까?

알고 보니 아버지도 초조하기는 마찬가지였다고 하셨다. 단지 그 감정을 잘 숨기셨을 뿐이다. 아버지는 몇 달이 지난 후에야 영상을 올리고 나서는 며칠 동안 무척 긴장했으며 휴대전화로 레고에서 온 페이스북 메시지가 있는지 계속 확인했었다고 고백하셨다. 말로 다 하지는 않았지만, 아버지가 레고의 대답을 얼마나 간절히 기다렸는지 충분히 느낄 수 있었다. 비행기를 만들었던 나의 첫 번째 레고 시티 세트부터 시작해 그동안 내가 얼마나 행복했는지 떠올리자 가슴이 뭉클해졌다. 실제로 나는 레고 덕분에 정말 많은 것들을 이루어 냈다. 레고 장난감을 통해 나는 하늘을 나는 꿈을 꾸었고, 그들의 제품에 새로운 삶을 부여했다(조립 설명서는 가이드나 따라가야 할 길이 아닌 목적지 중 하나일 뿐이다. 그곳에 도착하면 새로운 길이 시작된다).

어느 날, 아버지가 직장 동료들과 함께 바에서 식사하고 있는데 팀원의 친구이자 고객인 살바도르 삼촌이 아버지를 알아보고 인사를 하셨다.

"부엔 프로베초*!"

아버지도 휴대전화에서 눈을 떼고 인사를 건네셨다.

"페란, 자네 아들의 레고 팔 영상 봤네. 엄청 놀랍더군! 정말 자네 아들이 혼자 만들었나?"

아버지는 입안에 잔뜩 넣은 샐러드를 씹으며 힘차게 고개를 끄덕이셨다고 한다.

"와, 머리 좋은 아들을 두었군, 그래. 레고에서는 아직 아무 연락 없고?"

살바도르 삼촌은 흥미로운 듯 물어보셨다.

아버지는 얼굴을 찡그리며 샐러드를 삼키고는 답하셨다.

"아직. 그렇지만 분명 오래 걸리지는 않을 거야. 레고를 태그하는 사람이 아무리 많아도 우리 영상은 그냥 지나칠 수 없을걸."

"물론이고말고! 이미 자네 가족은 안도라 국민의 절반을 놀라게 했잖나! 그런 엄청난 결과물을 어떻게 못 본 척 할 수 있겠어?"

살바도르 삼촌의 칭찬에 감사의 인사를 건넨 아버지는 다시 휴대전화로 시선을 돌리셨다. 앱에 표시된 빨간 점을

---

*   Buen provecho. '식사 맛있게 하세요.'라는 뜻의 스페인어 표현이다.

보고는 주위의 누군가에게서 온 연락이라 생각하시며 큰 기대 없이 앱을 터치하셨다. 하지만 그 내용을 본 아버지는 너무 놀라 심장이 멎은 것처럼 숨이 콱 막히셨다고 했다.

친애하는 페란 씨에게.

당신의 게시물에 저희는 놀라움을 금할 길이 없었습니다.
데이비드의 강인함과 인내심을 보며 저희는 자부심과 더불어 우리가 왜 계속해서 레고 블록을 만들어야 하는지를 되새길 수 있었습니다. 레고는 전 세계의 어린이들을 위한 것이니까요.
이 영상을 공유해 주셔서 진심으로 감사드립니다.

무한한 감사의 인사를 담아.
레고 직원 일동 :)

드디어 우리 영상에 대한 레고의 답이 도착했다. 그들은 나를 축하해 주었다. 한계를 뛰어넘으려는 내 열망과 그들의 장난감에 대한 내 사랑에 박수를 보냈다. 아버지는 손으로 입을 막으며 북받치는 감정을 다스리려 애쓰셨다.

하지만 이건 시작에 불과했다. 그리고 우리는 그 사실을 아직 깨닫지 못하고 있었다.

별에서 온 연락

그날은 집에서 8,300킬로미터 이상 떨어진 호텔에서 눈을 떴다. 당시의 나는 그 사실을 잊어버리고는 침대에서 한 바퀴 뒹굴었다. 하지만 잘못된 방향으로 움직인 탓에 결국 침대 아래로 떨어지고 말았다.

"아야!"

아래로 떨어지면서 협탁 모서리에 머리를 부딪쳤는데 정말이지 머리가 깨지는 줄 알았다. 침대에서 떨어지면 팔에 멍은 들겠지만 정신이 번쩍 들기에는 이만큼 효과가 확실한 알람도 없다.

나는 샤워하면서 멍 자국을 더욱 자세히 살펴보았다. 노르스름하면서도 보랏빛을 띠며 부풀어 오르고 있었다. 나도 모르게 한숨이 나왔다. 그때까지도 내가 그곳에 있다는 사실을 믿기 힘들었다. 나는 내가 이곳에 있는 이유를 생각하기도, 설명하기도 힘들었다. 믿기지 않으니 당연했다.

하지만 추락에 충격, 타박상까지 입으니 실감이 났다.

이곳은 미국 항공 우주국 나사가 있는 휴스턴이었다. 하마터면 방문할 기회를 날려 버릴 뻔했지만 어쨌든 나는 지금 이곳에 와 있다.

휴스턴의 호텔 침대에서 추락하기 24시간 전, 나는 티켓을 보고 실수를 알아차렸다. 티켓을 미리 확인하지 못했다는 점은 인정한다. 그때 나는 아버지와 통화를 하고 있었다. 나사에 계신 내 멘토이자 지금은 좋은 친구가 된 디미트리스 보운톨로스 선생님이 내가 어디에 있는지 걱정이 된다며 아버지께 연락하셨기 때문이다.

"실수라니, 그게 무슨 뜻이니?"

수화기 너머로 들려오는 아버지의 목소리에는 졸음기가 가득했다. 아버지는 주무시다가 보운톨로스 선생님의 전화를 받으셨으니 그럴 만도 했다. 나는 아버지께 공항으로 데리러 와달라고 했다. 하지만 아버지는 그보다 다른 것들, 특히 내가 실수했다는 게 무슨 의미인지, 어떻게 내가 그런 실수를 했는지가 더 신경 쓰이시는 듯했다.

"실수라고? 시간을 잘못 본 거니?"

"아니요……. 시간은 제대로 알고 있었어요."

"그러면?"

"날짜요."

"뭐라고?"

"날짜를 착각했다고요."

"뭐?"

"5일에서 6일로 넘어가는 새벽 3시가 아니라, 4일에서 5일로 넘어가는 새벽 3시였어요."

수화기 너머로 긴 침묵이 이어졌다. 사실 그 순간 나는 웃음이 터질 뻔한 걸 간신히 참았다. 불안해서? 아니면 내 가장 큰 꿈, 내가 가진 환상 중에 가장 말이 안 되고 꿈조차 꿀 수 없었지만 점점 현실로 다가오던 그 환상으로 나를 안내해 줄 대서양 횡단 비행기를 타는 날짜를 잘못 알았다는 걸 말로 다시 확인해서? 왜 그랬는지는 모르겠다.

"괜찮아. 집에 다시 오지 않아도 돼."

"톰 행크스처럼 그냥 공항에서 살라는 말씀이세요?"

나는 아버지의 말씀에 끼어들었다.

"휴스턴으로 가는 가장 빠른 비행편을 알아보마. 12시간 안에는 틀림없이 도착할 테니 너무 걱정 말거라."

"하지만 한두 푼이 아니잖아요. 아버지도 팔 하나는 포기하셔야 하는 것 아네요?"

"괜찮아. 내 아들을 위한 일인데 그 정도도 못 할까."

수화기 너머로 아버지의 목소리를 듣고 있노라니 내게 윙크를 날리고 계실 아버지의 모습이 눈앞에 선했다.

몇 시간 뒤, 나는 새로 구매한 티켓으로 미국행 비행기에 올랐다. 그리고 호텔에 도착하자마자 녹초가 되어 침대에 쓰러졌다. 나는 보운톨로스 선생님이 몇 시간째 나를 찾아다니며 아버지께 계속 전화하는 꿈을 꿨다. 꿈에서 아버지는 나사 관계자들에게 약간의 해프닝이 있었지만 내가 무사히 미국행 비행기를 탔다고 전하셨다.

다음 날 아침 샤워를 하며 내가 얼마나 바보 같은 짓을 했는지 떠올리니 어이가 없어 웃음이 다 나왔다. 특히 지금은 좋은 관계를 유지하고 있는 오마르 하탐레 혁신국장님께서 직접 나사를 안내해 주시는 투어를 놓쳤다니, 너무 아까웠다. 날짜를 착각한 탓에 이 전 세계에서 가장 중요한 기관의 책임자들에서 어처구니없는 첫인상을 남기게 될 줄이야!

만일 이른 새벽에 비행기를 타야 한다면 티켓 날짜를 확인하고 또 확인해 보길 바란다. 왜 그런지는 내가 한 실수를 보면 금세 이해할 수 있을 테니까.

***

어쨌든 나는 나사 기술 융합 혁신 회의에서의 연설을 불과 몇 시간 앞두고 휴스턴에 도착했다. 그곳에서 나는 내가 만든 의수와 새로 계획 중인 프로젝트들에 대해 발표하기로 되어 있었다. 내 컴퓨터에는 이번 회의에 참석한 사람들에게만 공개할 비밀 병기 중 하나인 MK-5의 3D 설계도가 담겨 있었다. 교육 현장에 혁신을 가져온 레고 에듀케이션의 새로운 모델인 스파이크 프라임을 활용해 디자인한 MK-5는 센서나 프로그래밍할 수 있는 스위치보드도 탑재했다. 청중들을 놀래킬 자신이 있었다.

하지만 이 모든 일은 내 첫 번째 의수가 있었기에 가능했다. 나는 먼 길을 돌고 돌아 마침내 이 자리에 섰다.

아버지가 촬영하신 MK-1 동영상은 온 동네로 퍼져 나갔다. 아버지의 친구분들, 부모님의 동료분들, 이웃들, 학교 선생님들, 반 친구들, 어린 시절 단짝 친구들까지 모두가 내가 MK-1을 만들면서 보여준 인내심에 깊이 감동했다.

정말이지 세상의 온갖 찬사는 다 받았던 것 같다. 가슴 벅찬 경험이었지만, 동시에 어떻게 반응해야 할지 몰라 머뭇거리기도 했다. 친구들 앞에서야 언제든 대담해질 수 있었지만 그러한 칭찬과 인정은 쑥스러웠다. 결국은 내 팔, 아니 내가 팔 하나를 잃어버렸다는 사실에서 비롯된 것들이기 때문이다. 이런 순간이 오면 비로소 알 수 있다. 내가 물이 반이나 남았다고 생각하는 사람인지, 물이 반밖에 안 남았다고 생각하는 사람인지 말이다.

나는 내 **브라시토** 덕분에 매 순간 깨달아 왔다. 나는 팔 하나를 잃어버렸기에 늘 손가락질을 받아 왔다. 다른 사람들보다 약한 존재, 약해빠지고 불쌍한 **망코**라며 특별 대우를 받았다. 하지만 이제는 내 **브라시토**를 결핍이나 결점으로 보는 사람은 없다. 특별하고 유일한 개성이라며 긍정적으로 봐주었다. 마침내 모든 사람들이 나와 같은 시선으로 **브라시토**를 바라보게 된 것이다.

나 또한 그제야 목이 부러질세라 나를 돌아보던 그 시선들을 견딘 이유를 깨달았다. 사람들은 나를 볼 때마다 내 가방 안에 담겨 있던 책을 꺼내어 무언가를 배워갔다. 그리고 시간이 지나면서 나처럼 내 오른팔은 결핍되었거나 잃어버린 것이 아니라는 생각을 하게 되었다. 또는 반드시 풀어야 할 방정식이 아니라는 사실도 깨달아 갔다. 사실 방정식의 해답은 처음부터 나와 있었다. 애초에 나는 온전한 사람이었기 때문이다.

내가 옆을 지나가면 사람들은 놀라서 뒤돌아보며 내 팔의 개수를 세어보는 대신 인사하고 하이파이브를 건넨다. 그리고 내가 **무농**을 들려다 웃으며 반대편 손을 들었을 때 사람들이 짓는 표정과 소리는 정말 황홀하고 짜릿했다. 그 시간은 말로 설명할 수 없다. 다른 사람들에게서 인정받고자 했던 내 소원은 어느 날 갑자기 이뤄졌기 때문이다. 나는 내가 다른 사람들을 바라보듯 그들 또한 그렇게 나를 바라봐 주기를, 내가 불구가 아니고 쓸모없는 인간이 아님을 이해해 주기를 바랐다. 여전히 내게 중요했던 사람들의 이해와 인정을 조금 더 빨리 받았다면 내 삶은 어떻게 바뀌었을까?

처음으로 기자가 나를 취재하러 왔을 때가 생각난다. 나는 그들이 해야 할 일을 알고 있었다. 그들은 나를 만나고 와야 했다. 학교 유리문에 비친 자신의 모습을 아무리 관찰하고 살펴보아도 진짜 내 모습을 발견할 수 없었던 3살 시절의 데이비드, 거울을 볼 때면 늘 허전한 한 곳에만 시선이 머물러 있던 9살 시절의 데이비드, 사람들이 자신의 결함에 대해서만 이야기하는 사실에 고통스러워하던 11살 시절의 데이비드 말이다. MK-1은 머릿속에만 존재했던 형태 없는 프로젝트나 레고 블록이 아닌 수천 명의 아이들에게 영감을 줄 수 있는 메시지로 탈바꿈했다.

나는 변화를 만들어 내고 장애에 관한 오명에 종지부를 찍을 수가 있는 사람이었다. 그리고 괴롭힘으로 인해 고통받는 아이들이 혼자가 아님을, 누군가가 응원하고 있음을 느끼도록 괴롭힘을 줄이는 데 조금이나마 힘을 보탤 수 있었다.

우리들 모두 다르지만 그 어느 누구도 불완전한 존재는 아니기 때문이다.

딸깍!

나보다 먼저 레고에서 온 답장을 보신 아버지는 엄청난 자부심과 벅차오르는 감정을 느끼셨다고 했다. 그리고 나를 떠올리셨다고 한다. 내가 겪었던 모든 고통에 대해서 말이다. 나는 학교에 처음 간 날, 필사적으로 나와 비슷한 사람들을 찾았지만 결국 내 모습을 보며 위안을 삼을 수밖에 없었다. 자전거를 타다 넘어지면 꼬리뼈를 다쳤다고 생각했고 눈덩이를 맞으면 진짜 주먹을 쥐고 나를 지켜야 했다. 또 남들과 다르다는 이유로 마음 아파했다.

아버지는 레고의 답장을 보며 지금이 고통을 극복하고 내가 가진 가치를 발견하고 능력을 믿으며 가슴 속에 품고 있던 꿈을 믿게 해줄 순간임을 깨달으셨다고 한다. 그래서 곧바로 안도라의 지역 방송국인 RTVA의 로사 알베르크 기자에게 연락하셨다.

"로사 씨? 저 페란입니다. 도움이 필요해요."

그녀는 아버지가 그간의 일을 설명하시기도 전에 이미 레고의 답장과 아버지가 이를 자신의 페이스북에 공유한 게시물, 그리고 이를 본 모든 이들의 열정적이고 애정 어린 반응까지 모두 확인하고는 놀라움과 감동을 느낀 뒤였다. 그리고 아버지가 내게 해주고 싶어 했던 일들과 작은 도움만으로도 내가 수많은 아이들의 우상이 될 수 있다는 점에 크게 감탄했다.

"당연히 도와야죠. 당신은 아들을 위해 정말 놀라운 일들을 해왔는걸요. 내일「라 로톤다」제작진을 학교로 보내도록 하죠. 아, 물론, 페란 당신이 허락한다면 말이에요."

"그렇다면 교장 선생님께 바로 연락하겠습니다. 학교 반응도 무척 뜨거워요. 데이비드가 중학생들에게 연설하기를 바라더라고요! 세상에, 정말이지 이건……."

"놀라운 일이죠."

로사가 맞장구를 쳤다.

내가 한 일이 정말로 인상적이었는지는 말하지 않겠다. 여기까지 읽었다면 내가 스스로를 냉정하게 판단할 수 있는 사람이 아니라는 사실을 충분히 알 수 있기 때문이다. 하지만 아버지가 나를 위해 했고, 하고 있는 모든 일에 대한 내 감정은 책 한 권에 담기에는 역부족이다. 부모님의 도움과 응원이 내게 얼마나 큰 의미인지, 모두의 사랑이 얼마나 소중한지 어떻게 설명할 수 있을까.

아버지는 로사 알베르크 기자와 통화한 뒤, 알베르트 바타야 라세우두르젤 시장님에게 전화했다. 그리고 다양한 사람들과도 연락을 취했다. 그때부터 이 신문사에서 저 신문사로, 이 방송국에서 저 방송사로 옮겨 다니는 짜릿한 여정이 시작되었다. 내 팔과 레고 블록, 만들기에 대한 내 열정은 '미스터 핸드 솔로'라는 이름과 함께 전 세계에 널리 알려졌다. 내가 일렉트로닉 음악의 커버 곡을 업로드하려 만들었던 유튜브 채널 이름이 이런 식으로 알려지리라고는 꿈에도 생각하지 못했다. 나는 키보드 위에 디지털카메라를 두고 연주 영상을 찍었기 때문에 시청자들은 내가 왼손으로 런치패드를 두들기는 모습만을 볼 수 있었다. 채널명은 여기서 착안해 지었다.

내 채널에는 음악 영상과 함께 의수 영상도 함께 업로드되어 있다. 전 세계에 있는 사람들 절반은 나를 그 이름으로 알게 되었고 나머지 절반은 나에 대해 이제 막 알아가기 시작했다. 내 이야기는 『뉴욕타임스』에서 『워싱턴 포스트』, 『로이터 통신』을 거쳐 『유로뉴스』까지 퍼졌다. 일본, 러시아, 중국의 라디오와 TV 프로그램은 말할 필요도 없고 CNN에서 가장 많이 재생된 영상 중 하나가 되기도 했다.

우리처럼 모든 사람들이 우리가 전하고자 했던 이야기와 메시지를 믿었다.

때로는 목소리를 높이는 것만이 능사가 아니다. 특히나

혼자라면 폐 안의 공기를 모두 쥐어짜 소리를 지르는 것만 으로는 충분하지 않다는 뜻이다. 그럴 때일수록 나와 함께 목소리를 높여주고 내 꿈을 믿어주는 사람들이 필요하다. 내게는 언제나 가족들을 포함한 절대적인 지지자들이 있었다. 비록 오른팔은 잃어버렸을지 몰라도 사랑만큼은 절대 부족하지 않았다.

각종 매체와 뉴스의 관심이 서서히 줄어들던 어느 날, 아버지께서 내 방으로 들어와 내가 예상치도 못한 이야기를 해주셨다. 이는 나사와 빌룬트의 레고 교육 프로그램보다 더욱 놀라웠다.

그때 나는 방에서 공부하던 중이었다. 기말고사 준비를 시작하기에는 너무 이른 시기였을지도 모르지만 대학에 갈 생각이었으니 그 어떤 낙제의 가능성도 남겨두고 싶지 않았다. 사실 카탈루냐 국제대학교에서 생명공학 연구를 해보지 않겠냐는 제안을 받았고 심지어 입학 전에 학교 행사에서 발표해 달라는 요청을 받은 상태였다. 이 엄청나면서도 매력적인 제안을 과연 누가 거절할 수 있을까?

10대 학생들과 학부모들은 내 것과 똑같은 의심을 없애고자 그 행사에 참석했다. 나는 18살에 800명이라는 많은 사람들 앞에서 첫 연설을 책임지고 끝마쳐야 했다. 나의 지난날과 MK-1의 기능을 설명하기로 마음을 먹은 나는 심호흡을 한 뒤 발표를 시작했다. 사실 여기까지는 얼마

전 하비에르 카르데나스가 스페인 국영 방송국에서 진행하는 프로그램인 「오라 푼타」에서 한 이야기와 별반 다를 게 없었다. 그래서 나는 사람들을 놀라게 하고 싶었다.

사실 발표하기 며칠 전, 나는 새로운 제트기를 기반으로 MK-2를 완성한 상태였다. 안도라에서 가장 큰 쇼핑센터의 진열대에 자리 잡은 새로운 레고 제트기 모델을 발견했는데, 그 쇼핑센터 관리자인 조르디 카차페이로 삼촌은 그 제트기를 보여주어 내가 비전을 실현할 수 있게 도와주셨다. 조르디 삼촌은 우리 가족의 좋은 친구이자 내 다큐멘터리의 가장 중요한 후원자가 되어 주셨다. 내 이야기를 다룬 다큐멘터리는 뒤에 가서 다시 이야기하기로 하겠다.

어렸을 때부터 직접 발명해 만드는 것을 좋아했던 나는 항공 분야에도 큰 관심을 두고 있었다. 그러니 내가 처음 팔을 만들 때 헬리콥터와 비행기를 활용했던 일은 그리 놀랍지도 않다. 상상력을 마르지 않게 해주는 열정(정말 굉장하지 않은가!)이 무한한 아이디어로 이어져 결국 하늘을 만질 수 있게 해주다니, 믿을 수 없었다.

나는 조르디 삼촌이 선물해 주신 제트기로 새로운 팔을 만들었다. 성능은 훨씬 업그레이드되었다. 제트기의 이착륙 장치에 달린 모터 덕분에 더 무거운 물건을 집을 수 있었다. 그리고 이 모터의 동력을 담당하는 배터리는 이두박근에 고정했는데 어깨에 두른 신발 끈과 연결된 블록을 조작하면 작동시킬 수 있었다. 내 이야기에 집중하느라 입을 다문 수많은 학부모와 아이들의 침묵을 깨고 모터가 돌아가기 시작했을 때 어떤 일이 일어났을지 물어보는 건 너무 뻔하지 않나? 당연하게도 우레와 같은 박수갈채가 쏟아졌다. 이 따뜻한 응원의 박수를 받으며 내 삶은 바뀌고 있었다.

그리고 이를 계기로 카탈루냐 국제대학교로부터 생명공학 전공까지 제안받았다. 아마도 생명공학이 무엇인지 궁금하실 것이다. 아주 간단하게 설명하자면, 의수 만들기에 대한 내 열정을 실행으로 옮기는데 가장 가까운 학문이라고 할 수 있다. 아무리 생각해도 내가 가야 할 길이라는 확신이 들었다. 부모님께서도 내 선택에 기뻐하시며 내가 그 열망을 펼칠 수 있는 최고의 대학을 함께 찾아주셨다.

망설임이 전혀 없었던 것은 아니었다. 하지만 내 친구인 페레와 필라르 덕분에 최종적인 결단을 내릴 수 있었다.

***

부모님은 늘 내게 어떤 일이든 다른 사람의 도움 없이 스스로의 힘으로 해낼 수 있다고 말씀하셨다. 물론 나는 부모님의 가르침에 대부분 따랐다. 하지만 그와는 별개로 그 이상의 무언가를 해야 한다고 느꼈다. 특히 나와 같은 사람들이 스스로에 대한 자신감을 가질 수 있고 독립성이나 자율성 중 하나, 혹은 두 가지 모두를 느낄 수 있도록 도와야 한다고 생각했다. 나는 내가 세상을 바라보는 시선을 모두와 공유하기를 바랐다. 단지 그뿐이었다.

"데이비드, 들어가도 되니?"

아버지가 내 방문을 두드리셨던 그날로 돌아가 보자. 영상을 업로드하고 몇 달이 지난 어느 날 밤, 아버지가 내 방문 틈으로 머리만 들이민 상태에서 물으셨다. 나는 잠시 휴식을 취하던 중이었다. 부모님은 늘 혹시라도 내 공부 시간을 방해할까 꼭 필요한 때만 먼저 들어가도 되냐고 물으셨다.

"데이비드, 우리가 어떤 제안을 받았는지 아니? 아마 상상도 못 할 거란다."

그때는 그런 말을 자주 들어 익숙했다. 실제로 우리는 내 이야기에 관심이 많다는 지역 신문사부터 국영 방송국까지, 굉장히 다양한 곳에서 제안을 받았다. 하지만 이번에는 상상도 못 할 거라는 아버지의 말씀이 맞았다. 내가 『내셔널 지오그래픽』에 나오게 됐기 때문이다.

믿을 수가 없었다.

내 얼굴과 한 팔을 잃어버린 내 모습이 전 세계에서 가장 저명한 과학 잡지 중 한 곳에 나온다고? 정말 내가 그 잡지에 등장하는 주인공이 맞을까? 혹시 다른 몸을 가진 내가 착각한 건 아닐까? 그 몇 달 동안 느꼈던 혼란스러움은 지금도 종종 느끼곤 한다. 이야기꾼이던 내가 주인공이 되다니, 기분이 이상했다.

믿기 힘든 일이 일어났다고 상상해 보면 내 심정을 쉽게 이해할 수 있을 것이다. 부모님이 깜짝 선물로 디즈니랜드에 데리고 갔던 일, 좋아하는 사람과의 첫 키스, 1등이라고 적혀 있는 아이스크림 막대, 체육 시간에 날린 만루 홈런, 그 어떤 순간이든 상관 없다. 그 순간은 너무나 강렬해 마치 내가 아닌 제삼자의 시선으로 바라보는 듯한 느낌까지 받는다. 이러한 장면을 머릿속으로 끊임없이 되뇌다 보면 결국 완전히 외워버릴 정도가 된다. 시련도 마찬가지다. 이겨내고 나면 벅찬 기쁨이 몰려와 그때의 일들은 마치 남의 일처럼 바라볼 수 있게 된다.

이러한 현상은 의식의 분열이라 부른다. 나 또한 이 현상을 겪었다. 내 영혼은 에디터가 그 잡지를 보내주시기 전까지 내 몸으로 돌아가지 못했던 것 같다. 파우 파브레가트 작가님이 찍어주신 사진은 정말로 환상적이었다! 진짜 『내셔널 지오그래픽』의 사진작가가 나와 내 의수를 영원히 기억될 수 있게 해주셨다. 아버지는 이 일을 최고의 업적 중 하나라고 말씀하시곤 했다.

내 이야기에 엄청난 과학적 가치가 있다고 믿어 의심치 않았던 아버지는 어느 날, 그 저명한 잡지를 통해 이를 알려야겠다는 생각을 떠올리게 된다. 그래서 우리가 스페인

방송국 프로그램을 촬영하러 가는 길에 카페에 들렀을 때 『내셔널 지오그래픽』의 에디터들에게 페이스북 메시지를 보내셨다. 아버지는 그들이 나의 **수페라시온***을 널리 퍼뜨려주길 바라셨고, 결국 그 기회를 따내셨다! 내 이야기는 그들의 마음을 울렸다. 그리고 나에 대해, 특히 내가 이룬 업적에 대해 알고 싶어하는 그들의 호기심을 일깨웠다. 처음에는 다음 해에 발행될 잡지 콘텐츠는 모두 확정되었다고 했었지만 1월이 되자 잡지사로부터 4월호에 내 이야기를 싣겠다는 연락이 왔다.

***

'독창성, 끈기, 그리고 회복력'

헤드라인을 장식한 이 세 가지는 MK-1, MK-2는 물론, MK-3 또한 만들 수 있게 해주었다. 내가 나온 4월호가 도착했을 때 나는 잠시 휴식을 취하면서 MK-3에 대해 생각하고 있었다. 강렬한 노란색으로 이루어진 레고 테크닉 크레인은 새 프로젝트를 위한 완벽한 모델이었다. 피스톤과 기계화된 레고 블록으로 만든 새로운 의수는 이전 버전처럼 팔을 올리는 일은 물론, 더 큰 무게도 견딜 수 있었다. 레

---

*   superación. '극복', '돌파' 등을 뜻하는 스페인어 표현이다.

고를 향한 내 열정은 무언가를 만드는 능력을 발전시켜 나갔다. 나는 예상치 못한 무언가를 만들어낼 때까지 소리와 빛에 대한 본능을 활용해 레고 블록을 끊임없이 조립했다.

***

　내 이야기는 최고의 과학 잡지인 『내셔널 지오그래픽』을 통해 정말로 필요했던 사람들에게 전달되기 시작했다.

　나는 영상을 통해 과분한 사랑과 지지를 받았다. 하지만 한시도 나의 **아부엘라**를 잊은 적이 없었다. **아부엘라**가 우리 곁을 떠난 지 1년도 더 지났지만 그녀의 사랑은 포근한 담요처럼 여전히 우리를 감싸고 있었다. 그럼에도 나는 늘 그녀의 애정 어린 손길과 포옹, 키스, 그리고 말들이 그리웠다. **아부엘라**의 목소리는 달콤하지만 뒷맛이 씁쓸한 핫초코의 온기처럼 늘 머릿속에 남아 있었다.

　가끔 나는 그녀가 다른 사람들의 귀에 내 목소리를 전달하는 바람 같다고 생각했다. **아부엘라**는 분명 다른 할머니들처럼 온 동네를 돌아다니며 손자를 자랑하고 다니셨을 게 틀림없다. 정육점에서 만난 이웃이 나에 대해 물어보면 쉬지 않고 이야기하셨을지도 모른다. 또한 미용실에서는 미용사에게 내 사진이 실린 기사들로 가득한 스크랩북을 보여주셨을지도 모른다. 그 안에는 **아부엘라**가 기쁨에 겨워 환호성을 지르며 내 사진이 실린 페이지에 입을 맞췄던 기사도 들어있었을 것이다. 어디에 실린 기사냐고? 바로 『프론토』다. 늘 **아부엘라**의 빈 시간을 채워준, 그녀가 가장 좋아하던 잡지에 그녀의 손자, **수 니뇨***가 나왔으니 다른 어떤 기사보다도 행복해하셨을 게 틀림없다.

나는 수많은 페이지 사이에 아주 작게 인쇄된 그 기사를 보며 황홀함을 느꼈다. **아부엘라**가 느끼셨을 그 모든 감정, 물론 그녀는 너무나 잘 알고 있는 내 노력의 결과들이 수많은 사람들에게 인정을 받고 기자와 아나운서를 비롯한 모두가 그것들에 대해 이야기하는 모습을 보시고 얼마나 좋아하셨을지를 생각하면서 말이다. 이러한 행복한 우연들이 계속되자 모든 게 제자리를 되찾은 듯 완벽하게 들어맞는다는 생각이 들었다. 흔히 말하는 우연의 일치라는 표현은 실제로는 삶의 조각들이 서로 연결고리를 찾아 맞춰진 결과가 아닐까 생각한다. 괴짜스럽지만 늘 운이 좋은, 좋은 의미의 미치광이가 기획한 거대한 계획의 일부인 것처럼 말이다.

우리는 내 기사가 실린 『프론토』를 기념품처럼 가지고 있다. 그리고 잡지가 발간된 날 저녁, 우리는 **아부엘라**를

---

*   su niño, 'su'는 '그/그녀의'를 뜻하는 스페인어 표현이고 'niño'는 '아이', '자식', 손주' 등을 뜻하는 스페인어 표현이다.

기리며 그녀와 함께했던 삶, 그리고 앞으로 우리가 살아갈 모든 순간을 위해 건배했다. 그녀와의 추억은 언제나 우리를 따뜻하게 감싸주고 있었다

우연의 일치는 거기에서 멈추지 않았다. 앞서 말했듯 나는 우연의 일치를 믿지 않는다. 모든 일이 연결되어 있다는 사실을 알기 때문이다. 얼마 지나지 않아 나는 MM이라는 필명으로 『프론토』에 기사를 쓴 기자의 이름이 마누엘 마린이라는 사실을 알게 되었다. 그는 세심한 성격이 인상적인 뛰어난 기자이자 정신운동지연 및 발달지연을 가진 한 아이의 아버지였다. 그는 내 이야기를 널리 알리고, 자신의 아들인 빅토르를 비롯해 같은 처지에 놓인 모든 부모와 아이들에게 경의를 표하고자 기사를 쓰게 되었다고 한다. 이 모든 이야기는 그의 아내인 마리벨 에스피노사가 바르셀로나에 있는 아우로 통합학교의 학생들 앞에서 짧은 강연을 해달라며 나를 초청했을 때 우연히 알게 되었다. 빅토르 또한 배움에 대한 끊임없는 열정으로 매일 그 학교에 출석했다.

이는 내가 학교에서 했던 첫 번째 강연이었다. 아이들이 황홀한 표정으로 내 이야기에 집중하는 모습을 보니 마치 내가 토니 스타크라도 된 듯한 기분이 들었다. 교장과 교사들, 그리고 학부모 협회에서 마련한 그 특별한 행사가 주는 기쁨과 경이로움으로 가슴이 벅차올랐다. 모두가 내

게 감사 인사를 건넸지만 고마워해야 할 사람은 오히려 나였다. 그들은 내가 진정한 슈퍼히어로가 된 듯한 느낌을 느끼게 해주었다. 솔직히 그전까지는 내 이야기를 전 세계에 공유하는 데 확신이 없었지만 이날의 경험으로 나는 망설임을 버릴 수 있었다.

영화「스파이더 맨」에서 벤 삼촌은 피터 파커에게 큰 힘에는 큰 책임이 따른다고 이야기했다. 나는 의수가 내게 큰 힘을 주었다고 생각했다. 그래서 장애에 대한 낙인과 괴롭힘에 맞서 더 많은 사람들이 포용하고 인식할 수 있도록 노력해야 할 책임이 있다고 느꼈다. 진짜 장애는 내가 아무것도 할 수 없다고 믿는 일이다. 나는 의수를 상자에 고이 모셔만 두다가 악과 대항해 싸우는 또 다른 어벤저스, 미스터 핸드 솔로가 될 수 있는 엄청난 기회를 놓치고 싶지 않았다.

이러한 생각을 하던 며칠, 아니 몇 주 사이에 비슷하게 놀라운 일들이 계속되었다. 세상을 설계한 미친 엔지니어는 삶에서 우연히 일어나는 일은 없으며 오히려 그 반대라는 것을 보여주듯 그런 상황들 속으로 나를 계속 밀어 넣었다. 내게 일어나는 모든 일이 마치 내 결정으로 인해 설계되고 재배치되며 한 조각씩 끊임없이 쌓아가는 어떤 계획의 일부처럼 보였다.

"여보세요?"

화면에 뜬 전화번호가 너무나 길어서 당황하는 사이 하마터면 전화가 끊길 뻔했다. 나는 평소처럼 방에서 공부 중이었는데 휴대전화를 무음으로 해놓는 것을 깜빡했다.

"안녕하세요. 데이비드 아길라 씨 맞으신가요?"

귓가에 울리는 프랑스어에 전화를 끊어야 할지 고민했다. 신제품을 사라거나 서비스 변경을 권유하려는 영업 사원일지 모른다고 생각했기 때문이다. 하지만 나는 내가 착각하고 있다는 사실도 깨닫지 못한 채 그렇다고 대답했다.

상대는 이야기를 이어갔다.

"데이비드 군, 반갑습니다. 저는 레고 에듀케이션의 야니크 뒤퐁이라고 합니다. 제안을 하나 하고 싶은데요."

마지막 조각

"뭘 했다고?"

내 이야기를 들은 아버지가 소리치셨다. 솔직히 내가 예상하지 못했던 반응이었다. 나는 옳은 결정이 무엇인지 분별할 줄 아는 나이였으므로 그 선택이 잘못되었다고 생각하지 않는다. 내겐 공부가 우선이었다. 그러니 샛길로 빠질수는 없었다.

"거절했다고요."

어머니는 입을 딱 벌리셨고 아버지는 안경을 벗고 미간을 문지르셨다. 미래의 데이비드 또한 이때의 선택을 두고 머리를 쥐어뜯었지만 당시의 나는 내가 무슨 짓을 저질렀는지 알 길이 없었다.

"네가 무슨 짓을 했는지 알기나 하는 거니?"

나는 고개를 끄덕였다. 내 생각을 충분히 설명했는데도 뭐가 그렇게 놀라운 건지 여전히 이해할 수 없었다.

"레고와 일할 기회를 거절한 거라고!"

"알아요! 그래도 전 계약하지 않을 거예요. 아직 19살이잖아요. 고등학교 졸업부터 해야죠."

"데이비드, 침착하게 다시 이야기해 보렴. 무슨 계약이었다고?"

아버지는 논리적으로 생각하려고 애쓰셨다.

"널 채용하고 싶다고 한 게 확실하니?"

어머니도 내가 자초한 이 엉망진창인 상황을 해결하려고 덧붙이셨다.

"아마 그랬던 것 같아요. 다른 계약도 있어요?"

"지금부터 알아봐야지. 일단 다시 전화해서 자세하게 확인해야겠다. 그쪽에서 뭐라고 했다고?"

"자기가 레고 에듀케이션 직원인데, 제게 제안을 한 가지 하고 싶다고……."

15분 전에 온 전화가 마치 일주일 전 같았다. 나는 통화 내용을 기억해 내려 애썼다.

"제 영상을 보고 저에 관한 뉴스를 찾아봤다고 했어요. 그런데 이야기를 더 하려면 무슨 계약서에 서명 해야 한다고 했는데……."

머릿속이 공부한 내용으로 가득했던 탓인지, 아니면 통화 내용이 너무 놀라웠던 탓인지는 모르겠지만 레고에서 제안한 내용들이 거의 기억나지 않았다.

아버지가 물으셨다.

"혹시 기밀 유지 계약서니?"

"바로 그거예요!"

나는 대답했다.

"어쨌든, 잘 모르겠지만 서명하지 않는 게 좋겠다고 생각했어요. 학교도 졸업해야 하고, 또……."

아버지가 웃음을 터뜨리시는 바람에 나는 더 이상 아무 말도 할 수 없었다. 아까보다 상황을 더욱 이해하지 못했으니 말이다. 하지만 아버지께서 내 학업 생활이나 미래 계획에 어떠한 영향도 없을 것이라고 설명해 주신 덕분에 모든 상황이 명백해졌다. 레고 에듀케이션은 기밀 유지 정책을 바탕으로 나와 함께 진행하고 싶은 프로젝트를 제안하고 싶었을 뿐이었다.

"그건 비밀을 지켜야 한다는 뜻이란다."

아버지는 웃음을 띤 채 말씀을 이어가셨다.

"네가 레고와 일하게 된 사실이 너무 기뻐서 아무한테나 털어놓을까 봐 그러는 거란다. 그냥 비밀만 지키면 다른 어떤 행동도 법적으로 문제 되지 않아. 우선은 네가 그 서류에 서명해야 어떤 프로젝트인지 알 수 있어. 참여할지 말지는 그다음 문제고."

잠시 침묵이 흘렀다. 멍하니 허공을 바라보고 있자니 그제야 레고 했던 말들이 실감 나기 시작했다. 그게 가능한 일이라고? 그러니까 내가 방금……

"내가 레고에게 싫다고 했다고요?"

사람들은 늘 레고가 내게 뭔가를 해주지 않았느냐고 물었다. 그때마다 그런 일은 없다고 했었는데, 기회를 제 발로 걷어차 버리다니! 어쩌면 이렇게 멍청할 수 있을까?

다행히 야니크 뒤퐁 프로젝트장님에게 내 번호를 건넨 사람은 바로 아버지셨다. 클라이언트인 스테판 씨, 다니엘 씨와 식사하다가 전화를 받으셨다는데, 그때도 레고는 기밀 유지 때문에 나와 직접 통화하려는 이유를 설명하지 않았다. 그래서 아버지는 통화 내용에 따라 본인이 개입할 수도 있다는 이야기를 야니크 프로젝트장님께 미리 해놓은 상태였다. 보라, 결국 아버지의 말대로 되지 않았는가!

그래서 아버지는 웃는 쪽을 선택하셨다. 결국은 언제나 살면서 저지르는 실수를 유머러스하게 받아들이려고 노력하는 편이 더 낫기 때문이다.

***

나사 기술 융합 혁신 회의의 연단 위에 올라서니 이 모든 에피소드가 주마등처럼 스치고 지나갔다. 특히 내가 무대에 오르기 전 MK 모델 중 하나를 땅에 떨어뜨렸던 순간은 생생했다. 이보다 더 강력한 등장이 또 어디 있겠는가! 하지만 나는 침착했다. 집중해야 했기 때문이다. 나는 이날, 행사를 위해 3D로 디자인한 MK-5를 비롯해 세 개의 모델을 단독 공개하며 레고 에듀케이션과의 프로젝트에 관해 이야기하기로 되어 있었다. 실수는 언제든 할 수 있다. 발을 헛디딜 수도 있고 모든 것이 무너질 듯 위험해 보일 수도 있다. 하지만 언제나 그렇듯 다시 일어나는 일이 중요하다. 이 방법을 반드시 기억해야 한다. 그러면 아무도 넘어졌다는 사실에 관심을 가지지 않을 것이다.

나는 레고가 내게 연락을 취했을 때 나사 강연 때 했던 행동을 그대로 했다. 우선 바로 그날 오후, 나는 레고 에듀케이션에 연락해 상황을 정리했다. 야니크 프로젝트장님은 내가 오해했다는 사실을 듣더니 웃음을 터뜨렸다. 저렇게 웃음이 많은 사람이 어떻게 참고 있었는지 신기할 따름이었다. 그와는 달리 나는 이 일만 생각하면 결코 웃을 수 없었지만 말이다. 우리는 그에게 주소를 알려주었다. 그러자 다음 날 특급 우편으로 기밀 유지 계약서가 도착했다. 아버지는 모든 조항에 문제가 없는지 신중하게 계약서를 살피셨고(어떤 계약이든 누군가는 반드시 해야 할 일이었다), 나는 모든 확인이 끝난 뒤 서명했다. 그리고 바로 계약서를 보냈다.

야니크 프로젝트장님은 이렇게 설명하셨다.

"올여름, 데이비드 군은 일주일 동안 저희와 함께하게

될 겁니다. 시설을 견학하고 특별한 수업을 들을 수 있는 프로젝트도 마련해 두었습니다. 또, 데이비드 군과 의수를 직접 보고 싶어 하는 실무진과 관리자들을 위한 강연도 부탁하고 싶군요. 저희는 새로 개발한 블록으로 새로운 의수를 함께 만들고자 합니다. 데이비드 군은 엄청난 잠재력과 독특한 창의력을 가지고 있습니다. 그러니 저희와 함께 일한다면 데이비드 군과 같은 다른 친구들에게 많은 도움을 줄 수 있을 거라 확신합니다. 어떻게 생각하시나요?"

"대답하기 전에 뭐 하나 여쭤봐도 될까요?"

"그럼요! 뭐가 궁금하죠?"

"제가 MK-1을 만들 때 사용했던 헬리콥터의 설계자를 만날 수 있나요? MK-2에 사용했던 비행기 설계자도요."

잔소리라면 사절이다. 이건 내 오랜 꿈이 실현되는 순간이었으니까! 야니크 프로젝트장님은 이번에도 웃음을 참지 못하셨다.

"물론이죠! 사실 그 두 제품은 같은 사람 작품이랍니다. 데이비드 군을 만나면 그 의수를 어떻게 만들었는지 꼭 물어보겠다고 하더군요. 저희 레고 하우스는 데이비드 군을 만날 날을 무척 고대하고 있어요."

레고 에듀케이션의 제안은 어릴 적부터 나라는 사람을 이루고 있는 집념과 인내를 바탕으로 꿈꿔왔던 것 그 이상이었다. 나는 내 이야기를 알리려고 했던 목표에 도달했음을 깨달았다. 이제 나처럼 팔이 필요하거나 영감이 필요한 사람들에게 내 잠재력을 전달할 기회를 얻었다. 몇 달 동안 쏟아지던 연락 중에는 인재 프로그램에 출연해달라는 요청도 있었다. 하지만 우리는 그러한 프로그램은 내 능력과 결이 다르다고 느꼈다. 내가 만든 것은 유럽의 역사 깊은 건축물 모형이나 전 세계 도시들의 미니어처가 아니라 실질적으로 사용해야 하는 물건이었다. 유용성이 요구되는 물건들 말이다. 나 또한 이들이 교육적, 과학적 목적이 아니라면 전시할 이유가 없다고 생각했다. 나는 사람들을 돕고 영감을 부여하며 동기 부여가 되어 주기도 하고 필요하다면 그들의 삶이 더 나은 방향으로 나아갈 수 있는 방법을 찾고 싶었다. 레고는 내게 그러한 기회를 준 것이다. 그러니 정말로 레고의 제안을 거절했다면 내 바보 같은 착각 때문에 일생일대의 기회를 놓칠 뻔했다는 말로는 설명이 부족했을 것이다.

나는 대답했다.

"맡겨만 주세요. 레고와 같이 일하면서 제 능력도 발전시킬 수 있다니, 너무 신나요!"

그 전화를 끊고 나서의 일은 전혀 기억나지 않는다. 정말이다! 아마도 크게 소리를 질렀거나 기쁨에 겨워 펄쩍펄쩍 뛰었거나 아니면 우리 가족의 스타일대로 그 사건을 기념했을 것이다. 그 기억은 내가 처음 자전거 타는 법을 배웠을 때처럼 행복과 찬란함으로 가득한 황금빛 추억이었다.

***

시간은 쏜살같이 흘러 어느덧 학기의 마지막이 되었다. 이제 곧 불어닥칠 기말고사와 대입 시험이라는 회오리바람에 의수의 레고 블록이 들썩일 정도였다. 하지만 나는 견뎌냈다. 모든 과목에 통과해 대학에 당당히 입학한 나는 무적이나 다름없었다.

하지만 최고의 순간은 바로 그해 여름, 레고 에듀케이션 사무실로 데려가 줄 덴마크행 비행기에 올랐을 때였다.

나는 그곳에서 전화로 들었던 것보다 훨씬 더 많은 경험을 했다. 새로운 레고 블록으로 만들 새로운 의수를 끊임없이 상상했다. 엔지니어들에게서 많은 것을 배웠고 시설도 견학했으며 이사회 앞에서 발표도 했다. 야니크 프로젝트장님은 늘 나와 함께 다니며 내가 집에 있는 것처럼 편안함을 느낄 수 있게 해주셨다. 하지만 나는 내 뉴런이 시냅스가 아닌 레고 블록으로 연결되었다고 착각할 정도로 그곳에 푹 빠져 있었다. 야니크 프로젝트장님은 내 레고 멘토이시자 이 모든 경험과 감정의 여정을 시작하게 해준 선구자이시다. 이제는 가족과 같은 그를 친구라 부를 수 있어 정말 자랑스럽다.

프로젝트에 참여하는 동안 내 머릿속에는 온통 미래의 의수에 대한 생각뿐이었다. 가슴이 벅차올라 그것 말고는 아무런 생각을 할 수 없었다. 그때만 생각하면 여전히 감동적이라 글로 다 담을 수 없을 정도이다. 나의 꿈이 이뤄졌을 때의 느낌을 어떻게 설명할 수 있을까? 어렸을 때 만들었던 우주선에 탄 레고 선원들이 내게 인사하거나 윙크를 날렸다. 그리고 이렇게 말했다.

"데이비드, 임무 완료입니다. 휴스턴으로 귀환합니다."

나는 내가 하나씩 쌓아 올린 레고 사다리를 올라가 마침내 별을 손에 넣었다. 내 심정이 이러니 아버지는 오죽했겠는가.

"어떻게 됐어? 어땠어?"

나는 바르셀로나에 도착하자마자 아버지의 질문 공세에 시달려야 했다. 이건 온전히 내 잘못이었다. 덴마크에서 너무나 황홀한 시간을 보낸 탓에 다른 것을 생각할 여유가 없었다. 며칠에 한 번은 가족들에게 안부를 전하긴 했지만 정작 프로젝트에 대해서는 거의 말하지 않았다. 오히려 진행 중이던 프로젝트 때문에 작업실로 돌아가고 싶어 안달이 나 있었다. 이야기는 내가 레고 에듀케이션을 떠나 집으로 돌아간 뒤에 해도 충분하다고 생각했다. 그래서 나는 공항 주차장에 세워둔 차로 향하는 동안 아버지께 그곳에서의 일을 자세히 설명해 드렸다. 아버지 또한 한 글자도 놓치지 않으시겠다는 듯 열심히 들으셨다. 내가 인생의 목표에 도달했다는 사실을 말씀드리니 아버지는 자랑스러우면서도 믿기 힘들다는 눈빛으로 나를 바라보셨다.

"어? 아빠, 우리 지금 어디에 있는 거죠?"

우리는 똑같은 곳을 세 번 지나가는 중이었다. 아마 최소한 두 층은 옮겨 다녔을지도 모른다. 나는 걸음을 멈추고 아버지를 기다렸다.

"세상에, 데이비드. 여기가 주차장인 걸 모르는 사람도 있니?"

아버지는 그렇게 대답하시고는 계속 걸으셨다.

"계속 말해 보렴. 그래서 그 엔지니어가 무엇을……."

확실히 아버지는 말을 돌리려 하셨지만 캐리어가 너무 무거워 더는 걷기 힘들었다!

"아빠, 어디에 주차했는지 잊어버리신 거 아녜요?"

"아니, 확실히 기억해. 이 근처라니까!"

"여기 근처요? 아래층이 아니라요?"

내가 투덜대는 사이 우리는 점점 더 엘리베이터에 가까워졌다!

"분명 여기 있을 거야……, 아마도."

"못 믿겠는데요."

나는 킥킥거리며 대답했다. 그러자 아버지도 사실대로 털어놓으셨다.

"좋아, 솔직하게 말하마. 내가 어디에 차를 댔는지 모르겠다. 하지만, **이호**. 내가 그걸 어떻게 기억하겠니? 내가 차에서 내리자마자 공항으로 뛰어간 건 네가 아무것도 알려주지 않았기 때문이잖니. 네가 무슨 이야기를 들려줄지 너무 기대되면서도 어찌나 긴장이 되던지! 그러니 주차 자리를 잊어버린 것쯤은 용서해 주렴. 이제 절반 정도 돌았으니 곧 찾을 수 있을 거야."

결국 우리는 차를 찾았고, 집에 가는 길에 아버지의 크나큰 실수(알고 보니 우리가 헤매던 그 건물이 아니라, 옆 건물에 차를 대셨다!)를 이야기하며 엄청나게 웃었다. 그 여름의 실수는 그것뿐만이 아니었다. 그럼에도 그 시절은 정말 특별하고 흥분되는 유일한 시간이었다. 레고 에듀케이션에서 지냈을 뿐 아니라 고등학교를 졸업하고 대학교에 입학해 성인으로서의 새로운 삶을 맞이했으니 말이다.

바치예라토를 졸업한 게 바로 어제 일 같다. 지금도 흰 셔츠에 몸을 구겨 넣고 오른쪽 소매는 걷어 올린 채 가장 우아한 바지를 입고 학교 강당에 앉아 있는 듯한 느낌이다. 나는 행복했고, 기쁨에 환하게 빛나고 있었다. 우선 한 해를 무사히 보내고 **바치예라토** 학위를 받아 새로운 공부를 시작할 수 있게 되었다. 두 번째는 한 해를 더 다니면서 만나게 된 모든 사람들 때문이었다. 한 명도 빠짐 없이 나를 응원해 주고, 내가 이룬 성과들을 비롯해 인터뷰나 MK-1과 MK-2 때문에 학교에 취재를 온 TV 기자들을 보며 나만큼이나 기뻐해 주는 제2의 가족이 되었다. 그러나 이 모든 일들은 선생님들의 지지가 있었기에 이뤄낼 수 있었다. 선생님들께서는 중학생들에게 괴롭힘을 당했던 경험과 이를 극복할 수 있었던 방법을 발표해 달라고까지 하셨다. 결국 졸업식 날 오후, 나는 학급을 대표해 연설을 하게 되었다. 그리고 그것은 모두에게 잊지 못할 연설이 되었다.

***

졸업식 날 나는 전 세계에 내 메시지를 알릴 수 있도록 도와준 분 중 한 분께 다시 한번 더 큰 놀라움을 안겨드리려 했다. 그분은 내 이야기가 엄청난 추진력으로 우주를 향해 날아갈 수 있도록 학교를 케이프 캐너버럴*로 만들어 주셨다. 내게 많은 것을 가르쳐 주신 아나 비야스 교장 선생님을 비롯한 모든 선생님들 덕분에 오늘의 내가 있을 수 있었다고 할 만큼 학교는 내 인생에 큰 비중을 차지하는 곳이다.

"지금부터 2017년도 졸업생들을 대표해 데이비드 아길라 학생의 연설이 있겠습니다."

---

*　미국 플로리다에 위치한 곳으로, 케네디 우주센터가 위치한 곳이다.

내 연설은 모든 졸업생이 졸업장을 받은 다음 순서였다.

나는 긴장되지만 단호한 발걸음으로 자리에 앉은 친구들 사이를 지나 장난도 치고 다양한 경험도 했던 체육관 안에 마련된 무대 위로 올라갔다. 청중들 사이에 마리아가 있었다. 작년에 함께 졸업하지 못했지만 내 연설을 보러 오겠다고 약속했던 바로 그 마리아 말이다. 주황색 졸업 가운을 입고 무대 위에 올라가 마이크를 들었는데, 좀처럼 입이 떨어지지 않았다.

"저는 콜레히오 산트 에르멩골에서 자랐습니다. 제가 어려움을 겪을 때마다 늘 선생님들께서 도와주셨습니다. 그래서 저는 누가 나를 사랑하고 사랑하지 않는지 알 수 있었습니다. 저는 선생님과 반 친구들 모두의 사랑을 받는 엄청난 행운의 소유자였습니다. 하지만 우리는 이러한 경험이 얼마나 중요한지 겪어보기 전까지는 모릅니다. 오늘 저는 여러분들께 감사의 인사를 전하고자 합니다. 올해 저는 정말 놀라운 학교생활을 보냈으니까요. 저는 유급해서 학교를 한 해 더 다녔습니다. 그 사실을 매우 끔찍하게 생각했다는 것을 부인하지 않겠습니다. 하지만 제 생각은 틀렸습니다. 저는 여러분 모두와 다시는 오지 않을 순간들을 함께 했습니다. 최악의 순간에도 여러분들이 보내준 지지와 사랑에 힘을 얻어 제 의수를 만들 수 있었고, 여러분은 또다시 제게 찬사를 보내주셨습니다. 유급한 덕분에 제 인생을 바꿀 레고 의수를 만들 수 있었다고 한다면, 그 누가 믿어줄까요?"

예상치 못한 박수가 청중들 사이에서 터져 나왔다. 그 속에 부모님과 여동생, 디아나 고모의 모습이 보였다. 그들의 눈에는 눈물이 고여 있었다.

나는 말을 이어갔다.

"그리고 올해 많은 TV 방송국에서 우리 학교를 찾아왔습니다. 저를 지지해 주신 아나 비야스 교장 선생님께 진심으로 감사하다는 말씀을 전합니다. 누가, 언제 오든 촬영할 수 있도록 허가해 주셨거든요. 그래서 이 자리를 빌려 선물을 하나 드리고 싶습니다."

모두의 박수를 받으며 나는 무대 왼쪽으로 갔다. 비야스 선생님은 매우 놀라신 눈치셨다. 공범인 연구부장 선생님께서 내게 액자를 하나 가져다주셨다.

"이건 저를 특집 기사로 다뤘던 『내셔널 지오그래픽』 기사인데요. 이 기사는 올해 제게 일어난 일 중 가장 믿을 수 없는 일이었습니다. 아, 물론 **바치예라토** 졸업을 제외하고 말이죠! 그래서 비야스 교장 선생님께 감사의 의미로 특별 제작한 이 액자를 선물로 드리려고 합니다."

박수가 한 번 더 터져 나왔다.

"하지만 저는 이 기사를 제가 이곳에 있는 동안 늘 제 곁을 지켜주셨던 안도라 라 베야의 산트 에르멩골 학교 선생님들, 그리고 학생들 모두에게 바치고 싶습니다. 여러분의 응원은 오늘날의 제게 꼭 필요하고 중요한 것이었습니다. 앞으로도 여러분 모두를 제 오른팔처럼 여기며 살아가겠습니다."

비야스 선생님이 나를 따뜻하게 안아주시자 청중들 모두 자리에서 일어났다. 연설을 끝마치자 내 안에서 어떠한 감정이 매듭 지어졌다. 나는 시선을 들어 어느 한 지점을 응시했다. 내 미래가 그곳에 있었다. 나는 카탈루냐 국제대학교에서 생명공학을 공부할 것이다. 더는 어떤 장애물도 내 앞을 가로막을 수 없다.

아버지는 이런 때를 가리켜 종종 원더 모먼트라고 부르신다. 나는 「원더」라는 영화를 보고 마치 내 모습을 보는 것 같아 펑펑 울 정도로 깊은 감명을 받았다. 이렇게나 눈물이 없는 내가 말이다! 나는 살면서 딱 세 번, 할머니가 돌아가셨을 때, 실연당했을 때, 그리고 영화 속 소년의 끝없는 고통에 공감하며 울었다. 이게 내가 그 영화를 좋아하는 이유이기도 하다.

***

사람들 앞에서 이야기하는 일은 여전히 어렵다. 그 대상이 친구들이든 방송국이든, 또는 나사의 컨퍼런스 참석자들이든 말이다. 어쩔 수 없는 긴장감에 땀이 나기 시작하고 갑자기 허둥대고 있다는 느낌에 짓눌린다. 하지만 발표를 시작하고 내가 이 일을 하고 있는 이유, 그리고 내가 누구인지를 떠올리면 의심은 사라지고 나와 내 목소리, 우리는 혼자가 아니고 할 수 있다는 내 메시지만 남게 된다.

아직 아는 사람은 아무도 없었지만 내 결심은 확고했다. 사람들을 돕겠다는 내 목표를 이루려면 학위를 따야 한다. 그것이 내가 앞으로 해야 할 일이었다.

긴장감과 준비, 그리고 축하에 정신을 차리지 못하는 사이 여름이 훌쩍 지나가 버렸다. 그사이에 굉장한 일이 또 일어났다. 왕과 귀족, 정치인, 예술가들로 구성된 세계 공익 연맹 Ligue Universelle du Bien Public에서 수여하는 은메달을 받은 것이다. 인류를 위해 좋은 일을 했다는 게 그 이유였는데, 나는 역대 메달 수상자이자 군대 의전을 받은 사람 중 가장 어린 사람이었다. 몇백 년도 더 된 조직에서 주는 상을 받다니 너무나 놀라워 지금도 믿기지 않을 정도다. 내가 정말로 파리를 대표하는 프랑스 근위대 본부 대연회장에 있었던 게 맞을까? 정말로 그 메달을 받은 걸까?

삶은 놀라울 만큼 갑자기 비현실적으로 다가오기도 한다. 하지만 나는 그것이 진짜임을, 내 노력과 끈기, 스스로를 밀어붙이는 힘, 무언가를 만들어 내는 나의 능력이 드디어 결실을 맺었다는 사실을 떠올리고, 또 알아야 했다. 나는 내가 가야 할 길을 묵묵히 걸어왔지만 지금은 멈추지 말고 오히려 걸음을 더 빨리해야 할 순간이었다.

***

"이것만 있으면 이동하는 데는 문제 없을 거란다."

아버지는 나를 위해 의수가 설치된 전기 스쿠터를 보여 주시면서 말씀하셨다. 물론 아버지가 직접 만드신 거였다!

나는 놀라서 대답했다.

"이게 뭔데요?"

"기숙사에서 학교 건물까지 꽤 거리가 되잖니. 그 주변에는 마땅한 주차 자리도 없고. 그래서 만들어 봤단다. 스쿠터라면 괜찮을 것 같아서 말이야. 이 의수 고정 장치는 폐란 고유의 기술이란다. 이제껏 그랬듯이 말이야."

아버지는 내게 윙크하셨다.

나는 그냥 아버지를 꼭 안아드렸다. 나는 그 선물이 무척 마음에 들었고 의수 또한 내게 완벽하게 딱 맞았다. 자전거에 달린 것은 이미 작아서 불편했기 때문에 훨씬 더 좋았다.

나는 정말로 하늘을 나는 듯한 기분이었고 어디든 달려나갈 수 있을 것 같았다. 그리고 이제 내 인생의 새로운 페이지가 시작되고 있다는 사실을 깨달았다. 하나의 시대가 저물고 또 다른 시대가 다가오고 있었다.

나는 삶이란 시간이 서로 맞물리듯, 건물이 무너지면 그 자리에 더욱 견고하고 더욱 높고 더욱 튼튼한 건물을 짓듯이 흘러가야 한다고 되뇌었다. 나는 전동 스쿠터와 의수가 달린 내 슈퍼자전거만 있으면 어디든 갈 수 있었다. 단순히 기숙사와 학교를 오가는 게 아니다. 그것은 상상도 못 한 길을 따라 한 번도 본 적 없고 한 번도 꿈꿔본 적 없는 곳으로 나를 데려다 줄 것이다.

나는 나사에 갔다. 레고 블록으로 기능성 의수를 만든 최초의 사람이라는 기네스 세계신기록도 세웠다(세계 최고의 연설가인 조셉 트라발이 수상해 주었다). 나는 홍콩도 방문했고, 레고 본사에서는 레고 에듀케이션의 내로라하는 직원들과 함께 내 프로젝트를 확장할 수 있었다. 나는 팔 하나를 잃어버린 채 태어났다. 하지만 내 가족들은 나를 품어주었고 내게 힘과 아낌없는 사랑을 주었다. 나는 넘어져도 다시 일어났다. 나는 한 손으로 레고를 조립했다. 자전거가 작아지자 아버지는 의수를 달아 주셨다. 크게 넘어져 드러누울 때도 있었지만 다시 일어났다. 나는 두려움과 괴롭힘에 맞섰다. 우리는 자전거에 설치할 새로운 의수도 만들었다. 실연을 당했을 땐 다시 일어서지 못하기도 했다. 유급을 경험하고 나서는 더욱 강해져서 돌아왔다. MK-1과 MK-2를 만들었고, 레고 에듀케이션 프로그램에 참여해 다양한 의수 디자인을 고안해 냈다. 20살에는 내 삶에 관한 다큐멘터리가 만들어졌다. 의수 프로젝트는 계속되어 지금은 MK-5의 단계에 있다.

하지만 나는 단언할 수 있다. 가족들의 응원, 내가 물려받은 아버지의 끈기, 어머니와 여동생의 사랑, 친구들의 자긍심, 늘 나와 함께 했던 인내와 고집, **아부 바시**가 하얀 싸개 천으로 나를 감싸주셨던 그 순간부터 늘 내 곁을 지켜주신 조부모님의 영원한 사랑이 없었다면 이 모든 일들은 절대 불가능했을 것이라고 말이다.

내 이야기는 여기서 끝이다. 책을 덮기 전에 다시 한번 자신의 손가락 개수를 세어 보자.

하나,

둘,

셋,

넷.

숫자는 여기서 멈춰도 좋다. 손가락이 몇 개든, 자신이 온전하다고 믿는다면 결코 부족한 것은 없을 테니까.

감사의 말

"만약 삶이 내게서 무언가를 빼앗았다면 주변을 둘러보라.
나를 완성시켜 줄 조각은 바로 내 손끝에 있다."

– 데이비드 아길라

우리에게 감사할 수 있는 삶은 단 한 번뿐입니다.
데이비드의 개인적인 성장에 함께 해주신 모든 분들께
이 책을 바칩니다.

레고로 팔을 만든 사나이

초판인쇄 2025년 8월 29일
초판발행 2025년 8월 29일

지은이 데이비드 아길라·페란 아길라
옮긴이 성수지
발행인 채종준

출판총괄 박능원
국제업무 채보라
책임편집 문서영
디자인 공진혁
마케팅 문선영
전자책 정담자리

브랜드 크루
주소 경기도 파주시 회동길 230 (문발동)
투고문의 ksibook1@kstudy.com

발행처 한국학술정보(주)
출판신고 2003년 9월 25일 제406-2003-000012호
인쇄 북토리

ISBN 979-11-7457-089-5 03870

크루는 한국학술정보(주)의 자기계발, 취미 등 실용도서 출판 브랜드입니다.
크고 넓은 세상의 이로운 정보를 모아 독자와 나눈다는 의미를 담았습니다.
오늘보다 내일 한 발짝 더 나아갈 수 있도록, 삶의 원동력이 되는 책을 만들고자 합니다.